尋龍記

無極 著

第三輯 詭變百出

卷 3 傳說

目錄

- 第一章 武林大會 ………… 5
- 第二章 奇功異能 ………… 49
- 第三章 神水宮主 ………… 77
- 第四章 宮廷驚變 ………… 99
- 第五章 聖劍騎士 ………… 133

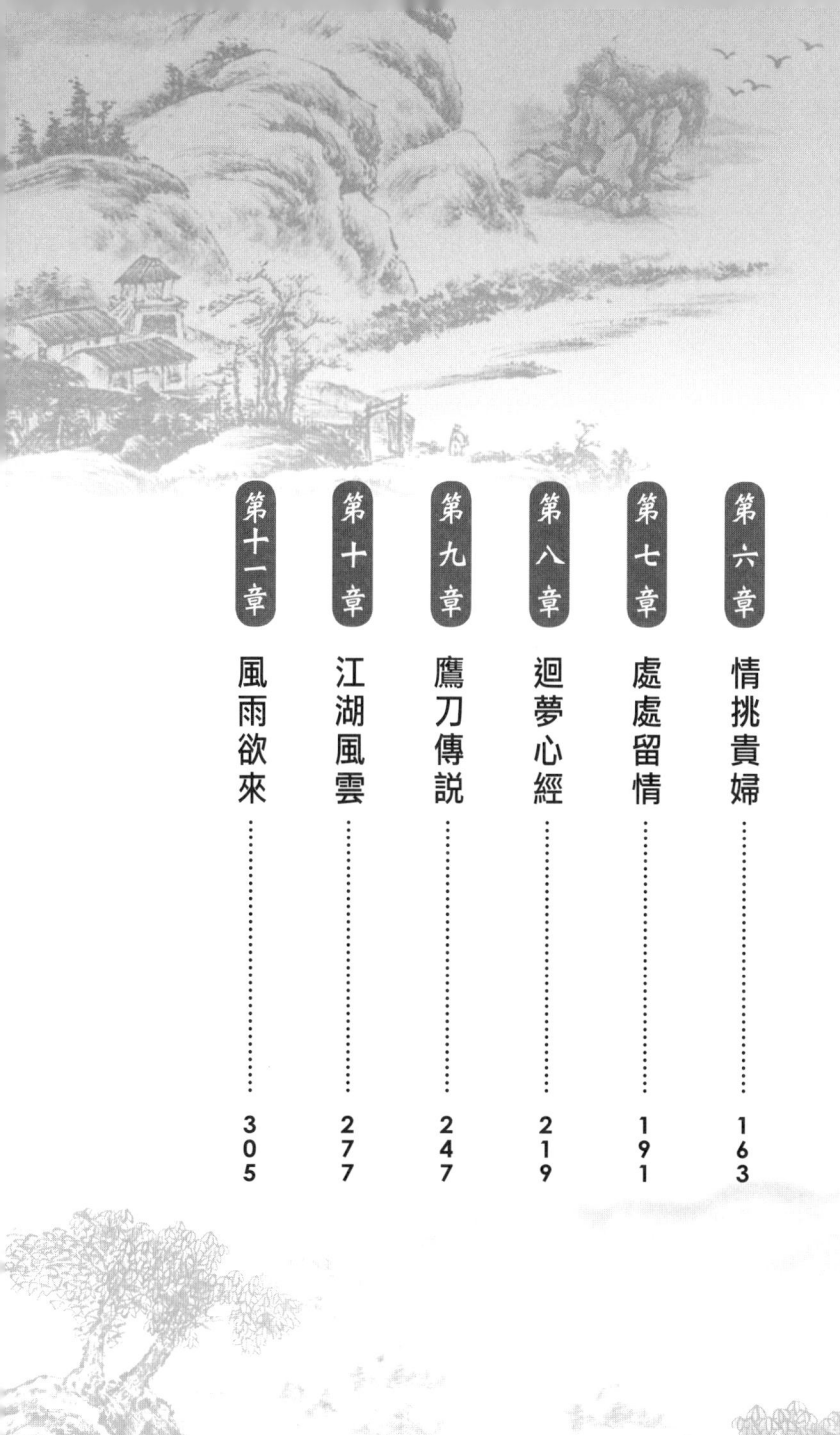

| 第十一章 風雨欲來 .... 305 |
| 第十章 江湖風雲 .... 277 |
| 第九章 鷹刀傳說 .... 247 |
| 第八章 迴夢心經 .... 219 |
| 第七章 處處留情 .... 191 |
| 第六章 情挑貴婦 .... 163 |

第一章 武林大會

項思龍的心裡總覺得非常的沉重，這卻倒不全是因為武林大會的日子越迫越近，也有一部分是因為與項少龍和甜甜見過的那一面之故。

為何那項少龍上將軍和那甜甜姑娘自己感覺非常熟悉呢？這感覺雖甚是模糊不清，但卻讓自己的心情極不平靜！自己的影像中也確是不認識他們！

這……自己在尚未喪失記憶之前是不是與他們相識的呢？還有，自己為何會說出項思龍少俠或許還存活於世的話來呢？難道自己以前也認識項思龍少俠，不願他就此死去？

許許多多奇怪的疑問，塞滿了項思龍的腦袋，讓得他對自己以前的身分好奇

極了。

我以前到底是誰呢？江湖在我現刻的記憶中本是陌生的，可我卻又莫名的顯得對它非常的熟悉，難道……我以前本就是江湖中的一份子？

可……為何我又會有些厭倦江湖的感覺？若不是被迫不得已的拖入江湖，自己是絕不會有興趣去理會江湖中的事情的，自己的內心很嚮往無量洞府中的那種世外桃源生活！

項思龍長長的歎了一口氣，向問天、圓正大師都負責組建對付魔教的力量去了，青松道長則忙於佈置準備召開武林大會的事宜去了，倒也讓他落得個清靜，但他已被天下群雄公推為武林盟共同體的軍師，又是新近名動江湖的神劍浪子凌嘯天少俠，所以接持各方武林人物上山參與武林大會的事，卻也落到了他的身上。

開始兩日，上山的人倒也少些，讓項思龍甚為興奮的是結義兄弟花雲也領著他天山派的弟子上了山來，這可也是花雲沾了項思龍的光，項思龍名聲火爆，他這作義兄的就自也有些臉面了。

兄弟倆見面自是一番親熱，只那花雲曾著項思龍小心提防的許劍生卻是傲氣

消去了許多，對項思龍恭敬十足，態度老實。

項思龍私下裡向花雲詢問原因時，花雲笑了笑道：「這小子能對二弟不敬麼？二弟現在可是個人物了呢！連魔教光明左右使和四大法王都關注起二弟來了，把二弟視為了頭號大敵，據大哥所聞魔教光明左右使楊天為傳出話來說要生擒二弟，看看二弟是個什麼三頭六臂的人呢，竟然在這麼短的時間內讓武林盟有了這麼大的規模！再說，大哥我查出了這小子也是魔教安插在我天山派的臥底，我看在同門師兄弟的份上沒有取他性命，只廢了他武功，已不能為惡了，還能不乖麼？這可也全仗二弟你幫的忙，這小子在窺視你的那幾天終給露出了馬腳，被我截獲到了他秘送給魔教傳報二弟消息的一封信，所以才揭出了他的真面目！」

說到這裡，又一臉責怨的道：「二弟乍然離去也不告訴大哥一聲，是不是也不信任我？嘿，其實對於二弟身分在你在酒樓上暗助我退敗馮劫時就有疑心了，只是大哥一直都沒說出了罷，不過，大哥卻也沒有想到二弟你竟是當年名震江湖的中原四奇之一的玄玉道長的傳人，二弟可也真是福緣深厚啊，能得著玄玉道長的真傳！」

項思龍不好意思的笑笑，頓忙連聲道歉，花雲也沒真個生氣，自是歡笑暢飲

而散。

可過了兩日，上山的人愈來愈多，項思龍也就更忙碌起來，對於那曾見識過的什麼金錢莊的鐵手神算總管，什麼無敵門的吳天德，什麼生死城的張保山，什麼南宮世家的南宮青雲……等等這些人物，自是不大熱情的了，一來彼此曾有過節，二來也從搜自馮劫身上的名錄中得知了他們均為日月魔教的手下。不過這些人物對項思龍卻是大加奉承，不過自是討了個沒趣。

這一日，當傳報說有地冥鬼府的上官蓮等和漢王劉邦等一道前來拜山時，項思龍只覺心頭莫名一震，當即率領人馬下山迎接，跟在上官蓮身後的有天絕地滅、鬼影修羅、孤獨驚鳴、鬼冥雙怪等一眾地冥鬼府的高手，跟在劉邦身邊的則有韓信、陳平、樊噲等一眾大將，人人都是一臉悲痛之色，上官蓮和劉邦等幾人更是淚意連連。

項思龍上前見過眾人，在他們自我介紹時，心中總是湧起莫名的怪異感覺，似乎這些人都曾與自己熟悉似的，可確又不識得他們，只聽青松道長等說過眾人的大名，當下連說：「久仰，久仰！」熱情的招待眾人上山，上官蓮覺著項思龍的目光似有些眼熟，卻又想不起像誰的目光，只心下一突，如觸閃電，當下忙問

項思龍乃是何人。

項思龍也一臉哀容中恭敬答道：「在下凌嘯天，江湖人稱神劍浪子就是！」

在旁的劉邦聽了搶先「啊」了一聲道：「原來閣下就是新近轟動江湖的神劍浪子凌嘯天少俠，據聞你能耐可比我項大哥呢，倒不知閣下是否有意加入本王麾下？本王絕不會虧待你的！當然這也需要你的能力來向本王證明，讓本王量才而用！」

劉邦自聽得項思龍不幸的消息後悲痛欲絕，但過後在與項羽的正式正面交鋒戰鬥生活中卻也成熟了許多，竟然會籠絡人才，卻又不濫用人才。

項思龍對劉邦似有著莫名的親切之感，聞言向他躬身行了一禮道：「江湖虛名，漢王莫要當真！承蒙漢王看得起草民，草民不勝感激，但我卻並不想從事政治生涯，還望漢王多多見諒！其實漢王手下高人能人如雲，又豈會看得起草民這等草莽之輩呢？」

劉邦哈哈一笑道：「少俠談吐不凡，已顯是能人之輩了，何況天下群豪眼睛是雪亮的，他們公推出的軍師又豈會是什麼虛名之輩？不過少俠無意政途，我也不會強求的了！」

看著劉邦應付從容，確有大將風度，上官蓮心在悲痛之餘又是不勝感慨。

今日所見的劉邦比起當日在地冥鬼府所見的劉邦確是成熟多了！思龍的眼光終是不錯的，劉邦這小子終也沒辜負思龍的一番栽培，取得了今日的漢王地位，雖不及項羽當紅，卻也是當今天下第二大勢力的實力派人物了！只可惜⋯⋯思龍卻不能親眼看到劉邦今日的成就了！唉，龍兒啊龍兒，你是何等狠心，竟然丟下姥姥和你的一眾妻兒！你可知道大家對你不幸的消息是何等的悲痛啊！你的十幾個妻妾已有一大半都病倒了，只可憐那幾個剛出世的小公子和小公主，這也都是那什麼項少龍！思龍是為了救他才遭遇不測的！哼，這項少龍先前還是思龍的仇家呢！你義子項羽現今也是思龍義弟劉邦的死對頭！今個兒老娘卻是無論怎樣也要殺了這項少龍，方才洩我心頭之痛！

上官蓮心下想著，卻也對劉邦增多了幾份好感，心下暗忖道：「思龍一生的心願也就是想助他義弟劉邦成就霸業，如今思龍不在了，我卻要助思龍完成他們這個心願，以慰他在天之靈！」

不過上官蓮心卻不知項思龍不但沒死，而且還就在眼前呢！當然對這個秘密，普天下無一人知道，除非是項思龍記憶恢復了，這秘密方才會揭曉吧！

項思龍聽了劉邦的話，心中升起一股怪怪的暖意，笑道：「漢王仁義天下，在下之下可是親眼所見！得道者多助，失道者寡助，漢王的仁義心懷將來一定會有報答的！」

項思龍正說著這話時，青松道長卻也聞訊趕來了，他與劉邦是老熟人，二人一見就是親熱非常，搭在一塊去了，上官蓮和韓信等自也緊隨其後上山，倒再也無人理會項思龍了。

項思龍沒有跟著上山，只呆呆望著眾人遠去的背影發愣。

唉，我到底是誰呢？是否識得漢王劉邦？

當項羽率領人馬來拜山的消息傳上山，項思龍心下倏地一緊，突突跳了起來。青松道長則是一臉憂慮之色，劉邦則是一臉又是驚駭又是興奮之色。只見上官蓮聽了嘴角浮起一絲冷冷笑意，恨聲道：「天堂有路你不走，地獄無門你自投！你項羽義父害死我孫女婿，我上官蓮今日就要讓你們父子倆血債血還！」

看上官蓮一臉怒氣沖沖的領了天絕地滅、劉邦等欲殺下山的樣子，項思龍頓忙出面阻止道：「上官夫人，不可！項羽霸王也乃在下等發出請柬請來的，爾等如若在此地此情下向他發難，那豈不是讓我們這盡地主之誼的人為難麼？大家這

次都是來弔念項思龍少俠的,無論如何也但請不要出手,以免傷了大家和氣,也驚擾了項少俠在九泉之下的靈魂!再說據在下判斷,項少俠也有可能未遭不測呢!」

上官蓮聽了火氣頓消的大喜道:「凌少俠是說……思龍還存活於世上也說不定?」

項思龍點了點頭道:「在下據師尊玄玉道長遺言說,無量崖底其實是一個地下大湖,逍遙派千古之謎無量玉璧所出現的景象,其實也只是因無量崖下的地下湖水面通過光學作用,反射到無量玉璧上的景物,那麼即使項思龍當真跌入無量崖,可也並不是毫無生機啊!在下曾在師父遺記中看到這一段有關可通無量崖底的話,只是現今尚未想通,如在下思考貫通了,自會領大家一同去無量崖看看的!」

項思龍所說的這番話有真有假,真的是玄玉道長的確跟他講過無量玉璧的秘密,假的是對於可通無量崖底的秘道之說,不過為了穩住上官蓮等的情緒,所以不得不編造一下了,因他心底深處確不願項羽和劉邦發生衝突,只覺無論哪一方受了傷害,他心裡都會不安於心似的,至於為什麼有這感覺,他卻想不出了。

上官蓮聽得喜極而泣，竟向項思龍深深行了一禮感激道：「如此老身先謝過凌少俠了！」

項思龍慌忙扶起上官蓮，不置可否的笑笑道：「夫人能賣在下個面子，不與項羽發生衝突，在下已是感激不盡了，又何必言謝呢？何況尋找項少俠下落乃是我輩江湖中人義不容辭的事，他可是我中原武林公推的武林盟主呢！他的安危關係到我中原武林的安危，在下自應鼎力尋找項少俠的！」

上官蓮自還是對項思龍說了許多感激的話，項思龍心下愧然的笑笑應付，為了避免劉邦和項羽見面的不快，著青松道長把上官蓮等領去了廂房休息，自己則再次下山去迎接項羽一行。

當項思龍見了項羽率領四五千人前來的場面心下暗驚，卻還是一臉笑意的迎至神情冷漠傲慢的項羽身前道：「想來閣下就是西楚霸王項羽吧！在下等恭候多日，武林大會就只缺霸王一人了！」

項羽目光冷冷的打量著項思龍，不自然的他身上的冷傲之氣竟是莫名的消去了許多，卻還是淡淡道：「閣下想必是近聞江湖的神劍浪子凌嘯天吧，果然一表

人才氣概不凡，只可惜蛟龍沉淵，沒能充分發揮出閣下的潛藏能力啊！你如願跟著本霸王，本霸王保你前程萬里、福祿無量！」

項思龍見著項羽的冷傲之態時，並沒有什麼反感，聞言苦笑道：「霸王過獎了，在下實則乃是一個毫無武功的文弱書生，何談有什麼潛藏能力呢？霸王南征北戰，需要的可是文武雙全的真正有識之士！」

項羽哈哈一笑道：「閣下倒是謙虛得很，但太過的謙虛卻是等於虛偽了！」

言罷倒也再無興趣注意項思龍，只對眾屬下大聲道：「好了，咱們上山去吧！」

項思龍見著項羽似欲把帶來的人全引上山，當下出言勸阻道：「霸王，且慢！逍遙道觀可不是什麼京城校場，還請霸王諒解，只可帶一批近衛將領上山，其餘人可得留在山下！」

項羽傲怒一怔，卻也知項思龍說得有理，自己這麼四五千人上山，那小小的逍遙道觀本已是人滿為患，又怎容納得下這麼多人呢？再說，自己聲勢浩大的上山，可會引起武林人物的戒備，自己這次來此，一是為了救出項少龍，此恩此德自己今生也無以為報，可不是來鬧事的，自己之所以領這麼多兵馬來，一是為了

救出義父項少龍，二是為了防備那流氓劉邦對自己不利！

把隊伍留在山下地方，這四千人可是自己從四十萬大軍中挑選出的精兵，無一不可以一敵十，再說自己還隱伏了數十萬兵馬在這武當山附近，一旦發生衝突，那可也怪不得我項羽心狠手辣，說不定只有大開殺戒了，義父項少龍的預感可真準，自己以前對他派人暗中去刺殺劉邦的舉動這莫名其妙，現在才知道義父是為了除去自己今後的勁敵，只可惜自己與劉邦也結拜成了兄弟，自己總不忍對他痛下殺手，可今個兒如他率先對自己發難，可也別怪自己不念兄弟之情了！

心下想著，橫瞪了項思龍一眼，傳令下去隊伍留在山下，只留下五十幾名高手一起上山。

項思龍見勸服項羽，心下大是鬆了一口氣，但卻又繃得緊緊，項羽和劉邦見面了後又會怎麼樣呢？

明天就是武林大會舉行的日子了，武當山上的氣氛是怪異的緊張異常。

那些日月魔教安插進來的心懷不軌份子，神態顯得慌慌張張的，似遇上什麼麻煩似的。

這倒並不是項思龍著人私下裡向他們展開了攻擊，而是項思龍等據報魔教安

插在武當山附近的人馬突地全都撤去了，想項羽領了十萬兵馬到來。魔教能不懼怕麼？更何況項思龍組建了武林盟共同體，又有了地冥鬼府的眾多高手來助陣，還有個也有十多萬兵馬的漢王劉邦，今次的武林大會可說是天下精英中的精英集一堂，實力空前絕後，他魔教即便再狂妄卻也不敢硬拿雞蛋跟石頭碰，等若自投羅網自毀滅亡，逃也逃不掉溜也溜不走了！項思龍等所以也並不心急，免得一鬧起來讓得項羽、劉邦這兩個一觸即發的地雷開戰，那可就大事不妙了，反正這幫武林敗類已是囊中之物！

項羽和劉邦還好在得項思龍的安排下，儘量讓他們少見面。可還是有見面的時候呀，二人那個雙目交峰啊，可真讓人感到殺氣凜然不寒而慄，幸好二人均都特別敬重項思龍，自制力也強，不想打起來驚動項思龍九泉之下的靈魂，所以也只是瞪瞪眼罷了。

上官蓮和天絕地滅等可就不一樣了，一見著項羽就大罵出口，說什麼：「你小子可小心著點，思龍是被你項家父子害死的，咱地冥鬼府從今以後會跟你項家沒完！今個兒舉行的是思龍的悼唁大會，咱們且不找你算帳！可下了武當山，你

"項家父子可就小心著點了!」

還好,項羽因念著他們是項思龍的親人朋友,心下雖惱怒可也是得忍了——項思龍可確實是為了救義父項少龍才遭遇不幸的啊!自己項家可是欠了項思龍一份永遠還不清的人情!

項思龍看著這些現象自是頭大如斗,還好暫且沒有了魔教的危機,所以還有些心事來調解三方的明爭暗鬥,也只有項思龍敢出面了,其他的武林中人可是誰也不敢去招惹這三家火藥筒,想劉邦、項羽、上官蓮三派誰不是實力比任何一武林門派也雄厚得多,弄個不好,卻會成了出氣筒的,那可是挨了打也不能吭聲的出力不討好的苦差事!

項思龍卻還好,三派都還給他面子,只要兩方吵得不可開交時,他一出面頓即熄火,連項羽、劉邦、上官蓮等自己也不知道為何就如此信服這個神劍浪子凌嘯天,或許是因為這凌嘯天說話語氣、舉止神態還有些相似項思龍之故吧!當然更主要的是他所說的話有道理,說到了三派的厲害上去,讓得他們都心悅誠信。如此一來,項思龍也就漸成了三派傾訴內心的知交好友。

項羽一臉悲憤的對項思龍道:「項大哥的不幸我難道就不心痛了嗎?要知道

他可是我項羽繼義父項少龍後最敬服的人，劉邦算什麼？一介流氓而已！他這輩子最大的幸事就是結交了項思龍大哥那等兄弟！如不是看在項大哥的面子上，他劉邦還能存活到現在麼？我項羽要除去他，簡直比踩死一隻螞蟻還容易！上官蓮等恨我項家，我項羽也沒什麼話可說的了，項大哥是他們的親人，是為了救我項羽義父才遭不幸的，我容忍他們對我的不敬！今日，在這武當山上，我什麼都會忍下來的，因為我是來弔唁項大哥的！」

劉邦則是痛苦而穩重的對項思龍道：「我劉邦這一生的成就全是靠項大哥成全的，他對我的期望甚高，如今項大哥雖然不在了，可我一定要實現他對我的期望以慰他九泉之靈！是的，我劉邦現今最大的對手是項羽，他也確是勢大，可我也不會怕了他，哪怕總是失敗，可只要我劉邦不死，也就一定要不屈不撓的與項羽抗戰到底！只要我為項大哥對我劉邦的期望奮鬥過拚搏過了，最終哪怕是失敗，我劉邦也無愧於心了！」

上官蓮則又是咬牙切齒的對項思龍道：「項羽和他義父項少龍都曾是思龍的仇敵，他們又是思龍義弟劉邦的死對頭，而思龍生前對劉邦期望很高，所以我地

冥鬼府一定要繼承思龍的遺志，助劉邦打敗項羽奪得天下！何況思龍是被項羽父子間接害死的，我地冥鬼府不會放過他們！」

項思龍聽得三派對自己的推心置腹之語，卻是心中莫名的湧起了煩燥和悲痛，總覺得自己不希望他們打起來，無論哪一派受了損傷，自己都會非常難過似的。項思龍竭力的想辦法去調解項、劉、上官三派的矛盾時，卻是不知他神劍浪子凌嘯天的名號更是在江湖中紅破了天，其聲勢正在直追項思龍「生前」的大紅大紫之勢。項羽愈與項思龍交往也愈是敬服起他來，這卻也是那麼讓他心儀，於是提不清的吸引力，只覺得項思龍的氣質、言談舉止和智慧都那麼讓他心儀，於是提出欲與項思龍結拜兄弟的話頭來。

項思龍自是連說：「不敢高攀！不敢高攀！」可在項羽的真摯請求下真與項羽結拜成了兄弟。

不想剛與項羽結拜，劉邦在此後竟也提出要與項思龍結拜為兄弟的請求，項思龍自己也沒法只得答應。可也確是湊巧，上官蓮對項思龍也大存好感，竟是對他道：「凌少俠，如果思龍真遭不幸的話，他那幫妻妾可不能守活寡啊！如果凌少俠願意，老身卻也願作個媒人，讓我這幫乖孫媳婦嫁給你呢！她們可一個個都

是貌美如花,溫柔體貼的大美人喔!」

這可只讓得項思龍頭大如斗,不敢再與上官蓮見面了,還好上官蓮也沒總是纏他。

天意總是那麼冥冥中註定,有緣的人無論怎樣還是有緣。這不,項思龍本與劉邦、項羽是兄弟,項思龍即便喪失了記憶,毀去了容貌,變成了另外一個人了,可卻又再次結為兄弟,這不是緣份嗎?

只不知項思龍與他們的再次結交,是否會再次把他扯入政治生涯的鬥爭中去?他是否會因此而恢復他的記憶、恢復他的功力,還原成原來的項思龍?可無論怎樣,他今後的生活又必將是更加繁紛複雜了吧!人在江湖,身不由己!人在歷史,更是身不由己!誰叫他項思龍是個現代人呢?

歷史終究是不會放過他的,項思龍與歷史與項少龍與劉邦與項羽終究是怎樣的一個結局呢?

項思龍與項羽和劉邦結為異姓兄弟,只覺心中模糊的悲痛和沉重感更是嚴重了,他們為何要處於敵對位置呢?可不全都是為了爭權奪利?難道名利真的那麼重要?難道情和義就不能沖淡感化名和利?

項羽和劉邦都已是自己兄弟，自己難道就眼睜睜的看著他們鬥個你死我活嗎？

不！不能，自己一定得幫助他們化解一場血腥殘殺！一定要盡力而為！

項思龍心情的沉重讓得他都快痛苦得呻吟出聲來了，但是他卻也不能明白自己痛苦的緣由。

是因為劉邦和項羽嗎？這……雖是有一點，但自己與他們終究是交情尚淺啊！自己怎會為他們之間的矛盾而如此的感覺痛苦不堪呢？再說自己內心的這股痛苦感覺像是由自己本身而引起的！

怎麼會這樣的呢？自己到底是誰？在沒認識劉邦、項羽、項少龍等之前，自己心情很平靜的啊！

難道自己與他們那些人真有什麼關係？自己原本的身分到底是誰呢？

項思龍突地對自己喪失的記憶力感興趣來，內心深處那股抹之不去驅之不散的或濃或淡的痛苦感覺雖是讓得他苦惱不堪，卻也深深的吸引了他的好奇心和好勝心。

但這到底是什麼呢？我一定要去發掘它！困為我已感覺有一股比自己生命更

重要的使命在呼喚著自己！但這使命又是什麼呢？我為何對項羽、劉邦、項少龍幾人的名字如此敏感呢？為何對項羽和劉邦之間的爭鬥如此關切呢？有著恐懼和憂慮的感覺！

這一切到底是為了什麼呢？自己現在的記憶本是一片空白的啊！不，現在已經有了許多模糊不清亂七八糟的畫面在閃現在跳躍，自己的痛苦和憂慮及恐懼就是緣於那些畫面！

那就是自己失去的記憶麼？可為何還殘存著這些模糊的畫面來折磨自己？項思龍只覺內心一陣陣的刺痛，他只覺自己突地有些厭倦了這世界，甚至自己的生命。

平凡一些有多好啊！平凡的生命也便有平靜的生活！可自己⋯⋯喪失了記憶，本應該是個平凡的人，過一種平靜的生活，但是老天為何要把自己捲入江湖甚至政治的恩怨中去呢？

自己如尋回了記憶，想必是更加痛苦的了！項思龍突地同情起原來的自己來，想著現在自己還可以逃避這世間一切的苦惱事情，重回無量洞府中去，便不覺有些怦然心動。

可自己逃避了痛苦就一定會開心起來麼？那些模糊的記憶片段會折磨自己一輩子的！

逃避現實是懦夫的行為！凌嘯天，你是懦夫嗎？不是！絕對不是！

項思龍握緊了拳頭，目光裡候地閃出灼亮的光芒，有若兩道鐳射，目光所過之處只聽得「嚓！」的一聲木材斷裂之聲，項思龍的目光竟有殺傷人物的威力了！

有巡邏武士聽得異聲，頓忙趕來詢問發生什麼事，項思龍在驚愕中斂回神來，苦笑著掩飾道：「沒有什麼，只是我在練功時不小心砸壞窗戶了！」

巡邏武士自是疑惑，卻還是相信了項思龍話而退下，可當向問天看著窗戶上有灼燒的痕跡，訝然問道：「凌少俠是在練劍還是在練拳？你不是沒有內力的嗎？這窗戶乃是用木料中最為堅硬的檀木製成的，並且看這毀壞痕跡是一擊而毀，可見毀窗戶這人內力深厚無比，而且還會至剛至陽的火焰刀一類的上乘武功！這……凌少俠發生什麼事呢？有敵人來偷襲你嗎？」

項思龍想不到向問天的眼光如此厲害，高手還是不愧是高手，一眼就已看出

自己撒謊的破綻來，但這叫他如何解釋呢？難道據實說是自己目光所毀嗎？那有誰會相信？說出來，不被人認為是笑話笑掉大牙才怪。當下唯唯諾諾的道：「沒什麼事的啦！總之窗戶是我毀壞的！」

青松道長聽得又驚又喜道：「小師叔祖的功力恢復了嗎？你是不是服了太平寺的大還丹治好了你五陰絕脈症，使得小師叔祖內力大增，所以……所以……才會這樣子的？」

項思龍正不知怎麼解釋讓大家心下釋疑呢，聽了青松道長這話，頓忙點頭道：「還是被掌門看出了玄虛！我剛才服了圓正大師贈給我的大還丹，不想正治好了我的五陰絕脈症，使得我體內陰寒之氣散去，丹田之處突升熱力，一試之下……卻把窗戶給毀了，驚擾大家不好意思！」

青松道長聽了這話，歡呼起來道：「小師叔祖內力恢復，可真是可喜可賀，走，大我中原武林又添一位絕世高手了！蕩除魔教想來也只是指日可待之事吧！走，大家喝它幾杯慶祝慶祝！」

劉邦也走上前去拍了拍項思龍的肩頭興奮的道：「凌大哥任重道遠，這下內力恢復，確是我中原武林的大幸！今後除魔衛道的重任可就落到凌大哥身上

向問天則也一臉歡容的道：「凌少俠今日內力恢復，明日則是武林大會召開之日，可也真是福澤深厚啊！凌少俠才智已為大家有目共睹，但願明日能技壓群雄，成為我中原武林再一任新任盟主！」對於這些祝賀之話，項思龍只得不置可否的一笑置之，功力是否恢復他自己卻也是不清楚，心中還對自己目光為何會有如此大的威力而納悶不已呢！師父玄玉道長說自己體內經脈氣血運行有異常人，不能修練內家功力，即便修練，也不會有什麼收穫，自己也確是如此，師父為了恢復自己功力不知想了多少辦法，給自己服食了多少靈丹妙藥，可也還是毫無結果，可⋯⋯自己為何目光竟能一舉全然擊毀一扇窗戶呢？目光也可作為武器？這太不可思議了吧！倒不知自己內力是否真的恢復？

項思龍心下怪怪想著，隨眾人鬧哄哄的喝酒慶祝去了。

這一夜，項思龍喝了酩酊大醉回房，可心中那莫名的痛苦感受卻是一丁點兒也沒有消去。

他只覺自己突地有一種恐懼的感覺，是一種透心涼的恐懼。

朦朧中他似看了血光在閃，許許多多的人混亂的殺成一團，有自己、有項少龍、有劉邦、有項羽，還有些自己似熟悉卻又模糊的影子，大家都拚命的廝殺著，到處都是屍體，都是斷肢，自己倒下去了，項少龍倒下去了，劉邦倒下去，項羽倒下去了……

漫天的血光，漫天的劍影，還有……還有痛苦的呻吟和嘶叫……

「啊！」的大叫一聲，項思龍一下子坐了起來，原來是作了惡夢。

神情顯得有些恍惚和失落，目光呆滯的發愣時，聞聲趕來的巡邏武士在房外驚惶的恭聲問道：「凌少俠，出什麼事了嗎？」

項思龍聞聲斂回神來，對方才的惡夢仍是心有餘悸，舉目往窗戶望去，卻見原來天色大亮了，當下含糊其辭道：「沒……沒什麼？我練功時需大叫出聲才可收斂功力，卻不想驚擾諸位了，當真不好意思！你們退下吧！」

房外的武士聽了心下嘀咕道：「有這麼怪異的練功方法麼？需要大叫才可功！高手就是高手，練功的法門也與眾不同，或許會有什麼意外收穫呢！」

項思龍支開了被自己驚動過來的武士，神智也清醒許多，猛記起今日就是武

林大會的日子，暗呼自己怎地這般貪睡了，伸手去床頭衣架取衣服時卻抓了個空，低頭一看發覺自己衣衫整齊，方才想到自己昨晚貪杯喝醉未脫衣服便睡了，不覺啞然苦笑。我今個兒是怎麼了，怎地這般失魂落魄的？是因剛才做的那惡夢嗎？想起夢中的情景，項思龍虎軀不覺顫了顫，卻又奇怪自己為何會做這等惡夢，還有自己近兩日來思想裡似總跳躍著項少龍、劉邦、項羽幾個的名字，這到底是預示著什麼呢？

心下怔怔想著時，卻突又只聽得青松道長的聲音傳來道：「小師叔祖，你醒過來了嗎？」

項思龍聞聲再定心神，邊去開了房門邊道：「剛醒過來！召開武林大會的諸般事宜是否都安排妥當了？」

青松道長身後還跟著向問天，只聽他答道：「一切都安排好了，包括防衛工作！眾武林同道都已聚齊會場了呢，就只差凌少俠去主持大局了！」

項思龍惶恐道：「都是我貪睡，累大家久等！好了，我們一起去會場吧！項少龍上將軍和甜甜姑娘是否也到會場了？」

青松道長點頭道：「貧道已讓他們二人出來與大家會面了，場中氣氛有些混

亂，貧道幾個也壓不下去，看來只有小師叔祖出面才行了！嘿，小師叔祖與漢王、霸王和地冥鬼府拉上關係後，聲望已是大增，恐怕只有項思龍少俠生前才有小師叔祖這般的威望呢！」

項思龍卻突地怪怪的冒出一句道：「我相信項思龍少俠他沒有死！他一定還活著！」

青松道長和向問天聽得一怔，前者突地記起什麼的道：「小師叔祖還未梳洗和用早膳，還是先用過早膳後再去主持武林大會吧！」

項思龍看著自己因昨晚醉酒不知是否吐了顯得很髒的衣衫，肚子也確有餓意，當下不好意思的道：「都是昨晚的酒誤事！」換了青松道長送來的一套青衣道裝，項思龍確是顯得英偉多了。

當三人趕至會場時，本是鬧哄哄的千多人場面立時靜了下來，所有人的目光都投向了項思龍。項思龍隨青松道長和向問天走至主席台，在他們為自己設置的座位站定，目光一掃久別重逢歡喜非常的項少龍和項羽倆，心中泛起一種異樣感覺。上官蓮則是敵意甚熾的望著項少龍和項羽倆，場面顯得甚是緊張。眾武林人物則是目中各有含意的望著項思龍，有敬服，有嫉妒，有敵視，當然也有心懷鬼

胎的，只甜甜則是一臉淒哀中卻是雙目熱切的望著他，顯是項思龍安慰她說「項少俠」沒死的話讓她重新燃起了對生活的希望。

青松道長這時發話道：「貧道發下武林帖，召集天下各路英雄群集我武當山召開這次武林大會，一是為了證明我逍遙派的清白，二是揭穿造謠生事的野心，三是弔唁項思龍少俠。」

說到這裡，頓了頓接著又道：「還有，因日月魔教新近復出江湖，向我武林正道挑戰，在江湖中掀起了血腥屠殺，貧道與圓正大師等一眾也商量了一下，有意在這次武林大會中選出一位才德兼備、武功高強的武林盟主來，有志者屆時可出來競選。現在請項少龍上將軍和甜甜姑娘這兩位最後見著項思龍少俠的見證人來講明項少俠遭遇不幸的詳情！」

場中的氣氛此時已靜至極點，項少龍聞言放下與項羽的歡談，站了起來，靜默了好一陣才沉聲把項思龍救自己，導致功力全失，後遇狼群圍攻，項思龍再捨身取義，隻身單劍引開四五百頭惡狼，自己和甜甜翌日沿狼屍追尋下去，在無量崖邊上發現大灘血跡和項思龍遺下的鬼王劍的經過說了一遍，聲音已是顯得悲沉的接著道：「至於江湖傳言在下殺害項少俠，奪了他身上寶物，被逍遙派威脅反

被奪寶之說，全是一派妄言，乃有人蓄意製造謠言，意圖江湖各派互相猜忌乃至互相殘殺，而這製造謠言的人也就可漁翁得利。想來各武林同道也明知魔教作惡江湖之事，他打出的晃子是什麼？為項思龍少俠報仇！其狼子野心的奸計已是豁然表露！可江湖同道卻還是有人相信謠言，向逍遙派挑戰，新近發生的一些江湖大事就證明這些人是被私利迷了心竅！魔教消滅吞併了多少門派？多少人為這莫須有的謠言而喪生？

「在下雖非江湖中人，卻是也為這些私利者而痛心！寶物唯有有德者才可據之，即使項少俠有遺物留下，卻也並不是靠搶靠殺就可奪到的啊！何況項少俠還有後人，有遺物留該歸他後人所有！在下要說的也便只這麼多，諸位還有什麼疑問的盡可以提出來！至於鬼王劍則應交給地冥鬼府！」

全場中人無一敢作聲的了，那吳天德、張保山顯是得了自己靠山日月魔教撤退的消息，卻也連屁都不敢放一個，反是身軀劇烈顫抖著，連頭也不敢抬。

在項少龍提著鬼王劍走向上官蓮時，上官蓮一臉寒霜的冷聲道：「閣下既也說過寶物應歸有德者據之，那麼龍兒遺下的這把鬼王劍就也自是作為本次武林大會選出的禮物吧！」

頓了頓，語氣一轉的恨聲道：「龍兒是我地冥鬼府的希望，他為了救閣下而遇不測，閣下卻不會交出鬼王劍就了事了吧？龍兒留下的那眾妻妾兒女怎麼辦？我們這些老傢伙由誰為送終？龍兒的心願誰幫他達成？哼，閣下也要給老身一個交代來！讓龍兒一個人去引開狼群，又自殺機大熾精芒直閃，似恨不得把項少龍給一口吞了。」

說著時老臉脹得通紅，又自殺機大熾精芒直閃，似恨不得把項少龍給一口吞了。

項少龍被上官蓮說得臉色蒼白，淒然道：「在下確不算什麼英雄好漢，只求上官夫人給我四年時間，在下到時自會上地冥鬼府，向夫人作一個交代的！」

上官蓮冷笑道：「四年？作一個交代？哼，老身只要你生要帶龍兒的人來我地冥鬼府，死也要帶龍兒的屍體來我地冥鬼府！閣下在這幾個月中卻躲在逍遙派內作縮頭烏龜，還說是龍兒的朋友？只枉龍兒那麼傻，竟會拚命去救你這忘恩負義的傢伙！」

項少龍被上官蓮責得一愣，一臉茫然之色的喃喃自語道：「我是縮頭烏龜？我是忘恩負義的傢伙？是啊，我是個沒情沒義的傢伙，我是個歷史罪人！我不該不聽思龍勸告的啊！思龍現在死了我還活著幹嘛呢？我也是這時代多餘的人啊！我不該

「還活著的！」

說罷竟是「鏘」的一聲拔出手中的鬼王劍就欲向自己頸脖抹去，數聲驚呼刹然而起，卻見兩道身影頓時衝出，一個是項羽，一個是項思龍，後者因體內沒有真氣，自是慢了項羽許多。

項羽手中一抖麟龍神鞭，「噹」的一聲擊落了項少龍手中的鬼王劍，再發出一指勁氣點了項少龍穴道，驚呼道：「爹，不可！」說著時已飛身至項少龍身邊，虎目一瞪的望著失神的上官蓮大吼道：「老太婆，你罵夠了沒有？別人怕你地冥鬼府，我項羽卻不怕！我爹是欠了項大哥的，可我項家會償還他的！只要有我項羽一天，項大哥的妻妾兒女也就有出人頭地的一天！項大哥有什麼心願未了，儘管說出來，我項羽助他去完成！可我爹若有什麼閃失，我項羽決不會放過你地冥鬼府！至於項大哥，我項羽發誓死也見屍把他找出來！」

上官蓮被項羽喝得微微一呆，但旋即斂神冷笑道：「龍兒的心願你能助他完成嗎？他畢生的願望就是希望他義弟劉邦出人頭地，成為天下霸主，你項羽會讓出自己辛苦打下來的江山嗎？」

這下輪到項羽給怔住了，一時間被上官蓮問得說不出話來，可劉邦這時站了

起來沉聲道：「天下最讓人興奮的是打天下的過程，而不是坐享其成，我劉邦雖還只是一介小角色，卻也不屑別人讓出江山給我！一個人的成長是在苦難中成熟的，我劉邦已不是昔日沛縣的小流氓了！項大哥對我的悉心栽培，我劉邦會永世記著！只要我劉邦一天不倒，哪怕是只剩下我一個人了，我也會與天下群雄爭鬥到底！我劉邦絕不會辜負項大哥對我的期望的！」

上官蓮和韓信等聽得心下暗暗為劉邦叫好，前者更是欣慰這劉邦果也長大成熟了，果也不愧龍兒看得起他，只憑這一番話就可看出劉邦也還是個人物！

韓信、陳平等劉邦手下的大將卻又是另一番想法，思忖道：「漢王果也是個英雄，倒不愧自己等誓死效忠他！只要他有信心，自己等定陪他與項羽周旋到底！」

項思龍也暗為劉邦的這番話喝采，就是項羽也用一種像新認識劉邦的驚異目光打量著他，眾武林英雄則是你望著我我望著你的面面相覷。

嘿，這哪像什麼武林大會嘛！倒成了漢王和楚霸王爭雄的大會了！

眾人心下怪怪想著，場中氣氛又一時尷尬的靜了下來。項思龍這時乾咳了一聲，打破了沉靜道：「幾位也不要爭吵了，項思龍少俠還活著也說不一定呢！待

今天的武林大會結束後，在下陪你們一道去尋項少俠如何？」

有項思龍出面調解，項羽、上官蓮、劉邦三人之間緊張的氣氛頓也緩和下來。

上官蓮臉色鐵青的瞪了項羽一眼，藉機下台道：「看在凌少俠面子上，暫且不與你計較了！」

項羽、劉邦二人自也默默退下，待項羽解了項少龍穴道，項少龍仍是一臉呆滯之色。

項思龍見三人聽了自己勸解，心下大是鬆了一口氣，目光落在跌落在地上的鬼王劍時，頓俯身把它拾了起來，可劍一入手，一種異樣的感覺頓掠心頭，鬼王劍竟也通靈似識得他這老主人，竟是紅光大作發出一聲清脆龍吟，只把項思龍嚇了一大跳，但心頭仍覺怪怪的。

上官蓮、劉邦等也是目光詫異的望向項思龍，上官蓮訝聲道：「寶劍似覺得新主人了呢！好，那老身就把它贈與凌少俠吧！也不用拿來作什麼武林盟主的禮物了！」

項思龍推辭道：「這……在下豈敢受此重禮呢！夫人還是留著吧！待尋得項

上官蓮聞言沉吟道：「嗯……這樣吧，在未尋著龍兒前，鬼王劍就暫由凌少俠保管！」

項思龍還待推辭，鬼王劍卻突又發出一聲龍吟。

上官蓮頓笑道：「寶物通靈顯是尋得新主，凌少俠就收下吧！」

這下項思龍再也不知說些什麼了，只得收下了鬼王劍，連向上官蓮道謝，心下卻也歡喜不已。

「一切平定下來，向問天這時站了起來朗聲道：「大家還有誰對項少龍上將軍的話有疑問的沒有？如有，但請提出來；如沒有，那就證明大家公認傳言項少俠遺有寶物之說純屬子虛烏有，是有人蓄意造謠生事的了！那好，這下在下就來把那謠言的散佈者揪出來！」

向問天這話音剛落，全場頓然一片哄然，有人大叫起來道：「什麼？這可惡的傢伙竟然就在我們中間，快把他找出來！這等武林敗類應給剮成肉餅！」

這下可只把那吳天德和張保山嚇得渾身直打哆嗦，臉色蒼白得嚇人，當向天的目光冷冷的向二人射來時。這兩個傢伙頓然嚇得不打自招的站了起來顫聲

道：「謠言……是……是我們散播的！我們是……是人渣！武林敗類，可我們也是……身不由己的啊！我們無敵門上上下下六百子弟全被日月魔教的人下了『日月神符』了，我們如不依他們的指示去做，我無敵門就要被滅亡了！我們是被逼的！我們錯了！但只求諸位英雄能諒解苦衷，饒過我們二人的狗命，我們……我們願意招出魔教在這次武林大會中的一切臥底，我們再也不為魔教助紂為虐了！我們願招出魔教助紂為虐了！我們願意將功贖罪，只求能饒過我們小命！」

二人近旁的眾武林人聞言頓勃然大怒的作勢欲擒二人道：「好啊，原來是你們無敵門在搞鬼！還想活命？我們要生撕了你們這兩個敗類！」

向問天忙喝住欲對吳、張二人動手的武林人物道：「大家住手！我們今天是要公審這兩個傢伙，召告武林同道──背叛正義是沒有好下場的！至於怎麼處置他們，卻由待會新選出的武林盟主來頒佈吧！來人，把吳天德和張保山押上來！」

頓有四名「降魔敢死隊」成員兇神惡煞的大步走向那已嚇得屁滾尿流的吳天德和張保山，二人連反抗也不敢反抗，就被四名武士封了穴道，押上了主席台。

向問天冷冷的望向二人道：「好，你們乖乖招供吧！你們都有些什麼同黨混

入了今天的武林大會中？日月魔教有多少個分壇？都設在哪裡？魔教的總壇又在什麼地方？」

吳、張二自知必死無疑，這刻卻也斂回心神，中氣不足的硬聲道：「橫豎都是死，我們又為什麼要說？哼，要殺就殺吧！日月神教，龍出大海，一統武林！」

向問天冷笑道：「看來不給點厲害你們瞧瞧，你們是不會乖的了！好，那我就讓你們嘗嘗我五岳劍派分筋截脈手的滋味吧！」

吳天德和張保山聽得臉色煞白，顯是對向問天所說的分筋截脈手感到恐懼，哆嗦道：「你⋯⋯你是一代名門大俠又兼掌門，當不會用此狠毒的招數對付我們吧！」

原來分筋截脈手乃是一門用真氣截擊對方筋脈的手法，被施法者當會感到萬蟲鑽心般的痛苦，乃五岳劍派用來懲治派中叛徒的狠毒手段，聞名江湖已是數百年，不少武林人物就也曾嘗過這手法滋味，確令人痛不欲生。

向問天冷哼一聲道：「對付武林敗類沒有什麼狠毒不狠毒的！快招！否則可就要讓你們生不如死了！」

吳天德和張保山卻竟是暗一咬牙，狠下心來道：「不招！」

向問天嘿嘿一笑道：「不招？那看你們能熬得了多久吧！」說著，右手雙指一併，電閃般點向二人身上的數處穴道，張、吳二人頓即殺豬般的慘叫起來，跌地翻滾不止，臉上肌肉變形，汗珠滾滾而下，可無一人同情他們為他們說好話的，反心下大快的暗道：「活該！」當然也有人心正忐忑不安非常，手裡暗捏一把冷汗。

向問天這時又冷冷道：「被我分筋截脈手制住，若在盞茶時間還不解開，必會筋脈錯亂被廢！你們還是乖乖的招供吧！」

可向問天這話音剛落，卻見張、吳二人身體一陣劇烈抽搐，口中直吞白沫，待眾人驚覺過來時，二人卻是死去歸於靜寂了，面上竟現出銀灰色。

項思龍見了想也沒想的脫口驚呼道：「天衣神水毒！」話一出口，卻又驚覺自己記憶中像是沒有這「天衣神水毒」的名稱，不知為何竟然會脫口而出呢？這是否與自己原本的身分有關？

項思龍這想法卻也不錯，想他曾服食過毒王無涯子的舍利子，已是無形中繼承了無涯子的真傳，無涯子號稱毒之王，自是對天下諸毒瞭若指掌了！他的記憶

雖失，但毒王魔珠對他的傳輸就是潛意識的，所以項思龍這刻脫口叫出張、吳二人所中之毒的名稱來卻也不足為奇。只是因他記憶失去，不知自己曾服過毒王魔珠罷了。

項思龍道出這「天衣神水毒」的名稱另有一人也大感驚駭，這卻是鬼影修羅，只聽得他臉色鐵青道：「日月魔教四大法王中頭號人物天衣怪僧的奇門之毒？難道這老怪物還沒死？」

在他近旁的孤獨驚鳴不解道：「什麼天衣怪僧奇門之毒？這麼大驚小怪的！」

鬼影修羅卻是肅容道：「當年的日月神教之所以能雄霸江湖，其一是因教主狂笑天的一身武功高深無敵，其二乃是因魔教中有四大法王和二大光明使者。光明左使楊天為一手不死法印天下罕有敵手，乃魔教狂笑天外的第二號人物，可第三號人物不是光明右使包不生而是四大法王中的天衣怪僧，這傢伙除天衣大法的功夫厲害無比外，最厲害的就是他會天衣神毒了！

「據聞天衣怪僧乃波斯國神秘教派神水的一個叛徒，逃入我中原後被狂笑天收降重用。天衣神水則是神水宮視之為鎮宮之寶的神物，可殺人於無形，天下無

藥可解，但有一古鼎之水可抑此毒。天衣神水和古鼎皆被天衣怪僧盜得，狂笑天收服他後，知曉此秘密，頓著他用天衣神水來駕馭武林高手，中此神水者如七日不服古鼎之水，必會全身泛銀灰色僵硬而死。可是較為恐怖的還是後著，服過神水的人死後，會變成殭屍，萬劍不入水火不浸，且武功較之先前還高，可需經二十四個時辰的體質改造才成！想不到當年讓江湖風雲色變的天衣神水再現江湖，看來中原武林當真是會有一場浩劫了！」

項思龍聽得一呆道：「真有這般厲害？天下間真的無藥可解此毒？」

鬼影修羅一聽大訝道：「這小子既知天衣神水毒這名，難道會不知其厲害之處？」說著，頓了頓又歎了口氣道：「天衣神水也並非完全無藥可解，可非得請波斯國神水宮的宮主來才行了！這我也是當年從日月天帝那裡偷聽到的消息，卻不知是真是假！」

項思龍「噢」了聲，卻突又指著地上張、吳二人的屍體道：「現在這兩具屍體該怎麼辦？」

鬼影修羅苦惱道：「我也不知道！不過決不可用功力摧毀屍體，要不會發生大爆的，屍體身上的任何沾血東西沾到人身上可不是好玩的，會全身潰爛而死！

可也不能把屍體埋了，要不正中下懷，會讓它們變殭屍後威力更增！」

項思龍聽得頭大如斗道：「那這兩具屍體豈不成為難題了！嗯，可不可用火化？」

鬼影修羅搖頭道：「不可以！飄出的屍氣會讓其他人中毒！」

項思龍苦臉沉吟道：「那可不可以用冰暫且封住它們？」

鬼影修羅側首沉思了一會道：「這方法應該是可行的吧！殭屍也會冰眠！但不是徹底解決的辦法！當年魔教被滅後，傳聞是神水宮虛月宮主親來我中原處理天衣神水的危害的！只想不到這絕毒之物如今又重現江湖！」

向問天這時一臉愧色的對項思龍道：「這……都怪我太過魯莽，不該下此重手的！」

項思龍面色沉重的道：「要發生的事情總會發生，逃避不了的！遲發現隱患還不如早發現的好，至少可以提前作個防備或想出個辦法來！好，不要因此事破壞了武林大會的氣氛！

「來人，把屍體抬下去放入地下冰窖冰凍起來，著人好好看守，不可妄動它們！唉，看來魔教還不懂這天衣神水的真正用途和威力，亦或不知控制殭屍的方

法，我們還有計可施，如此天衣怪僧也就不存於世，少個大魔頭。這消息要嚴禁洩露出去，否則後患無窮！」

在場中所有人的心情都沉重起來，不知是否所有歸順魔教的人都中了天衣神水之毒呢？若是如此的話，那中原武林可正要掀起一場無邊浩劫了！

圓正大師合什念了聲佛號，自言自語道：「恐怕只有項思龍少俠再世才可挽救這場武林浩劫了！」

項思龍沉默了一陣，突地雙目異光直閃的沉聲道：「大家不必太過憂患於心，自古邪不勝正，總會有辦法克制魔教的這些邪法的，只待我中原武林稍稍安定下來後，在下決定遠涉波斯國去尋求天衣神水的破解之法！但現在我中原武林必須選出一位武林盟主來，如此才可以團結人心，讓大家上下一致合力對抗魔教，不讓魔教勢力得到擴散，待在下尋回天衣神水解藥後，我們也便再無後顧之憂，可以盡情的給魔教以迎頭痛擊了！至於尋找項少俠下落，在下明日即起程去無量崖！」

項思龍的話讓得場中氣氛又稍稍活躍了些，上官蓮接口道：「我地冥鬼府也同跟凌少俠一起去尋找龍兒！」

項思龍對於說無量崖底有秘通的話可是信口道來的，他說去尋找「項少俠」只不過是想返回無量洞府去問問師父玄玉道人是否有路可通到這無量崖底，自是不能有外人與他同行的，聽了上官蓮這話，當下頓忙找藉口道：「還是在下一人去尋項少俠好了，現今江湖勢緊，諸位還是留下為抵抗魔教出一份力量吧！再說在下行事怪僻，喜好一個人獨來獨往，諸位卻是不必跟著在下的！當然，需要外人幫助時，在下定會相請！」

上官蓮側首望著項思龍沉吟了片刻，才點頭道：「也好，那我們就在這逍遙觀恭候凌少俠好信了！」

甜甜卻是突地大叫了起來道：「不行，大哥哥說過帶我一塊去找項大哥的，我一定要跟著你！」

項思龍頭大如斗的哄她道：「好！好！大哥哥帶你去，不過你可得乖乖的聽話！」

甜甜大喜的連連點頭，劉邦、項羽和項少龍幾人嘴角抖動著似想說些什麼卻又沒有說出。

項思龍這時突地面容一沉，對向問天道：「魔教安插在我們中間的黨羽還未

除清，向大俠繼續把這些武林敗類給揪出來，可不要讓他們逍遙法外！」

向問天還對出手致使吳天德和張保山死去的事情感到甚是難過，這倒不是顧惜他們二人的性命，而是因此而給大家帶來的心頭陰雲，聞得項思龍這話，心神一斂，當下目中精芒一閃的沉聲道：「我看這些傢伙還是主動出來自個兒悔過認錯吧！哼，天衣神水雖是隱患不淺，但既已有了這禍患，也就不在乎多加幾個！如死頑固者，一律處死！」

向問天這下是動了真火。果嚇得人群中三三兩兩的走出了十多個武林人物來，皆是一臉死灰之色，全身顫抖個不停。可向問天卻還是冷哼一聲，冷冷道：「幾個小蝦米出來作替死鬼就想了事啊！據我武林盟共同體得來的消息，今天的武林大會中足有兩百多個魔教臥底，我勸你們這些人還是乖乖自己走出來！名單都已掌握在我們手上了，你們今天沒一個人可以抱著僥倖心理可以溜掉的！」

項思龍也冷聲道：「向大俠說得不錯，死頑固者劣性不改者一律全都格殺勿論！若主動悔過認錯者，視其情節輕，可從寬發落，爾等可是要想清楚了！」

項思龍這武林盟共同體的軍師發話威信果是大了些，又有七八十個自動走了出來。

項思龍目光冷冷的落在臉上神色閃忽不定的南宮青雲身上，哼了聲道：「還是有人不識好歹！」

南宮青雲卻是突地站了起來，仰天發出一陣狂笑道：「神劍浪子果然是個了不起的人物，在短短的幾天時日內就穩定了中原武林盟的陣腳，擊退了我日月神教的功勢，了不起！

「不過任憑你智者千慮，卻也想不出我日月神教在此沉武林大會上的真正殺著！天衣神水的秘密是被知道了，但是你們可知道天衣神水的真正厲害嗎？哼，我手上掌的就是一小瓶天衣神水，但是爆炸的威力卻已足可把這整個逍遙觀夷為平地！不信？不信是嗎？那想不想試試？」

說著突地出手一爪鎖住了他身邊的一個南宮世家弟子，喋喋怪笑的「咔嚓」一聲擰斷了這弟子的頸脖，卻見他流出的血竟然也全是銀灰色的。南宮青雲嘿嘿笑道：「天衣神水，生生不絕的道理也就在於此了！服過天衣神水的人，只要經過九九八十一天，他們身上的血液也就會變成天衣神水的子體。我手中這一小瓶母體可供一千人服用，其威力你們想想吧！」

說罷把手中已死去的南宮世家弟子的屍體凌空拋出，再驀地揮出一掌，只聽

「轟」的一聲震天巨響,那南宮世家弟子的屍體竟像炸彈般的爆炸開來。

項思龍駭得亡魂大冒,如叫這屍體的濺落物沾到人的身上,那還不死傷無數?心中大急的想來,目光緊緊的盯著空中爆炸開來的斷肢肉,奇異的現象又發生了,卻見項思龍目光突地如上次擊毀窗戶般的射出兩道灼熾光芒,只聽得「嗤!嗤!嗤!」一陣異聲響起,空中濺開的屍身竟全被項思龍的目光燒化為灰燼。

空氣一時像滯凝住了,所有人都目光驚駭的瞪著項思龍。

這……這是什麼功夫?目光……目光也有如此大的威力!簡直是駭人聽聞!項思龍也為之呆了一呆,但已見過自己這現象一次,很快便斂回神來,見自己破解了南宮青雲的殺著,心下大是鬆了一口氣,禁不住歡呼起來道:「有辦法破解魔教的天衣神水了!」

其他的人卻對他的話恍若未聞,都還是只顧怔怔的望著項思龍,誰也沒有開口說話。

南宮青雲的眼睛裡更是首次露出了對死亡的恐懼之色,身體劇烈的顫抖著,向問天第一個欣喜的打破沉寂道:「我們不怕天衣神水了!天衣神水對我們

「再也沒有威脅了!」

青松道長被向問天這話驚回心神,聲音怪異的問項思龍道:「小師叔祖,你……你練的究竟是什麼神功?竟然……連眼睛也可發射出如此驚世駭俗的威力!」

劉邦卻是長長的噓了一口氣,訕笑道:「凌大哥原來是個深藏不露的絕世高手啊!就憑你方才雙目一瞪發射出的威力,當之天下還有誰能是你的敵手,當今天下『天下第一』的名頭是非凌大哥莫屬了!」

項羽則是不勝唏噓道:「不可思議!不可思議的武功!」

項少龍則又是沉思狀的喃喃自語道:「簡直是超越了人類的極限,目光可以作為武器,毀滅力量如此之大,這……簡直是科幻片中的機器人才會擁有的能量嘛!怎麼可能呢?人類的武功怎麼可能有如此大的威力呢?目光的一擊之威竟可把一個人燒化為灰燼!」

對項思龍所露的這手奇異功夫,所有的人都驚駭不已,項思龍則是不置可否的笑了笑,連他也不知自己怎麼會有這等特異功能,卻是叫他怎麼向大家解釋呢?

南宮青雲這時卻突地像瘋了似的歇斯底里的對正緩緩向他走去的項思龍邊搖手邊喊道：「不要⋯⋯不要過來！不要過來！你⋯⋯你是魔鬼！你再走近⋯⋯我⋯⋯我就引爆手中的天衣神水，讓大家來個⋯⋯來個同歸於盡！」

向問天在旁冷笑道：「你小子還嚇唬誰啊！乖乖的準備受死吧！」說著向南宮青雲閃身追去。

南宮青雲喝道：「不要過來！不要過來！」邊喝叫著，突地發掌向手中盛裝天衣神水的玉瓶擊去。「轟」的一聲巨響，一道劇烈光芒直逼所有人的眼睛。

第二章 奇功異能

項思龍只覺一顆心直往下沉，因為他聽到了慘叫聲，不只是南宮青雲一個人的，有許許多多的人，有向問天，有青松道長……，還有劉邦、項羽、項少龍的驚呼聲……

「轟！轟！轟！」是一連串的巨大爆炸之聲，項思龍只覺眼前血光一片，慘叫聲呻吟聲響成一片

是惡夢中的景象成為現實了！項思龍突感到深深的恐懼，頭痛欲裂起來。

「啊——！」一聲悠長的暴喝發自項思龍的口中。奇異的現象再次出現了，卻見項思龍暴喝聲中呼出的氣流在空中幻化成了一團團熾烈的豪火，「轟轟轟」

天衣神水殘餘的威力悉數被光所破，相互碰擊炸裂而滅……一切都回歸了平靜！

項思龍睜開雙目緩緩向四周望去……

屍體倒了一片，血肉斷肢到處都是，呻吟聲時起彼落，死者傷者怕至少三四百人！

好厲害的天衣神水！既可以作為絕世之毒，又可以作為攻擊武器！這世上竟有這等神奇之物！

項思龍的目光終於看到了向問天，看到了青松道長，也看到了劉邦、項羽和項少龍……

他們都已口角吐血，身上衣衫破裂，不過都還饒倖，沒有死，都還活著！沒有遇害的人都被眼前的景象驚呆了，都失魂落魄的怔怔站著或坐著，圓正大師口中低念佛號不止。

項思龍心中的憤怒和悲痛簡直無法用言語描述出來，自己和武林同道辛辛苦苦創建起來的武林盟共同體或許就這麼完了！向問天、青松道長、劉邦、項羽、項少龍等都已中了天衣神水之毒，人雖是沒死，可……卻是比死了還可怕啊！他們變成殭屍……那中原武林還能不陷入末路嗎？

自己的目光雖可毀滅天衣神水的遺患，可總不能把自己的人化為灰燼啊！這難道就是所謂的「道高一尺魔高一丈」嗎？難道正真不能克邪？

項思龍只覺自己很想殺人，恨不得把魔教的人殺個盡光。雙目凶芒直閃的著不遠處那批準備出來悔過的現已是呆若木雞的魔教臥底，驀地冷喝一聲道：

「你們這些人渣全去死吧！」

喝聲剛落，只見項思龍雙目電芒直閃，如若鐳射般在這批人身上一陣發射，只聽得「嗤嗤嗤」一連陣異響，這些人連驚叫慘呼也來不及叫出，就已被項思龍具有奇功異能的目光給殺了個精光。

其他諸人看得心中駭然，卻也感覺痛快之極。對付邪惡的魔教徒只能以殺止殺！

圓正大師在一旁邊念「阿彌陀佛」，沒有死去的向問天此時已掙扎著站了起來，一臉悲容的對項思龍道：「凌少俠，你殺了我吧！都是我！把局面弄成了這樣！我們都已中了天衣神水之毒，如過九九八十一天之後就會變成神水殭屍，為了免讓我們為禍武林，凌少俠你毀去我們吧！」

青松道長這時也由逍遙派覺醒過來的弟子扶了起來，面如死灰的長歎道：

「不錯,為了天下蒼生,為了我中原武林,小師叔祖你還是狠下心腸來毀了我們吧!唉,中原武林的存亡可就全靠小師叔祖你了!只可惜連累了漢王和楚霸王,中原又不知會陷入何等局面!」

項思龍卻是突地沉聲道:「我不會讓你們死去的!我一定要尋到解藥來救你們!」

項少龍這時卻是悲歎道:「都是我!都是我!都是因為我這個歷史的罪人!天啊,你為何如此殘忍?劉邦和項羽是死不得的啊!他們如死了,那中國的歷史還何存?那我又怎麼向思龍死去的亡魂交代?時空機器!馬瘋子,你們救救我們中國的歷史吧!」

項思龍聽得項少龍這話,只覺心中掀起壓抑不住的濤天波浪,中國的歷史?劉邦、項羽?時空機器?馬瘋子?這⋯⋯這似乎也與自己緊緊相關!自己到底是誰呢?

中國的歷史!中國的歷史!絕不能被改變!自己一定要救項羽和劉邦!

項思龍只覺這種意念突地從心底裡湧生出來,連自己也給嚇了一跳,但又覺這是自己義不容辭的責任。

項羽見義父如此悲痛,也只覺心如刀割,突地轉過身去面對著劉邦冷冷道:

「我們不要再爭了,天下我讓給你,就算是報答項大哥救我義父的恩情是了!」

項思龍聽得心下一突,還沒待劉邦接話就脫口道:「天下怎可以讓呢?你們兩個都不會死的!」

項少龍也喝斥項羽道:「沒用的東西,你是不是怕了劉邦了?你們兩個是歷史……你們定會吉人天相沒事的!爹不想看到你這麼消沉!凌少俠不是說過了麼,我們定都死不了的!」

項思龍回頭道:「我會即日起程去波斯國,尋到天衣神水解藥後會立即趕回!」

上官蓮這時也歎了一聲道:「看來我地冥鬼府也不能再沉浸於悲痛袖手旁觀了,魔教如此邪惡,我地冥鬼府的兒郎們要化悲痛為力量,也為抗抵魔教出一份力!我們要重振龍兒當年領導我們打敗鬼血王西門無敵,打敗達多,打敗西方魔教的威風來!」

天絕接口道:「不錯,我們要重振雄風,蕩平日月魔教!」

韓信狠聲對受傷不輕的劉邦道:「漢王不若我們調動大軍殺日月魔教一個雞

「犬不寧！」

劉邦望了項羽一眼，沉聲道：「江湖中的事情自有江湖人去解決，我們卻不可心有二用，荒廢事業！」

項少龍聽了感慨的讚道：「漢王不愧是漢王，可以以事業為重，難怪將來……羽兒，你可要向你這義兄多多學習，不可為了私人感情而荒了事業！」

項羽無精打采的漫聲應過項少龍，只讓項少龍看得心下直是搖頭歎氣。

劉邦能為爭霸天下不顧惜父母兒女老婆，在項羽擒了他父親劉太公時，反說願把辛苦打下的江山讓給劉邦。日後他之所以兵敗烏江，或許正是因為他今日項羽如要煮他父親，可不要忘了分他一碗，此份狠心腸確是常人非能比擬的吧！

可羽兒就不同了，為人太過剛愎自用，又喜感情用事，為了思龍救過自己竟誕生的這種可怕心理吧！

唉，自己已答應過思龍不再去改變歷史，那自也不能再教羽兒怎樣去對付劉邦了！

天意！一切都是天意！歷史雖可以創造，但是卻絕非人力所能改變！

自己當年把小盤締造成了秦始皇嬴政，可歷史中的一切事件不是基本上什麼

也沒變嗎？

秦始皇仍是成為歷史上的暴君，連自己也阻止不了這種歷史的命運！

現在……現在也是一樣的啦！自己雖締造成了西楚霸王項羽，可自己多次派人刺殺劉邦還是未成功？歷史中著名的鴻門宴中項羽還是沒殺劉邦？還有……還有羽兒還是殺了楚懷王，殺了秦王子嬰，殺了在秦二十萬降兵，燒了阿房宮！一切都是如歷史所載般的發展，並沒有因自己的野心而有絲毫改變！

還是死了這條心吧！

現在只願望於這凌嘯天身上了！唉，自己本自詡自己這現代人的智慧在這古代天下無敵，現在看來卻也是自己太過自信了，這凌嘯天的智慧簡直是讓自己也覺高深莫測，尤其他的超能武功，簡直是不可思議！真不知他是個外星人還是個機器！可在與他交往的幾次裡，卻只覺他正常得很啊！跟人沒什麼兩樣的。有情有義，是個頂天立地的奇才，給人一種怪異的願意親近他的感覺，卻又說不出是個什麼緣由來，或許是因為他也是個如思龍一般出眾的人物吧！

項少龍心下怪怪想著，青松道長看了一下一片狼藉的景象，面現哀色的問項

項思龍道：「小師叔祖，今天的武林大會……還開不開下去？大家都似被天衣神水的威能給嚇破了膽呢！」

項思龍歎了一口長氣道：「還怎麼開下去？這樣吧，現在由地冥鬼府的上官夫人來主持我中原武林的一切大局，武林盟共同體還是兼存，仍以武當山為抗魔根據地！魔教的邪惡大家都看到了，只有徹底剷除他們我中原武林才有希望，否則便會陷入萬劫不復之境！在下明日就動身前往波斯國，希望能在八十一天之內尋回天衣神水的解藥！」

眾人聽得全都是一片肅然的黯然神傷，項少龍望了望項羽又望了劉邦，憂心忡忡的道：「在下跟凌少俠一起去吧！也好彼此有個關照！」

項思龍搖了搖頭，卻只望著楚楚可憐的甜甜道：「在下答應過甜甜姑娘，在未找到項思龍少俠前一定要把她帶在身邊，所以我只帶她一人前去！」

眾人聽得一愣，帶著一個手無縛雞之力的姑娘一起遠涉波斯國，這豈不是個拖累麼？

心下雖如此想，嘴上自是不會說出，其實就是項思龍也不知為何會說願帶甜甜一起，只覺這姑娘那雙清澈眼睛裡的哀怨，讓得他也不忍心不兌現承諾。

甜甜嬌呼一聲投入項思龍懷中，親了他一口，甜聲道：「謝謝你了，大哥哥！」

天衣神水的恐懼籠罩著每一個人的心頭，項思龍在青松道長、向問天、圓正大師、上官蓮等沉重的氣氛相送下，與甜甜一道下了武當山，向問天提供的一份去波斯國的地圖指點北上，踏上了前往波斯國的征程。八十一天！八十一天！中原武林和天下紛爭的命運就掌握在八十一天的時間裡了！

項思龍的心情顯得甚是憂鬱，許許多多模模糊糊的疑問讓得他時時頭痛欲裂。

自己到底是誰呢？為何總感覺自己負著什麼歷史使命似的沉重？項羽、劉邦、項少龍幾人是自己影像中這歷史使命的關鍵人物嗎？為何自己一想起這三個名字就覺心中刺痛頭痛非常？自己以前跟他們有什麼特殊的關係嗎？

一定是有！只有這種解釋才符合自己的症狀！要不自己不會對幾個陌生的人感覺如此痛苦！

到底是什麼使命呢？自己到底肩負著什麼使命呢？關係歷史？太⋯⋯不能想

像了吧！歷史也可以受人力的左右？項思龍對這些疑問痛苦得都快呻吟出來。

唉，不管那麼多，現在最主要的是去波斯國找到神水宮尋回天衣神水的解藥去救人要緊！

那天衣神水的威力也太不可思議了！南宮青雲手中那麼一小瓶就有那麼大的威力，炸死炸傷幾百個武林高手，真想不到那是什麼鬼東西！如掌握了大量的天衣神水，那這天下還不唯其獨尊？神水宮又是個怎樣的組織呢？自己能自他們手中取回天衣神水的解藥嗎？

日月魔教用這等邪惡的東西來對付江湖同道，可真是太慘無人道了！無論怎樣自己也要除去魔教，還中原武林一片清靜樂土！還有那劉邦和項羽的爭霸天下，自己卻又該如何去助他們解決呢？二人都是自己的結義兄弟了，都對自己真誠得很，自己卻是應該助誰呢？還是誰都不相助，任由他們去打去殺？二虎相爭必有一傷，何況是爭霸天下這等殘忍的事情！只是苦了天下黎民百姓！唉，愈快實現天下一統才愈可天下太平，但是劉邦和項羽⋯⋯

項思龍又不願再想下去了，可忽又對自己突地具有的特異功能奇怪起來，怎麼會這樣的呢？那種能量卻也並不是什麼內力，就像自己天生似的，它發

射時要自己對某物體動了殺意或集中了注意力，就會自然而然的射擊，威力卻也如此的猛烈，在自己所認識的人當中，即便是師父玄玉道長，集全身功力一擊也沒有自己那隨目一擊的威力之大，這簡直是不可理喻！

只不知具有這特異功能對自己來說到底是禍是福？也不知它到底是怎麼來的？不過有這特異功能也好，可以用來除魔衛道，也不用怕那服了天衣神水成了神水殭屍的可怖東西了！哈，自己不想成為天下第一高手，卻也莫名其妙的成了，這世界真是有些讓人搞不懂！

項思龍身具這奇功異能卻原來是因為脫困天外天時，香香公主把體內修練多年的養生訣功力全部輸送到項思龍身上助四人脫困時無意間全被項思龍吸收了，雖然他自身的功力消失，但養生訣的奇異能量卻留在了他體內，而養生訣又是外星人所遺落地球的一本奇異秘笈，修練的能量自然也就與人類不同，但香香主本身尚未練成養生訣的至高境界，再加上人類體能的極限，所以她不能發揮出養生訣能量的真正威能，可項思龍福緣深厚，他曾吸收過月氏光球的奇異能量改造了他的身體機能，且月氏光球的能量冥冥中與養生訣能量吻合，使之項思龍不知不覺的具有了超越人類的奇功異能，他先前不能發揮是因月氏光球能量與養生

訣能量還沒融合。

一切都是天意，正所謂「塞翁失馬焉知非福吧！」沒了內力卻有了這更具威力的特異功能！

但只不知這奇異能量到底會給項思龍帶來什麼後果，甜甜的歡笑和歌聲稍稍減去了些項思龍心中的煩悶，讓得他對這女孩產生了一種奇異的感覺，尤其是當甜甜伏在他懷中閉上美目靜靜睡去的姿態，更是讓得項思龍心動不已。

但這女孩也有憂鬱的時候，每當項思龍不注意她的時候，美目中就流露出對往事懷念的憂傷，她的快樂似乎是為了取悅項思龍，讓他心情寬鬆些的。

項思龍自是感覺得到這美女那顆善良純樸的心中的那股好意，所以臉上也露出了笑容。

煩惱的思想還是拋到一邊去吧！至少在這去波斯國的途中自己可以不去想煩惱事情的！

心情一鬆，項思龍與甜甜也便有說有笑起來，再也不繃著個臉了。

甜甜癡癡望著項思龍，突地道：「大哥哥真像極了項思龍大哥，無論說話的

項思龍聽得這話卻是全身條地一震,坐在馬背上半晌不語。

自己……會不會真是那項思龍少俠呢?這……似乎大有可能呢!

項少龍和甜甜在無量崖邊見到了項少俠的鬼王劍,被懷疑是躍入了無量崖中,而自己卻又正是那段時日……

不,師父玄玉說是一年前救下自己的呢!

可……項少俠的鬼王劍在自己手上為何會通靈呢?項少俠所認識的親朋好友自己為何都有種莫名的熟悉的感覺呢?這……是不是師父在說謊?

待取回天衣神水解藥救了眾人後,自己一定要回無量洞府中,去向師父問個清楚。

尋回失去的記憶太重要了!

這似乎關係著……歷史……關係著歷史的命運!

項思龍怔怔想著時,甜甜發話問道:「大哥哥怪甜甜說錯話了嗎?以後我不再說了呢!大哥哥不要生氣好不好?甜甜很害怕呢!怕大哥再也不疼甜甜了!」

項思龍斂神一笑道：「你沒說錯什麼，只是大哥哥心下在想些事情，又怎生你的氣呢？大哥哥會永遠疼你的！在這世上你卻也是我的一個唯一妹妹了！」

甜甜秀目一紅道：「大哥哥原來也像甜甜一樣是個孤兒啊！」

項思龍若笑道：「我也不知道！可我的記憶中除了師父就再也沒有什麼親人了！」

二人突地沉默下來，就在這時一陣斥喝打鬥聲傳入二人耳中。

項思龍心神一緊，舉目往發聲處望去，卻見在自己二人右側五六十米遠的一個小丘上一群身著奇裝異服的大漢，口中哇哇大叫的正圍攻著一男一女。

項思龍和甜甜此時已經了十幾天的日夜跋涉，進入波斯國境內的範圍了。

那打鬥的兩夥人或許也是波斯國的人吧！一男一女顯是不敵，男的已是身上掛彩，女的則是被幾個異域大漢淫笑著迫得只有招架之力而無反手之力了。

項思龍本不想出手管這宗麻煩，要知道到了他國，自己和甜甜人生地不熟，又有要事在身，自是少管閒事為妙，自己在這裡可沒有什麼勢力，弄個不好就會橫屍異國了。

可甜甜卻是看不過去，央求項思龍道：「大哥哥，你幫幫那一男一女好不

項思龍自是拗甜甜不過，再說自己看了心下也實有氣，當下雙腿一夾與甜甜一道往打鬥的山丘馳去，這一帶是丘陵平原相結合的地帶，倒也適合馬兒行馳。

打鬥雙方顯是被馬蹄聲驚嚇，都不自覺的住手往二人望了，那幫大漢見只兩人，又見得甜甜的美貌，頓即有人衝甜甜指手劃腳發出一連串項思龍和甜甜都聽不懂的語音，可看他們那副淫浪神態，卻也可猜知他們是在調笑甜甜，並且有四人提刀向甜甜縱騎逼了過去。

項思龍心下大怒，一扯繩子策騎擋住四人，沉聲喝道：「你們想幹什麼？」

不想四人中竟也有人懂漢語的，咬著生疏的文字道：「原來是……中土豬，來……來我波斯國幹什麼？是天衣怪僧……派你們來的嗎？嘿，又想天衣神水了？那好，把你身邊的美人送給我們，我們就去神水宮偷一瓶天衣神水送給你！」

說到最後幾句，這人的漢語卻也流利起來，項思龍卻是聽得又驚又喜，想不到歪打撞竟也給找著知曉神水宮的人來了，這可是踏破鐵鞋無覓處，得來全不

好？他們被人欺負了呢！二十幾個大漢圍攻兩個人，這也太不講道義了嘛！大哥，去嘛！」

費功夫！

但聽他們說去神水宮偷天衣神水，就可知他們不是神水宮的人，不過可能與神水宮有關，或許是神水宮敵人，那麼自己也就可對他們大打出手了！

項思龍心下電轉想著，冷哼一聲道：「放你的狗屁！你們怎麼會講我中原話？是不是日月魔教隱伏在波斯國的人？哼，快住手！這麼多人圍攻兩人不怕丟醜嗎？」

聞得項思龍的喝聲，打鬥場中的人果也又住了手腳，齊往項思龍望來，其中一個雙目精芒閃爍似是眾大漢頭子的傢伙衝那懂漢語的嘰哩叭啦了好一陣，才一臉敵意的瞪著項思龍，又淫笑著望毫不知怕的甜甜。

懂漢語的漢子頓忙翻譯道：「我們波斯國烏的馬王子說，你們是什麼人？敢來阻撓我們緝拿王國的欽犯？你們中土來的人嗎？那好，把你身邊的美女送給我們，我們就饒了你，否則就把你們抓起來，會有得你們好受的！」

項思龍冷笑道：「什麼的馬王子？我看像我的龜兒子！你們是不是日月神教的人？在這波斯國內竟作強盜！好，本公子就拿下你們去見你們波斯國王！」

那漢子向高鼻子轉譯項思龍的話後，高鼻子氣得臉色轉鐵青，怒喝著示意手

下圍攻項思龍，頓有十多名大漢棄了那已是身負重傷的男人圍向項思龍，手中怪異的鋼刀直晃，口中哇哇叫著，殺氣騰騰，似巴不得把項思龍給生撕活剝了似的！

項思龍見過這些人的身手，雖有幾斤蠻力，卻也還沒放在心上，當下翻身躍下馬背，走到十幾個大漢對面，緩緩拔出鬼王劍，冷冷道：「有種的就上來吧！」

十幾個大漢顯也看不起項思龍，怪叫聲中，有兩人舉刀攻向了項思龍。

刀勢猛而有力，但沒有細妙變化，較中原武功確是無法比擬。

項思龍冷笑一聲，把自己印象中所知曉的劍法緩緩施出，因他沒有內力，要抵抗對方強而有力的刀勢自是不行，只有以巧妙劍法取勝了！只見項思龍手中長劍有若靈蛇吐信，又若長江大河，忽快忽慢，讓人難以捉摸，可一招使出，不但悉數破了二人攻勢，而且以劍尖刺中了二人氣海穴，武功算是給廢了。

對方的人似是不想項思龍如此厲害，兩個被刺中氣海穴的臉色蒼白，目光怨毒的退站一旁，而剩餘的十來人卻是一齊舉刀向項思龍從不同角度劈去。

「破劍式」項思龍大喝一聲，長劍幻化出一片光影，從讓人意想不到的角度

和速度向攻來的人手腕筋挑去，十幾人齊都握腕痛叫出聲，連調戲那異國女人的十幾人也住了手，目光驚駭的望著項思龍，誰也沒有說話，而那高鼻子在項思龍凌厲目光的逼視下嚇得更是不由自主的退了一步，面現恐懼的憤怒之色。

項思龍露出的這兩手可把眾惡漢子嚇住了，十幾人的人手腕筋挑去，只聽得「噹！噹！噹！」一陣長劍落地之聲，接著是一連串的哼叫，手指間隙血如雨注的流出。

口中再也沒了方才威風的向那「翻譯」低吼了一陣，「翻譯」頓忙向項思龍道：「烏的馬王子說閣下武功真是高明，不知可否到他王府中去作客，他一定會視你為上賓，也不會要你的美人。反是珠寶美人任你挑。但閣下得傳授王子方才所使的高明劍術！」

項思龍冷哼道：「在下無心作什麼王府上賓，今次來你波斯國乃是尋找神水宮的，只要你們說出神水宮的地址，我就饒了你們，否則就要你們一個個廢了武功不能再作惡！還有說出你們與日月神教的關係來！」

「翻譯」驚惶的轉述了項思龍的話後，高鼻子又氣又怒，竟是不識好歹的自個舉刀向項思龍攻來，刀勢除了猛強有力外卻也靈活多變，且還帶有刀氣，顯是習過中原武學的上乘高手。

項思龍見了心下一緊，卻還沒把這高鼻子放在眼裡，看他這招刀法的氣勢最後只能算是個二流好手，項思龍連南宮青雲那第一流高手也一招退了，這高鼻子自不會用第二招了，劍光連閃之下，項思龍已是駕劍在了高鼻子的頸脖上，冷冷道：「這下你該乖乖的與我合作，回答我的問話了吧！我問一句你答一句！」

高鼻子是嚇得連連點頭表示同意，通過「翻譯」主動道：「我確是波斯國的王子，此次為通緝兩個逃犯追至了這巴千大平原，他們就是那一男一女，犯下的是妄圖刺殺國王的滔天大罪，擒下他們我自是立了件大功。在追緝這兩人途中，我們由中原傳來的消息說，有你們中土的人來我們波斯國花千兩黃金買去了一瓶天衣神水回去，而這人又自稱是當年神水宮叛徒天衣怪僧的傳人。我們不知少俠乃是世外高手，見你們是中原來的人，所以想敲詐一下少俠，確是多有得罪，還望少俠見諒。

「不過我們卻不是什麼日月神教的人，也並不知神水宮在什麼地方，只知神水宮乃我們波斯國一個神秘的教派組織，千百年來是神龍見首不見尾，從來無人知曉他們的行蹤！不過據聞每年的七月十五這日，他們就會派人去我們波斯國最高的天都峰去取一種煉製神水的靈藥！我也就只知道這麼多了，還願少俠開恩，

「饒過我們吧!」

項思龍聽得心下既是歡喜又是憂慮,雖然沒打聽出神水宮的地址,但也至少知道了七月十五天都峰。現在是六月二十幾了,還有十多天,到時倒可以去天都峰碰碰運氣,不過卻也不能從這光等,也需從其他途徑探聽神水宮情況的了!

想到這裡,心念一轉出指作勢在高鼻子身上幾處大穴上點了幾指,威脅道:

「你現在被本公子施了鬼劫指,除我之外他人解不開。一月之後如不解穴,必會氣血逆流七竅流血而死,但只要你在這一月之內給本公子好好的去打探神水宮的下落,本公子自會為你除去禁制。否則,哼,你就坐著等死吧!」

高鼻子可不知項思龍沒有內力,只見他劍法高明之極,乃認為項思龍是個絕頂高手,對他的話哪還不信?頓嚇得面如土色的連連點頭道:「是!是!一定遵照少俠意思去做!但不知少俠卻是欲上哪兒?我們今後怎麼聯絡呢?」

這幾句話是由「翻譯」說出,項思龍通過這一陣的對話,卻是對這波斯國語學了個兩三成,當下也咬著生硬的波斯語道:「本公子今次來你波斯國為的就是尋找神水宮,連我也說不定自己要上哪兒去,不過你可以告知你的王府之處,到時我自會上門跟你聯繫?嗯,你們國中哪兒有天衣神水賣的呢?」

高鼻子這下聽得懂了項思龍的話，頓忙自己答道：「天衣神水乃是神水宮的鎮宮之寶，每年提煉不到一千克，必會送給皇宮一百克，前時中土人買去的天衣神水正是皇宮失竊之物，有幾百克左右。大王暴跳如雷，已派人嚴守了國庫，想是無人能盜得出了。而神水宮從不出售天衣神水，聽說只是煉來修練一種什麼武功！公子如要買天衣神水，這……恐怕是只有去神水宮裡搶了！」

項思龍見這高鼻子有問必答，比自己想知曉的還仔細，感到甚是滿意，當下收了鬼王劍，冷冷道：「好了，你就帶了你的手下快滾吧！」

高鼻子望了望在旁的一男一女遲疑道：「這……他們兩個我可以帶走吧！」

項思龍沉吟道：「待我問過他們幾句話後再作決定！」

項思龍這刻波斯語說得也是流利多了，這女的三十上下，長得不錯，只是形態有些妖媚，著裝性感迷人，項思龍對她好感不大。

那傷勢甚重倒地坐著的男的卻有五十幾許了，頭髮甚長，散披著半掩去一雙冷陰的雙目，看上去不像什麼好人。

見項思龍走近，那女的手中長劍一抖阻住，卻是一口流利的漢語道：「你們

是不是南宮世家派來的人？為什麼要尋神水宮？上次的那百克天衣神水已足夠你南宮世家做許多的事情，甚至稱霸中原武林了！難道還想要天衣神水嗎？」

項思龍聽得心下一突，卻是順了這女子的語意道：「當然還要天衣神水！你們是否還能夠供應呢？再高價錢也無防！」

女子冷哼了一聲道：「就是為了去皇宮盜天衣神水，我師兄妹二人冒險去刺殺波斯王，想擒住他要交出天衣神水，不想這傢伙武功超絕，硬受我師兄妹聯手一擊，也只吐了口烏血，卻把我們反擊得心脈受損差點沒命，僥倖逃出卻又被鷹犬追殺！這次幸得遇上你們，此份救命之恩，我師兄妹二人會記著你們南宮世家的！」

說罷扶了那傷重的老者就欲準備上馬離去，項思龍喝止道：「且慢！你們與南宮世家是什麼關係？你們是中原人嗎？」

女子聽得臉色一變，驚聲道：「你不是南宮世家派來取天衣神水的人！這……你到底是什麼人？又怎麼會知道波斯國有神水宮和天衣神水的？當年天衣怪僧被神水宮主追殺。原已是甚少有人知曉此事了，除非是日月神教的幾個餘黨，那你們是不是日月神教的人？想要天衣神水與南宮世家爭雌雄嗎？嘿，恐怕

還不配！南宮世家的老祖宗南宮乃是當年天衣神僧的傳人，要知天衣神水的真正威力沒有天衣大法相輔是發揮不出來的！要不我九尾二狐也不會需隱居數十年波斯國，盜得天衣神水自己也不能用而賣給南宮世家了！」

項思龍冷冷道：「在下凌嘯天，南宮世家二公子南宮青雲就是死在我手上的！」

女子驚怒道：「什麼？你殺了二公子？這怎麼可能！二公子深得老祖宗真傳，前不久又自我們手上取得了天衣神水，當今之世還有幾人殺得了他？除非他是自殺？」

項思龍淡淡道：「不錯！他正是自殺！看來你們九尾二狐乃是南宮世家特地安插到波斯國來盜天衣神水的奴才了，要不怎會對南宮世家的事情知道得如此清楚？哼，日月魔教的人全都該殺！王子，你把他們帶走吧！嗯，看他們武功高強，我還是助王子先廢了他們的武功再說，免得到時給他們溜了！」

高鼻子聽了自是大喜道謝，而那女的則是面色蒼白，項思龍的武功她方才見過，自知不是敵手，悠然長歎一聲對那躺在地上的老者道：「師兄，看來我們今日無路可走了，我們九尾二狐一生為南宮世家作惡太多，今日的下場或許也是報

言罷,竟是突地一劍刺向那老者的心臟,老者悶哼一聲頓然氣絕,隨後女子又把劍往自己脖上一抹,卻是也給自盡了。

項思龍看得一怔,對這九尾二狐的不屈精神倒也有幾份佩服,不過這種助虎為虐的傢伙死了也好,她這般做也是有自知之明,要不被擒入王宮又被廢了武功,那更會生不如死。

項思龍不想再浪費時間了,縱身躍上馬背,對高鼻子道:「你們國王是否知曉神水宮的事呢?要不神水宮為何每年要送一百克天衣神水給你們國王?」

高鼻子沉吟道:「這個我就不知道了,不過有一點卻可以斷定,就是我們波斯國每一代王后皆是出身天衣神水宮的人,神水宮送天衣神水給國王或許是因著我們王室與神水宮之間有著什麼秘密吧!當然,這個中秘密只有國王或王后才知道了!」

項思龍點頭道:「好,那我們就隨王子往你們皇城一行,王子安排一下讓在下與你們國王或王后見一面吧!只要我有所得,不但可解你身上禁制,且會傳授一套上層劍法給你!」

應吧!」

高鼻子拍了拍胸脯道：「這個沒問題，我包保少俠見著我們國王和王后！」

波斯國的建築與中原迥然不同，這裡的人著裝、言語也與中原有別，但有一樣卻是相同的，就是波斯國也同中原一樣是個君主制的中央集權封建國家。

不過，現今的中原戰火四起，波斯國卻太平，皇城的繁榮雖沒有中原咸陽那般紛呈異彩，卻也有著異國的許多奇風異俗，有集市，有酒樓，有店鋪反正也差不多的啦，交易所和娛樂的場所，也有寬敞官道。

烏的馬王子的府第座落在皇城北端最繁盛的地段，但是王府周圍卻甚是冷靜嚴肅，可顯出這傢伙在波斯國中確還來頭不小有些權勢。

對項思龍這貴賓，烏的馬自是恭敬之極，不說他性命掌握在項思龍的手中，就是項思龍那高超的武技也讓他對項思龍佩服得五體投地。

項思龍雖不想在這王府裡享受，可甜甜經多日長途跋涉已是累極，竟是伏在他懷中睡著了。

想想急也是成不了事的，還是不如放鬆下來耐心的等吧！

不知不覺中，項思龍竟也給迷迷糊糊的睡著了。

是一陣興奮的歡呼把項思龍給驚醒過來,卻見烏的馬推門進來,老遠就道:「好消息!好消息!明天我們波斯國將舉行京都第一勇士的比武大賽,屆時我們波斯國在京城的武功好手將會全群集一堂,國王和王后也會在大賽上觀禮,並且會親自賞賜奪冠者金刀一把和千兩黃金,還會封之為王宮御衛統領。我已把凌少俠以我王府武士的身分推薦了出去,以少俠的絕世神功,要奪冠自是舉手之勞了!嘿,少俠奪了第一勇士之稱,我烏的馬也會風光呢!更主要的是少俠有不少機會接近國王和王后去調查神水宮的秘密了!」

項思龍聽得精神一振,興奮道:「確也是個好消息,只不知參與大賽的都有貴國哪些當世高手?這次的大賽又不知有些什麼規則了?」

烏的馬神情一肅道:「我看過參與這次大賽的花名冊,其中以禁衛軍的副都統羅納和阿富汗手下的第一高手連城武功最高,這兩人據聞武功也是承自你們中原,至於屬何門何派就不知道了,但似乎都與你們中原的日月神教有關!」

項思龍聽了沉聲道:「看來你們波斯國中的日月神教的黨羽還真不少,想是當年狂笑天敗北,日月神教消散後逃亡到這裡來的魔教教徒,你們波斯國的王室危矣!」

烏的馬緊張道：「少俠的話是說，魔教的勢力已滲透到我波斯國王室中來作亂了？這⋯⋯不知少俠能否助我波斯國脫離危機呢？波斯國子民會永世記著少俠的！」

項思龍冷冷道：「日月魔教我自是不會放過的，但卻要先尋得神水宮！」

項思龍這話音剛落，卻突只聽得有護衛驚急的高喊：「有刺客！有刺客！」

第三章 神水宮主

項思龍心下一驚，往烏的馬望去，卻見他是一臉的驚詫與憤怒之色。

項思龍沉聲道：「怎麼回事？你有仇家嗎？」

烏的馬搖頭道：「我也不知道，我在京城的德望一直較好，以前從來沒有刺客來我府中，今個兒……卻恐怕是衝著少俠來的哩！」

項思龍心神一緊道：「衝著我來的刺客？難道魔教……追蹤至波斯國來阻止……」

如此看來，自己此行卻也會大有麻煩了，但願不要阻礙自己行事的好，否則……殺無赦！

項思龍虎目中透出奇異的厲芒,只讓得烏的馬看了心下暗震。在自己平生所見的高手中,卻還沒有人能釋發出氣勢如此叫人不寒而慄的。

此時有護衛過來,向烏的馬報告道:「王子,刺客武功太高,被他們跑掉了!不過,看他們武功路數,像是中原的武功。」

項思龍詫異的插口問道:「對方不止一個?」

護衛也知項思龍是自己主子的貴賓,聞言頓也恭敬答道:「刺客共有三人,像是來偷聽少俠和我們王子談話的,對方武功甚是高強,但卻似不是一道的,也沒有對我們王府護衛痛下殺手。」

項思龍這下可是聽得心生疑惑了,難道不是日月魔教的人?以那些魔教教徒的狠辣手段,不可能還對王府護衛手下留情啊!三個人,不是一道的,武功高強,到底是什麼來路的人呢?看樣子是衝自己來的,難道是⋯⋯青松道長他們派來暗助自己的人?

想到這裡,項思龍可是不喜反急了,如真是青松道長他們派來暗助自己的人,被他們得知了自己要去向波斯國的國王王后探尋神水宮的下落,如這幫人一

項思龍心念電轉間，突然對烏的馬道：「快！快去皇宮！並派護衛保護國王和王后！」

烏的馬聽得臉色大變道：「難道又有人想去行刺國王和王后？」話剛說完，已是一陣風的出了項思龍和甜甜休息的廂房，讓得項思龍心下也不知是個什麼滋味。

如果方才的刺客真是青松道長他們派來暗助自己的人，那自己提醒烏的馬豈不是……

不行！自己可不能眼巴巴的看著自己同道送死！嗯，還是……也出去看看罷！但是甜甜……

項思龍的疑難之色讓甜甜看出了他的心事，淡然一笑道：「大哥哥，你去做自己的事罷，甜甜可以自己照顧好自己的！假如我不能自己保護好自己，它來保護自己！」

說著，竟是從懷中摸出一把明晃晃的短匕，接著道：「如有人來侵犯我，我

甜甜說話的語調是如此的自然和平靜，讓項思龍感到必要時她並不惜自殺的決心和勇氣，心神不由暗震，伸手從甜甜手中奪下短匕，正顏道：「你怎可如此不珍惜自己的生命呢？你項大哥失蹤了你知道傷心欲絕，可當你項大哥安然無恙，他得知你……出了意外時，他難道就不會難過嗎？記住你的生命並不只屬於你自己，也是屬於關心你和疼愛你的人的！」

甜甜被訓得低下頭去，牙齒輕咬下唇道：「知道了大哥哥，甜甜今後再也不會說這般話的了！」

見甜甜楚楚可憐之態，項思龍心下一軟道：「無論何時何地，大哥哥一定在你身邊保護你，不讓你受到絲毫損傷的，來吧，我們一起出去看看。」

項思龍對這波斯的京城可還不熟，當然也不知皇宮在何處，再加上現在是深夜，自己和甜甜這兩個中原人可很引人注意，要是被巡城守衛抓了去，那可也麻煩得很。不過，他這烏的馬的貴賓要出去，自也有護衛來大拍他的馬屁，為他引路，如此一來沒費多大周折就到了皇宮南大門了，但要進入皇宮可不成，頓有守

門武士上前阻住喝問道：「什麼人？皇宮重地不得接近！」

烏的馬的一護衛面現難色的望了項思龍一眼，就在這當兒皇宮內傳出了模糊的呼喝聲和打鬥聲，守衛武士頓然面色一變道：「啊！皇宮又出事了！」另一武士則是驚惶又是不耐煩的衝項思龍一行人喝道：「你們快離開，皇宮大門閒人不得留駐！快走快走！」

可這時呼喝聲和打鬥聲卻是越來越清晰了，似正好往南大門這邊馳近！守門武士神色一斂，緊張起來，有頭領站在城樓上高喝道：「大家戒備，刺客正往我們這邊敗退了，誰也不可讓他們再逃了，國王怪罪下來我們可都要抄家問斬了！」

如此一來，卻也再不來理會項思龍一行人了。項思龍心下焦急，忙對一護衛道：「你去跟守門武士溝通一下，說我們乃是奉王子之命來協助擒拿刺客的！」

這護衛稍一怔愣，卻也依言去與那些守門武士溝通去了，聲音很低，項思龍也聽不清楚，但卻見有武士的目光詫異的往自己望來，沒過一會，就只聽這護衛大聲道：「凌護院，好了，我們獲准可以進宮了！」

項思龍一聽此言，頓拉著甜甜快步往城門走去，剛進城內時，就聽得身後守

門武士私語道：「他就是烏的馬王子新近聘請的首席護院啊！聽說明天的第一勇士之爭的大賽上也有他參加呢！可怎麼來協助擒拿刺客也帶美人兒呢？」

項思龍目光質疑的望了一眼自己派去溝通協助擒拿刺客的護衛，這護衛頓惶恐的訕笑道：

「嘿……奴才……在幾位守城兄弟前……說凌少俠是我們王子請來的高手……他們才讓我們進城的！」

項思龍不置可否的點了點頭，正欲發話時，卻只聽一陣馬蹄聲急促傳來，舉目望去，卻正是烏的馬，頓忙大喜道：「王爺，刺客擒到了嗎？」

烏的馬聞聲抬頭見是項思龍，又驚又喜的道：「凌少俠，你怎麼……刺客武功太高，國王也受了重傷，我……還是來晚了，不過刺客中也有兩人身負重傷，只一人在強力撐著了，過了多時應可擒下的吧！嗯，刺客正往這邊退來了，有凌少俠助陣，自是更可手到擒來！」

項思龍心下緊張的道：「可知……刺客是什麼來路的人嗎？」

烏的馬搖了搖頭道：「不知道，完全是生面孔，但都是中原人，只聽一瘦高個子對另一個體格魁梧漢子道了一聲『向大俠』，凌少俠可知中原有什麼出名的向姓人物麼？他們武功都非常厲害，王兄說是他平生所見過的最厲害敵手，已是

出了王兄極少動的『甲冑戰士』來對付他們了，因他們沒出手殺人，所以王兄也下令只可生擒他們而不可殺死他們！」

項思龍這刻聽得心急如焚，接著又道：「向大俠」很有可能是向問天了，只不過另外兩個是誰？

說到這裡頓了頓，接著又道：「看來與去我府中行刺的人是同一路的！」

現在該怎麼辦呢？翻臉與波斯國的人動手救人，還是出手擒住向問天他們再從長計議？

可如擒下向問天幾人，波斯國王如惱羞成怒的下令殺了他們⋯⋯這⋯⋯自己的計畫可一切都要給打亂了，項思龍心下左右為難的想著時，卻只見三道黑影和大批追兵一前一後的正往自己所處的方向馳來，那三人卻原來正是向問天、花雲和駱甲。

見得項思龍，三人顯然也吃了一大驚，面現羞愧不安之色，但卻也沒有出聲與項思龍相認。

烏的馬和他身旁的武士已是橫刀阻住三人去路，大喝道：「大膽逆賊，竟敢行刺國君，簡直是罪誅九族，爾等已是前無去路後有追兵，乖乖的束手就擒

向問天目光一掠項思龍，見他望著自己三人似哭似笑，知道自己又幫了倒忙，不過自己卻也可裝作與他素不相識……嗯，索性敗在他手上，讓他獲波斯王信任……

心念電轉的想著，人已旋風般的向項思龍攻來，項思龍一怔之下，卻也明白了向問天的意思，但自己怎麼可以如此作來呢？不行，還是救人要緊！

這剛一想定，正準備向波斯武士出手時，突又聽得城門外傳來聲勢浩大的馬蹄聲和喝殺聲，心下不由大訝，又是什麼來路的人向王宮殺來了呢？

往縱身而來的向問天望去，卻見他也是一臉的茫然不解之色，而烏的馬等波斯武士則是臉色大變，有一人驚呼道：「似有大批人馬往皇宮殺來了呢！」

這時也聽得一個熟悉的聲音傳來道：「向大俠，我們來救你們來了！他奶奶的，一個小小波斯國逞什麼能耐？我項羽可在一月之內蕩平它！」

項思龍心下又驚又喜，想不到項羽也來到了波斯國，這下可有熱鬧了。

向問天幾人則是大喜，精神亦也為之一振，劍法頓也大開大合，殺得波斯武士不敢靠近。

烏的馬見對方有後援，又驚又怒的衝身邊不遠的一波斯軍官喝斥道：「還不快去搬援兵，這幫刺客可也真是敢膽大包天，竟然敢直闖我波斯國的皇城，但卻不知是什麼來頭？看樣子不是我波斯國人，一定是中原日月神教的人，他們對我波斯國虎視眈眈已久，在近千百年中已不知對我波斯國發動過多少大大小小的偷襲了，然我波斯國雖小，但因有神水宮在背後支持著，所以魔教終是沒有得逞，看來這次行刺皇上，偷襲皇宮的定然又是這幫魔崽子了！」

烏的馬說這話時，項羽領著數百人馬已是衝殺進了城內，與向問天他們會合了，見了烏的馬身旁的項思龍，眾人均是一怔，但項羽卻也是知了他的心機，只衝眾人道：「現在人已救出，我們撤退吧！」

烏的馬聽了頓然大急，求助的望向項思龍道：「凌少俠，你……這幫刺客……」

項思龍知道烏的馬想自己阻住刺客，可項羽他們是來助自己的……自己與波斯國無親無故，卻又怎會出手阻截呢？何況他還放心不下甜甜？

不過如斷然拒絕，卻也顯不大好，聽烏的馬言語之意，似是波斯國皇室與神

水宮有著很大的關係，自己如想從他口中探出更多有關神水宮的秘密，還是裝裝樣子的好，也可乘機與項羽他們商量個協議，打聽一下他們也來了波斯國，彼此怎樣合作查出神水宮下落。

心念電轉的如此想來，當下拔出鬼王劍邊往項羽阻擊，邊對烏的馬沉聲道：「給在下好好的守護住我妹妹！」言罷已是衝至項羽身前，與他纏鬥了起來，邊往人叢中退去邊低聲道：「羽弟，你們怎麼也來了波斯國？你軍中沒有你行嗎？再說你還中有天衣神水之毒呢？」

項羽也故意把玄鐵劍劍與項思龍的鬼王劍碰得「噹噹」直響，掩蓋二人談話道：「我爹找我來助凌大哥的，軍中有他打理，可讓小弟放心了！倒是凌大哥一人隻身單闖波斯國，實在教人放心不下，要知道中毒的是我們哪，理應出一份力來尋找解藥的！」

項思龍不置可否的笑笑，卻是接著又道：「你們不是與他們一道來的嗎？」

項羽手中長劍連抖，幻出一片劍光邊道：「不是！凌大哥辭別了大家，進發波斯國後不久，大家也都散了。我和爹轉歸軍中後，爹便命我帶三百好手前來波

斯國助大哥，同時說無論如何也一定要從神水宮手中取得天衣神水的解藥，哪怕是把整個波斯國翻過來！」

說到這裡，頓了頓接道：「我們進發波斯國後不到三天，卻也得知向大俠他們也已來了這裡相助凌大哥，我聞探子回報此訊，當即率領人馬前來助陣，卻也趕個正著，備夜探波斯皇宮，我聞探子回報此訊，當即率領人馬前來助陣，卻也趕個正著，只不想會遇上凌大哥。對了，大哥你混入波斯國皇族之中，是不是對神水宮下落有了什麼線索？小弟等需怎麼幫你？」

項思龍與項羽二人邊退邊打，已是退至了皇城門，烏的馬等波斯武士被項羽領來的高手阻住，向問天幾人也得以安然退出，負了重傷的花雲和駱甲則被人保護撤退，烏的馬急得哇哇大叫，可項羽派來助陣的人馬身手確實不俗，而己方援兵一時三刻之間又不能趕到，幾個甲胄戰士則不是負了重傷就是被點穴道，喪失了戰鬥力，其他武士武功與對方比起來實在太糟，可以戰鬥的沒有幾人，與項思龍過招的項羽卻又是高手中的高手，把項思龍這賴以取勝制敵的高手給「拖住」，看來敵方是必可安然撤退了！這幫⋯⋯烏的馬心下雖是又驚又怒，卻又實在是沒得他法降敵。

項思龍對戰況自是關注甚緊,見項羽等勝局已定,當下施出幾招雖是精妙絕倫卻無殺傷力的劍招與項羽殺個難分難解,同時低聲道:「你們快護了向大俠他們撤走吧,對方後援一到可就糟了。嗯,我會跟你們聯絡,商量對策尋神水宮的!現在我已有了此眉目,神水宮與波斯國王室定有關連,咱們約一個今後聯絡的暗號,就武林盟的慣用標記吧!向大俠會告訴你們的!對波斯國我們不可橫闖硬來,神水宮是波斯國的皇命聖教,武功怪異高深,我們此番前來又是有求於人家,所以只可以禮服人,你們先覓處地方匿藏起來,最好能隱瞞真實身分,有事還是要以大局為重。」

項羽雖是任性,卻也知此際實在不宜與波斯國鬧成僵局,當然他可不是怕了這小國,憑他的雄才武略和數十萬大軍,要蕩平這不到十萬兵馬的波斯可真是舉手之勞,只今個兒自己等可是來討解藥,不是來征伐的,己方幾百條人命,凡事我會找你們的!」

聽了項思龍的話,項羽頓假裝不敵項思龍,飛身上馬對眾人大聲道:「點子太過棘手,咱們撤!」言罷,策騎飛馳而去。烏的馬還待下令追擊,項思龍卻是假裝粗喘面色凝重的阻勸道:「王爺,不用追了,對方武功太高,看來是日月神

教元老級人物,他們此番大勢來攻貴國,定是有備而來,我們不可中了他們的陰謀詭計!」

看著項羽等安然撤去,項思龍大是放下些心來,烏的馬則是氣極敗壞的大罵手下無能,對項思龍卻恭敬非常,聞言頓也發令手下不要追擊,接著又氣憤憤的道:「魔教真是無法無天了,當年天衣怪僧背叛聖宮,神水宮主親自出面平叛了他的作亂,對我波斯國的殘餘魔教勢力也作了個徹底清除,不想今日他們又來侵犯我波斯國!看來我需稟國君,請出神水宮主再度平息我波斯國的這場劫難了!」

項思龍聽得心下又驚又喜,驚的是如那神水宮主出面來對付項羽他們,會讓他們有得危險了,喜的則是如此一來,自己就可儘快尋得天衣神水的解藥了。

心念電轉間,卻是眉頭一皺道:「依在下看來,還是先稟奏貴國國君,貴國有沒有能力可以平定魔教,如此方可顯示貴國王室的威嚴,如借用門派勢力,則貴國王室尊嚴豈不永落居神水宮主之後?所以在下認為還是不要那麼快驚動神水宮主的好,不過可以請出神水宮主來作對付魔教的軍師,而主帥則由貴國王室方面選出的人來勝任!」

烏的馬聽得不斷點頭道：「凌少俠所言極是，我會稟告王兄的！」

說到這裡，似想到什麼似的，突地雙目放光望著項思龍道：「最好是把三天後舉行的比武大選改作對付魔教統帥大選，如此凌少俠……嘿，只要我烏奪冠，那我烏王府在國中聲威必將大振，而下一屆的君王之選……只要我烏的馬有出人頭地的一天，當然不會虧待凌少俠的，到時王爵之位可任由凌少俠選擇。」

項思龍可無心情捲入波斯國的王室爭鬥，可也不好直言拒絕烏的馬的一番「好意」，不置可否的笑了笑道：「那可全仗王爺你多多指教提攜了！」

烏的馬以為項思龍這話意思是願意幫他了，大喜，哈哈大笑道：「那是自然！走，現在我就領凌少俠去見王兄，讓王兄見識一下凌少俠的過人風采！」

項思龍聽了大喜，卻還是不動聲色道：「你的提攜，在下會銘記在心的！」

波斯國的皇宮雖沒有中原的咸陽宮那般高大豪華，卻也四周城牆環護，城河既深且闊，儼若城中之城。因得有向天等來「行刺」他們國王，所以皇宮內侍衛遍佈，更顯幾分莊嚴陰沉，不過項思龍是見過大世面的，倒也沒什麼緊張情緒，只甜甜緊緊的靠著項思龍，秀目滿含惶恐不安，這也難怪，這等皇宮陣仗她

可從沒見過。

宮內的侍衛對項思龍的出現都似大感詫異，可因他是隨烏的馬這他們波斯國中權勢僅次於國君和各位親王的權威人物進宮的，所以也無人敢吭一聲。

烏的馬顯得甚是興奮，對項思龍也是推心置腹，一路上不時對他講解皇宮佈置以及他們波斯國的一些禮節，看來這傢伙確是想借重項思龍來爭權奪位了，也是項思龍的驚人武功可讓得他敬服得五體投地，一劍廢了自己十多個一流武士的武功，僅這份劍法就可傲視天下了，這樣的人物可是打著燈籠也找不到。

項思龍對烏的馬的心事可沒什麼興趣，但他領自己來見他們國君，讓自己有機會查探神水宮的下落，這可也算是份人情，所以對烏的馬也客氣了許多，對他的話也耐心的聽了下去，卻使烏的馬更認為項思龍真欲投靠自己了，一時間神采欣然。

二人邊走邊聊時，不覺已是到了內宮，只見武士處處肅然而立，氣氛甚為緊張。

有武士阻住了三人，肅然恭聲道：「鎮南王爺，皇上已下令不見外人，還請王爺回返！」

烏的馬面色一沉道：「我是外人嗎？快去稟報皇上，說本王有要事求見！」

武士一臉難色，烏的馬又已冷聲道：「怎麼？還不快去，小心本王拿你下去殺頭！」

武士聽了身體一陣微顫，當下忙忙退往宮內稟報去了，烏的馬對眉頭微皺的項思龍笑笑道：「對付這些狗奴才，就得放狠點他們才聽話！」項思龍聽得有些反感，卻也沒說什麼。

不多時，那進宮去的武士又返了回來，對烏的馬施了一禮道：「皇上有請王爺！」

烏的馬冷哼了一聲，昂首闊步的領了項思龍和甜甜正待進宮，那武士卻阻住他們道：「他們二位……」不待武士的話說完，烏的馬就已「啪」的猛摑了武士一記耳光，沉聲道：「他們乃是本王的貴賓，你這奴才竟敢阻止他們，是不是活得不耐煩了？」

武士被烏的馬打得進退兩難的，宮內傳來了一個渾沉的聲音道：「王弟不是追拿刺客去了嗎？怎麼又返回來了？是不是已拿下了刺客？」

烏的馬一聽這聲音，氣燄頓時降了一大半，忙衝著宮內走出的一四十上下，

臉色略顯蒼白，容顏俊秀，額角寬闊的中年漢子下拜道：「微臣見過王兄！刺客……因突來後援……被他們跑了，不過微臣現刻來見王兄，卻正是為著與王兄商討對付刺客的辦法！」

中年漢子目光掠過項思龍和甜甜，似是沒大注意，只又望向跪伏地上的烏的馬，淡淡道：「你有什麼主意可對付刺客嗎？這可不比領軍作戰！」

烏的馬在波斯國中的威望原來是因他一次領軍擊退了來攻打波斯國的黑叉野蠻人，所以他在軍方有著至高無上的威信，但對朝政卻很少參與，使之他在朝中卻無多大面子，反是另一與他向來明爭暗鬥的太和親王甚為得勢，他在他們國君面前似也不大被看重。

烏的馬老臉一紅，卻思忖著自己得了項思龍這等高手相助，此人又顯得才思敏捷，有他相助應可應承下來對付魔教之事，何況即使事敗，他也不會負多大責任的，波斯國如今可還需要他，少了他可就等若少了一名抗擊外族入侵波斯國的猛將。

心下想著，當下也豪氣頓生的道：「皇上如把此事交給微臣，微臣擔保可接下來。不過今次求見皇上，乃是來向皇上推薦一個少年英傑的。」說著指了指一

直無聲語的項思龍。

中年漢子這才上下打量起項思龍，不緊不慢的道：「此人似不是我波斯國人，是中原人嗎？王弟何時收攏下他的？竟得王弟如此看重，看來定非常人了！」

烏的馬傲然一笑道：「這位是凌少俠，乃微臣所見過的中原第一高手，他一劍重創我手下的十幾個鐵甲衛士。方才對付刺客不是有他，咱們武士定會傷亡慘重！」

中年漢子聽得面容一動，細細的望起項思龍來，驚詫道：「王弟所言非虛嗎？比之朕的甲冑戰士教頭吳應天如何？他可是我們波斯國聘請的中原嵩山太寺的一流高手！」

烏的馬嗤聲道：「皇上欲知凌少俠的真功夫還不容易，後天的第一勇士之爭的擂台大賽上就可揭曉了！不過微臣有個提議，想對獲勝者多加一點獎勵或說重任，就是由獲勝者擔任查探今晚刺客下落的主帥，皇上也不用請神水宮的人出面了，如此也可顯我波斯王室的威信嘛！總由神水宮來助我們皇室解除危機，可也讓我們沒面子了！」

中年漢子淡笑道：「看來王弟對這位少俠很有信心！朕就如你所請，後天比武大賽，朕親自前往觀戰！」說到這裡，面色一沉的對項思龍道：「這位少俠武功既是如此高明，為何竟願投效我波斯呢？在你們中原不是有更大的發展空間嗎？」

項思龍知曉對方對自己動了疑心，懷疑自己是懷有什麼野心或目的了，當下坦然道：「在下投效貴國，乃是為了尋找神水宮的下落，有求神水宮主相助在下一事的！」

中年漢子聽得面色一沉，冷聲道：「果然是醉翁之意不在酒！哼，是不是也為天衣神水而來！」

烏的馬見大王發怒，臉色連變的向項思龍使眼色，示意他轉過話題，可項思龍卻是渾然不理的平靜道：「不錯，在下正是為天衣神水而來，不過卻是來討天衣神水解藥的！」

中年漢子目中厲芒一閃的冷笑道：「討解藥？誰人不知天衣神水是天下無藥可解之毒？我看閣下還是省去這份心了吧！再說，神水宮主是絕對不會答應幫助中原人的！」

項思龍毫無畏懼的道：「無論怎樣，在下總要試試！為了數百名中原同道的生死，在下無論如何也要見到神水宮主，不惜任何代價！在下已知神水宮與貴國王室有關連，所以在下還想向陛下請教神水宮下落，在下此番前來貴國並無惡意，可萬不得已時還是會使用武力的！」

中年漢子先怒瞪了面色蒼白的烏的馬一眼，接著發一陣仰天哈哈大笑道：「好！閣下有膽有識是個英雄人物！後天的比武大賽閣下如能獨領群英，朕就如你所願，讓你見見神水宮主，當然宮主願不願相助於你，朕可就不管了。」

項思龍本以為自己如此一番直言硬言，會招得對方大怒，已準備放手大幹了，可不想對方竟說出如此一番話來，微微一怔之下，卻也態度大改的向中年老者施了一禮道：「如此就先謝過陛下！只要讓在下見過宮主，其他事宜在下自會處理得當！」

中年漢子似讚似諷的道：「閣下倒自信得很，像是此戰必勝似的！好，朕也預祝你旗開得勝！」說罷揮了揮手道：「你們退下吧！後天的比武大賽上再見！」

中年漢子剛一離去，烏的馬就長長的噓了一口氣道：「王兄從來沒有像這次

這般開朗的,竟然不但沒責罰少俠對他的頂撞,反似對少俠大為欣賞,可也真是怪事!嘿,少俠可有所不知了,王兄最惱的就是他人在他面前提到神水宮主,今個兒對少俠一改常態,沒責斥少俠,少俠可也真是幸運了,好了,咱們也回去吧!少俠可也得為後天的比武大賽準備一下!」

項思龍不置可否的笑笑,可也更感覺神水宮與波斯國王關係非同一般了。

從中年漢子身上入手尋出神水宮下落,這條路線絕對沒錯。

項思龍心下想著,卻感覺心中有許多自己也說不清的疑點來。

中年老者與神水宮主到底是什麼關係呢?有情有愛還是有仇有恨?中年老者為何一口答應自己只要自己後天比武取勝,就讓自己見神水宮主?他可以隨時隨地尋到神水宮主嗎?

神水宮主又到底是怎樣的一個人呢?到底是男是女?……

第四章 宮廷驚變

比武校場設在皇宮內的宴會大廳，大廳足有三四千平方之大，四周環設有一百多個席位，波斯王的大席設在對正大門殿北，兩旁每邊各設六七十席，均面向殿心廣場般的大空間，是供比武之用的。席分前後兩排，每席可坐十人，前席當然是眾王室重臣，後席則是各方文將武將，濟濟一堂，大廳內足坐了一千四五百人，再加上防衛武士，應有二千之眾。

他獨自走到主席處，衛士則分別護住兩側和大後方，確也一國之主的威勢。

但他剛一坐定，目光便往項思龍望來，且對他投以神秘一笑。

眾人都跪伏地上，口中高呼：「吾王萬歲！」待波斯王道：「平身！」後才

起身入座。

自有宮女來為各人斟酒，對項思龍來說既富異國情調又與中原大同小異。

波斯王舉杯道：「今天乃是我波斯國五年一度選拔第一勇士的大喜日子，我波斯國乃是一方小國，可存在上千年不倒靠的就是我國兒郎的尚武精神，靠的就是我國盛強的軍隊和治國有方的眾位王公大臣，來，為我波斯國保國衛家的武士們乾杯！」

眾人一起歡呼，轟然暢飲，氣氛熱烈。波斯王忽地站了起來，嚇得各人隨之紛紛起立時，波斯王卻是大笑道：「江山代有才人出，我波斯國一次又一次的擊敗黑叉野蠻族人和中原日月神教的侵犯，一直都是靠我國的聖宮——神水宮。但是今次日月神教捲土重來意圖侵佔我國，朕想驗證一下我波斯國武士的能力，所以今次的討伐日月神教，朕想靠我們軍方的人而不要驚動聖教，今天的比武獲勝者，朕封他為我波斯國的聖劍騎士，可統領號令我波斯國所有武士，包括軍隊和各方大臣，讓他來負責指揮討伐魔教，以壯我波斯國聲威！來，讓我們為我不久將誕生的聖劍騎士再痛飲一杯！預祝能驅除魔教！」

各人再痛飲一杯，烏的馬和太和親王都是心花怒放，非常高興。

原來聖劍騎士這稱號不但代表著崇高的榮譽，更代表著有超越國王的權力，獲得此榮譽就等若獲得了波斯國的半壁江山，波斯王提出這已數百年空缺的波斯國武士的最高榮譽之爭，就等若當眾宣佈他將退位讓賢了，這能不讓他們二人興奮非常麼？

一直冷冰冰的吳應天此時面容也動了一下，目中閃過異芒，但只轉瞬即逝，讓人看不出他心中所想。

波斯王請各人坐下用菜後，兩掌相擊，發出一聲脆響，同時朗聲道：「比武之前先來作樂放鬆一下心情！」他這話音剛落，卻只見右側大門內傳來陣陣樂聲，一群近二百個姿容俏麗，垂著燕尾形髮髻，穿著呈半透明質輕料薄各式長襯的歌舞姬，翩翩若飛鴻的舞進殿內中心空場，隱見乳浪玉腿，作出各種曼妙姿態，教人神為之奪、魂為之迷。眾人都擊掌助興，歡聲雷動，場面顯出宮廷的色慾氣氛。

波斯人長相本與中原人差不多，在秦盛時期也曾是秦王朝的臣服國，所以衣著風俗習慣都尚用中原。項思龍看著眾歌舞姬口吐仙曲，舞姿輕盈柔美，飄忽若神龍，心神不由沉浸於一種心底湧起的模糊景象中，像是自己以前曾見過這等場

面似的，一時癡了。烏的馬以為項思龍乃是個好色之人，嘴角浮起一絲笑意，湊到他身邊低聲道：「凌少俠若對美人有意思，我王府中多得是，屆時可任由少俠挑選，可比這些歌舞姬強上千百倍喲！」項思龍又被烏的馬誤會，只得訕訕的一笑，此時樂聲候止，歌舞姬盡數退去，只留下一殿香氣，全場氣氛也隨之靜了下來，眾人目光全落到了波斯王身上，屏息靜氣等待他發言。

偌大的宮殿，靜得落針可聞。波斯王獨居主席，環視群臣，一陣長笑道：「現在比武開始，實行單局淘汰制，連勝三場者可休息兩場，直待選出最終強者！」

說到這裡頓了頓，目光有意無意的落在項思龍身上，接著又道：「比武之道，刀劍無眼，為了讓各位發揮出武功最高之境，不至縛手縛腳，此次比武各位可放手而行，死生聽天由命！要知沙場殺敵，正是以命相搏，戰爭之道，亦是生死之道。寡人需要的是真正的無敵劍手！好！現在比武開始！」話音一落全殿靜默無聲，默候好戲開場。

全場中所有人的目光都落到了已自告奮勇出場的兩名武士身上。

當然人人都知道這還只是好戲的序幕，真正的落台戲還在後頭。

聖劍騎士，權力之爭。刺激而又讓人緊張的好戲，人人都顯得情緒激昂。場中兵器相擊之聲不絕於耳，旁觀者吶喊助威之聲也此起彼落。

只有項思龍心中卻突地湧起了一股悲涼的感覺，甚至連心也一陣陣地刺痛。

名利之爭永遠是這人世間的兩大主題麼？項羽和劉邦……正道和魔道……總是打打殺殺流血犧牲……這世上的人為什麼就不能和平共處呢？

都是人的私欲在作怪！

為何人們就不能多有一份愛心呢？難道這世上真只有母愛父愛才最無私？其他的朋友之愛、人性之愛呢？為何總是含有一種私欲成份？可最讓人寒心的還是政權之爭了，這裡可讓人喪失一切的理性！

唉，人類的悲哀也就是緣於此吧！自己要是不出無量洞府那會有多好啊！就不用再理會這些世俗的勾心鬥角！可是現在……是一種責任，讓自己再也無法脫離開這塵世了！

項思龍似忘卻了一切，出神的怔怔想著，目光顯得甚是憂鬱深沉。

噹！噹！噹！一陣器擊之聲驚醒了他的沉思，目光投向打鬥場中時，卻無意地觸著了一雙好奇的望向自己的目光，心念一思之下，就知是鳥的馬向自己介

紹過的帶刺的冰山美女，心神不由怪異一緊，但隨即被打鬥場中滿面春風的獲勝者吸引過去了，卻見此人一身黃色勁裝，身材高挺瘦削，眼神充足、年紀在二十五六間，算不上英偉，卻是氣度非凡，正舉劍以慶勝利。

這時只聽烏的馬低罵了聲：「媽的！飯桶！」接著又對項思龍語氣憤憤地道：「獲勝的這傢伙乃是太和親王手下的四大護衛之一，乃我波斯國最有名氣的三大劍手之一，以快劍據稱，據聞可斬殺急飛的蒼蠅，且一陣可把蒼蠅削為十多小塊，名叫高句麗。想不到太和親王第一回合就派了個如此硬手上場，看來是想先搶氣勢。唉，咱們都連敗兩場了，看來也得派高手上場！」

說著點派了坐於後席的一名身著黑色勁裝，腰佩一柄新月形彎刀，臉容強悍若馬賊的武士上場，同時語帶興奮的對項思龍道：「此人乃是我自東洋國聘請的一名好手，名叫山本太郎，一手彎刀使得極好，威猛而有力，刀法雖是簡練，卻大有勢不可擋之威，是我這些年來建功立業的一名得力猛將，對付高句麗應綽綽有餘。太和親王既想速戰速決，那我也便如他所願。不過他身邊還有禁衛軍統領孫日周和甲冑戰士教頭吳應天，對付他們二人恐怕只得全仗凌少俠出馬了！

我見過二人武功，雖是一流高手，但比起凌少俠的絕妙劍法來卻是差得遠了，所

以聖劍騎士我看是非你莫屬！」

項思龍聽得心下苦笑，暗忖道：「你如知道我身無內力，就不會如此看好我了！」當然心下雖如此想，口中卻是不會說出的，只專心的關注起打鬥場中來。

兩人這時刻尚未出鞘，在火把照耀下屹立如山，對峙間立時殺氣瀰漫全場。

眾人知好戲已漸入高潮，均大感刺激興奮，均屏息靜氣，怕擾亂了兩個人的專注。

但高明的項思龍等好手卻是看得出他是吃不住山本太郎強悍霸氣的壓迫，才要借拔劍挽回劣勢。

「鏘！」高句麗首先拔劍，橫胸作勢，大有三軍披靡之慨。

山本太郎哈哈一笑，左手緩緩拔出右腰彎刀，待抽出一半時，再閃電般完全拔出，不待眾人反應過來，已是一刀揮出，同時配合步法，搶身至高句麗身前二尺之許處，改為雙手握刀，朝高句麗單刀直劈。

山本太郎此招突然發難，且氣勢凌人，高句麗設迫得退了半步，但卻也迅速反應過來，快捷無比的揮出一劍，欲擋山本太郎刀勢，「噹！」的一聲，兩人同時被震得後退了半步，高句麗卻是身形微晃了兩晃，顯是他功力不如山本太郎深

厚，再加上他是雙手握刀，更是增了威力，難怪高句麗要吃虧了！

兩人虎視眈眈對方，但山本太郎的氣勢顯明要強盛許多，高句麗已落下風。眾人連大氣都不敢透出一口，剛才的一招只是試探性質，精彩的還在後頭。項思龍見高句麗持劍的手微微抖顫，知他是在功力上遜於對方，劍術反應也確算是個高手了，不過此戰不須再看下去也知高句麗是必敗的了！因為他碰上的對手山本太郎顯也是以快刀稱雄。

山本太郎嘴角顯出一絲自信的冷酷笑意，在對方氣勢顯出怯意的破綻時，驀的又大喝一聲，彎刀又已劈出，角度力道似乎與上一刀毫無分別，可是旁觀者無不感到此招凌厲無匹的霸氣，任誰身當其鋒，都會不由自主地泛出難以招架的痛苦感覺。高句麗果是對山本太郎毫無變化的招式微微一慢，但繼而是目中閃過懼意，不過總算他還有種，劍由內彎出，畫出一道優美弧線，「噹！」的一聲，激彈在對方的彎刀之上，竟是後發先至，果不愧有快劍之名，但縱是如此，仍被震得退了小半步。

高句麗顯是惱羞成怒，如此兩招下來，自己均落下風，顏面還有何存？驀的狂喝一聲，竟是不退反進，拚命似的「唰唰唰」連發三招，眾人只覺眼前全是劍

影，毫無實體感覺。

如此劍法，確已步入高手之林，眾人不由打破止水般的靜默，爆發出如雷喝采聲。

山本太郎似想不到對方劍法精妙快捷至此，一時間被迫連退數步，無從揮刀進擊，也被激出火來，一聲長嘯，刀勢略收，再化作長虹，分中猛劈，刀勢破空之聲呼嘯而起。只是其勢，已可使三軍辟易。

高句麗剛剛扳起的優勢，頓時消去，氣勢減弱了幾分，但他也不甘示弱，虎牙一咬，舉劍與山本太郎刀勢硬接，只聽金鐵交鳴聲連串響起，接著兩人條的分了開來，招式快如電閃，在場中雖大半為好武之人，但有大部分人都沒著真切，更勿論分個誰勝誰敗了？

「鏘！」的一聲彎刀歸鞘，山本太郎目光定定看著臉色蒼白的高句麗，彎刀隨手歸入刀鞘，手法之準，讓人心下敬服，看來此人在刀法上確是有很深造詣。

高句麗的長劍仍遙指雙方，但額角鮮血緩緩冒出，眾人也看不見傷口，但見高句麗一陣搖晃之後，身體竟是給分作了兩半倒下，長劍「噹」的跌地發出一聲脆響。

在場眾人無不咋舌了，好霸道的刀氣，竟把人當中給生劈成了兩半！項思龍心下也不知是個什麼感覺，只長長歎了一口氣，輕扶著不忍睹慘狀的甜甜酥肩。

這就是名利的代價！但真正受益的人卻是安然無恙！一將功成萬骨枯，這話真是深刻之極！

山本太郎衝著高句麗被分屍的屍體抱拳冷冷道：「承讓了！」鳥的馬也是喜形於色，太和親王則是面色鐵青，可波斯王有言在先，此次比武生死各聽天命，損失一名大將，雖是心痛可也只好認了。

波斯王面色從容地著人把場地清理了，宣佈比賽繼續，太和親王淚中閃過深深殺機，衝鳥的馬望了一眼，又衝不遠處席上的禁衛軍統領孫日周點了點頭，示意要由他出馬了。

孫日周似是遲疑了一下，但還是站了起來，走出席位來到山本太郎身前衝他微施了一禮，沉聲道：「閣下刀法果是精湛絕倫，就讓在下來領教領教下閣下的東洋刀法吧！」

山本太郎似有些怯懼孫日周，面色微微變了一下，但仗著已勝一戰的氣勢，

還是信心一振道：「素聞孫都統乃中原長白山派的第一高手，今日能領教都統高招，可也正是在下的榮幸！」

話音甫落，先是退了兩步，接著突地一聲暴喝，閃電衝前，手中彎刀彈上半空，再迅急劈下，發出破空的呼嘯聲，威不可擋。烏的馬等都喝采起來，為他助威，反而太和親王和吳應天等則是面含冷笑，一副勝券在握的悠然樣子，項思龍則是眉頭一皺，看這孫日周的沉著與冷靜，就知此人絕不簡單。

「噹」的一聲，孫日周橫劍化解了對方的威猛攻勢，同時跨步橫揶，避開了接踵而來的第二刀。

項思龍、吳應天、波斯王等均是一流高手，一看便知這孫日周不但功力不遜於山本太郎，戰略還非常高明，故意不以硬拚硬，好損對方內力又洩對方銳氣。

果然孫日周接著全採守勢，在對方連環狂攻下，不住展開身法移閃，表面看來山本太郎占盡上風，但其實孫日周有驚無險，只是在等待反攻的絕佳時機。

喝采聲四起，烏的馬等都在為山本太郎打氣，只有太和親王和吳應天等都不動聲色，波斯王則是一臉平靜，悠閒地時而舉杯暢飲，時而與身旁的妃子調笑作

此時山本太郎最少攻出四十多刀，仍奈何不了那孫日周，只累得他粗氣喘喘，這等狂攻不守最耗功力，只看得為山本太郎打氣的喝采聲都逐漸弱了下去，烏的馬是一臉驚焦與氣憤，太和親王則是瞟了烏的馬一眼，一臉得意的淺笑，項思龍心下暗歎，如山本太郎注意進攻策略，應可與孫日周鬥個平手。

孫日周這時也知時機來了，仰天一笑，劍勢改守為攻，長劍搶入對方漸弱下來的刀圈之內，使出了一手細膩精攻的長白劍法，見招破招，且劍圈愈擴愈大，使山本太郎招招受制有力難施，只驚得額上冒汗。

烏的馬也知山本太郎必敗無疑了，面色鐵青，只把求助的目光望向了項思龍。

項思龍苦笑歎氣，自己只會精妙劍法，卻是沒有絲毫內力，對付一般角色或還可以，但要對付真正的高手他自己也是沒有多大把握，雖是劍挑了魔教護法和南宮世家二公子，但這孫日周的武功似比此二人還厲害，自己不會有勝算把握呢？如使出自己體內的怪異能量來，只怕會讓人把自己看作怪物。

心下想著時，場上兩人再激鬥了幾招，山本太郎早先的威風再不復見，節節

敗退。

孫日周驚的大喝一聲，劍影一閃，覷準對方破綻，破入對方刀勢，直刺山本太郎胸口。

山本太郎大吃一驚，回力不及，只得把身形猛地往後一仰，險險避過這擊命一劍。

但此一來，山本太郎周身空門大開，孫日周也得勢不饒人，飛起一腳，踢中對方下腹，只踢得山本太郎慘叫一聲，身體暴飛，彎刀脫手，口中噴出一口鮮血，再「撲通」一聲跌落地面，不知死活。

烏的馬色變而起，衝身後席中武士喝道：「還不快把山本太郎先生扶起去查看一下傷勢？」

當下有人奔出把昏迷過去的山本太郎抬走。

孫日周面露喜色，太和親王也滿意點頭，項思龍正思忖自己出不出手時，卻見吳應天站了起來，步入場中，至孫日周身前五尺之遙處站定，抱拳道：「孫兄的劍法似隱含中原逍遙派劍法，看來孫兄不只是長白山派門人，還與武當逍遙派有關聯吧！好，就讓吳某來領教一下孫兄高招！」

這一意外使得孫日周和太和親王無不色變，烏的馬則是一臉詫色，王滿含深意地對項思龍淡然一笑，頓讓項思龍明白，烏的馬或說幫烏的馬或說幫自己麼？波斯王的意思，但他……為何要如此做呢？這不是明擺著幫烏的馬或說幫自己麼？波斯王的肚子裡到底在賣什麼藥？

孫日周不知所措地望向太和親王，太和親王顯也沒了主張，神色反顯得有些不安，對孫日周的求助毫然不理，而此時吳應天已緩緩拔出了腰間長劍，面無表情，一雙冷目射出森森寒光，緩緩道：「孫兄請了！」言罷，手中長劍虛式一抖，幻出一片劍光，接著又沉聲喝道：「孫兄看招！」長劍已飄忽不定的向孫日周攻去。孫日周此時已騎虎難下，但他也不是省油的燈，虎牙一咬，長劍揮出道：「那麼請恕屬下無禮了！」

二人劍來劍往，頓然殺了不可開交，只聞「噹！噹！噹」的劍擊之聲不絕於耳。

烏的馬低聲對項思龍道：「凌少俠，你看……這裡面似乎有古怪呢？吳應天本是太和親王的人，他怎會……王兄到底在搞什麼鬼呢？看來咱們還是不要出手搶聖劍騎士頭銜算了！」

項思龍聽了心下輕鬆下來，自己可也正不想出手呢，由你這「主子」提出那是最好不過了！

不過輕鬆的同時卻又感到了一股莫名的沉重，這次的比武大會看來是波斯王有預謀而舉行的！

可他望向自己的怪異眼神是什麼意思呢？這比武大賽究竟有什麼預謀？

心下百思不得其解，只得把心神目光集中到了打鬥場上去，反正自己不是波斯王室之人，一切與自己無關，耐著性子看下去不就得了！自己應關注的還是如何尋得神水宮主討到天衣神水的解藥！

定下神來，卻見場中打鬥二人都已放緩了劍速，凝重的氣氛瀰漫全場。

孫日周額上已見汗珠，眼睛裡露出既恐懼又瘋狂的神色，顯是自知不敵，要與吳應天拚命了。

吳應天面容冷漠，目中厲芒閃爍，對孫日周的拚命招式也感需認真對待。

劍來劍往，響聲不絕。三刻後又再來七劍，每劍均是勁氣剛猛，劍速雖緩，

但烈濃的殺機卻是壓迫得觀者都透不過氣來，只覺緊張而又刺激。

孫日周驀的大喝一聲，口中噴出一口鮮血，卻並不是負傷，而是如此一來，

他氣勢條增數倍，劍芒也暴長數尺，所過之處勁氣狂作。吳應天不驚反冷笑道：「解體大法！果是魔教邪功！狐狸終於露出尾巴來了！」言罷，身形一陣急轉，周身竟泛起一股紫氣，烏的馬見了失聲叫道：「螺旋勁！」

太和親王這時是面色蒼白，顯得焦燥坐立不安，而波斯王則是目中寒光直閃地盯著他。

項思龍終於看出些問題來了，太和親王有可能是日月魔教打入波斯國中的臥底，而吳應天則又是波斯王派入太和親王集團中的反臥底，這次的比武大賽大有可能是波斯王安排來對付太和親王的計畫，只不過烏的馬成了一顆被利用的棋子，他關注自己則是不想自己來攪和他這計畫。

一定是如此的了！項思龍正想著，卻只聽「轟」的一聲勁氣炸裂之聲響起，舉目望去卻只見孫日周和吳應天雙雙向後暴飛，前者卻是慘叫一聲，口中噴血躍地，後者則是在空中一陣急旋飄降地下，只見臉色發白。

全場氣氛一時都給靜凝住了，波斯王渾沉的聲音打破沉寂，冷聲道：「把孫都統押起來！」

話音剛落，當即有兩名甲冑戰士閃身擒制住了已半死不活的孫日周。

波斯王著人用冷水潑醒了他，冷聲問道：「你是日月魔教的人，枉寡人一直重用你，今日若不是鎮南王自前次偷盜了皇宮寶庫一瓶天衣神水的兩大盜身上搜出了一封密函，寡人還不知你是魔教派在我波斯國的臥底呢！說，你們魔教還有沒有人潛藏在我波斯國中意圖作亂？」

孫日周一臉死滅之色，身體劇抖，似想說什麼，卻在遇上太和親王嚴厲的目光時給咽了回去。

波斯王冷冷一笑道：「不說是吧！你們魔教煞費心機潛入我波斯國中，為的還不是天衣神水，好，那寡人就讓你嘗嘗天衣神水的滋味，讓你變成個活殭屍！」

孫日周聽得臉色大變，頓忙道：「我說！我說！我們魔教的臥底還有……」話未說完，只聽得「嗤！嗤！嗤！」數聲細小的破空之聲，眾人只見藍光一閃，接著是孫日周的淒慘叫聲，不一會全身發黑，已是死去，只聽得太和親王沉聲道：「魔教異徒，人人得以誅之，這傢伙潛伏我波斯國中，圖謀不軌，實在該死！屬下管治下屬無方，還望陛下恕罪！」

項思龍心下暗怒，這太和親王殺人滅口，卻還來個先入為主找個藉口開脫自

己，可真是狂妄！不過他敢如此明目張膽，自是也有所恃，波斯王如無確鑿證據，可能拿他無法吧！

果然波斯王滿眼憤怒，卻也只是沉默良久，歎道：「親王所言甚是，這傢伙該死，由親王親自出手殺他，可也真是他的榮幸！反正魔教已露出尾巴，終是難逃法網的，人既已死也便算了吧！」

說著滿含深意地望了項思龍一眼，接著又道：「寡人今日心情不佳，比武之事異日再說吧！」言罷轉身離去，只留下一殿靜默無語的人，氣氛怪異之極。

太和親王也望了項思龍一眼，訕訕道：「本王也告辭了，諸位請慢用！」

太和親王一行一走，殿內頓時爆發出了憤怒的喝罵聲，其他之人相繼離去，只見那冰山美人突地若有所思地走到項思龍身前脆聲道：「妾身可請少俠借一步說話嗎？」

項思龍微微一愣，烏的馬已是搶先道：「王妹與凌少俠有話要談，為兄也就先走一步了！」

言畢又對項思龍笑笑道：「待會本王會派人來接少俠兄妹回府的！」

如此一來項思龍也便不好意思推卻了，但心下卻在嘀咕著這美人與自己素不

相識，為何要與自己相談呢？

正怪怪想著時，鳥的馬等也已離去，偌大的大殿就只剩項思龍、甜甜、冰山美人主僕了。

冰山美人驀地長歎了一口氣，對項思龍道：「少俠對今天的比武變故，有何看法？」

項思龍不想對方突地有此一問，一怔道：「姑娘此語何意？在下可不懂貴國的宮廷爭鬥！」

冰山美人目光灼灼地望著項思龍道：「日月魔教呢？還有天衣神水？少俠的來歷身分王兄已派人調查清楚了，中原武林盟共同體的創始人，武當逍遙派玄玉道長的記名弟子⋯⋯少俠來我波斯國的來意，王兄和我都已知曉，可少俠知不知道王兄對中原人非常反感？不論正邪兩道！」

說到這裡頓了頓，接著突又轉過話題道：「今天太和親王的狂妄，少俠也見過了，王兄雖已明知他是魔教中人，可仍不敢懲治他，少俠可知這是為什麼？因為王兄有苦衷！如沒有確鑿證據，王兄是不會也無法懲治太和親王的！這內中的情況非常複雜，如少俠願助我波斯國避過此次危機，妾身可詳盡告知，並且⋯⋯

盡可能的想法讓少俠見到神水宮主！」

項思龍本想著我可是來尋天衣神水解藥的，即使想幫你們可也只是心有餘而力不足，因為自己時間不多，不可能再分心去理會其他事情了，不過聽得冰山美人最後一句話，卻是心念一動，自己如助波斯國避去了這場政治危機，說不定波斯王會感恩讓自己與神水宮主見面，且幫自己討取解藥呢？反正魔教不除，中原也永無寧日，自己何不答應下來呢？

有項羽、向問天他們在，對付區區一個太和親王應是沒有問題的吧！如此一舉兩得何樂而不為？

如此想來，當下故作沉吟了片刻，點頭道：「姑娘請說來聽聽，在下也只能盡力而為！」

冰山美人聽得面露喜色，燦然一笑，只使得項思龍看得一陣頭昏目眩，哇咋，這冷冰冰的美人，一笑的魅力竟有如此之大，當真是傾國傾城了！甜甜已夠貌美，這美人卻更具成熟風韻，並且骨子裡透著一股透人媚態，應是個男人寵物！

冰山美人見項思龍色瞇瞇地望著自己，突地俏臉一紅的低聲道：「少俠只要

助我波斯國渡過危機，你要妾身怎樣報答你都行，包括我這四個美婢！」

美人嬌態更增魅力，只使得項思龍一陣心蕩神搖，要知他本乃是生性風流之人，記憶雖失，但人性本能可還仍在，美人明然示意願投懷送抱，怎不教他動心？

甜甜這時卻突地悶哼了一聲，使得項思龍頓忙收回心神，暗暗道：「姑娘不要這般說來！嘿，在下也不知有沒有這個能力呢！再說在下助你們可也還是為了天衣神水的解藥而已！已是互利關係了！」

冰山美人脆笑道：「當然，少俠已有了個如花似玉的妹子，又怎會把妾身這等殘枝敗柳看在眼裡呢？」說這話時竟是有些苦澀意味，也不知她是真是假對項思龍動了情意。

項思龍連說：「怎會？怎會？」時，冰山美人已面容一肅道：「對於少俠的實力，你我心知肚明！據王兄密探所查，前晚的刺客……想也不需妾身說明的吧！所以只要少俠誠心願助我們，其少俠一方的實力，又怎麼會對付不了呢？鎮南王相信少俠，也只是他鬼迷心竅，想利用少俠來擴大他在朝中的勢力影響罷了！我們卻是不會放過任何的可疑人物的！要知我波斯國

能存立上千年，靠的可也不是幸運而是實力，只是……噢，我們還是出了皇宮再作細談吧！這裡的人都已走光了呢！」

項思龍聽得心下驚駭不已，想不到小小一個波斯國情報網絡快就查清了自己的一切底細，自己還一無所知呢？看來自己真是太過大意了！這下可也得改變策略，對方既已對自己底細全都知曉了，自己也便以誠待人吧，這樣心理也踏實些。

心下想來，當下誠然道：「原來貴國情報網絡如此神通廣大，在下可真是服了！好吧，在下就與公主合作！現在請你把你王兄的苦衷和你們所掌握的魔教情況告知在下吧！」

項思龍從冰山美人口中得知了，波斯王原來早就懷疑太和親王是日月魔教混入他們波斯國中意圖不軌的分子了，怎奈波斯王的母后深戀上了太和親王，對波斯王的提醒毫然不理。反大加責斥他的捕風捉影。所以波斯王拿太和親王毫無辦法，太和親王也通過與波斯王母后的曖昧關係，暗中培植魔教勢力，使得他在波斯國中的地位與日俱增，要不是有聖教神水宮在背後支持著波斯國，波斯國早就被魔教侵佔了。

魔教最忌憚的就是神水宮的天衣神水，這神水奇異無比，效用奇

大，尤其是神水宮配合以移挪大法可把天衣神水威力發揮得淋漓盡致，使得魔教不敢輕舉妄動。至於神水宮為何會與波斯王攀上關係，原來卻是因為每百年神水宮要選出一名候補宮主，而這宮主人選卻又必須是一位波斯國公主，所以神水宮對波斯國的一切安危甚是關心，現今的神水宮主正是波斯王的胞妹，因得母后之故，就連神水宮也無法干預太和親王的野心。

如今之計就是當著眾王公大臣的面拿到確鑿證據揭穿太和親王的假面具，如此皇太后也便迫於公眾壓力無法庇護太和親王了。但是因魔教勢力太大，波斯國中能人又少，卻是無人能夠擔此揭穿太和親王面目的重任。波斯王本想借幾年一度的第一勇士之爭的比武大賽上選出一位可用的人才了，但當得知項思龍的來歷後，便改變了計畫，想借重項思龍來對付太和親王，這倒也是沒有人能比項思龍更能勝任此事了！

項思龍聽得是又驚又喜，想不到魔教如此的無孔不入，竟然利用女人來控制波斯國，這份用心可真是絕妙而又良苦，但也不想神水宮原來與波斯國王族關係如此親密，自己只要助他們對付了太和親王，那可真說不定神水宮主感激之下會送給自己天衣神水解藥的了。

現在自己最主要的是想出辦法來怎樣的對付太和親王了！自己可不是波斯國人，自也沒有什麼拘束，但也不可明目張膽的找太和親王挑戰，這傢伙是隻老狐狸，他不會不曉得運用波斯軍中勢力來對付自己的，如此說不定反會弄巧成拙，使自己與波斯國結怨仇了，那太和親王正好可從中坐收漁翁之利。

所以此戰只可智取不可力敵，太和親王今日已因孫日周而差點露出馬腳，殺人滅口來作了掩蓋，但牽強得很。波斯國王公重臣已大半可看出了他的野心，只是沒有證據又懾於他的勢力，只得強忍裝作什麼也不知，但實則已對太和親王生出戒心和反感了。太和親王也知道這點，這對他可是個重大打擊，雖然表面上還不動聲色，但心下一定恐慌，要知如引起波斯國人的公憤，連皇太后也保不了他，憑他魔教在波斯國內的勢力可絕不是整個波斯國人之敵。

自己正是要利用太和親王的這點心虛，設法迫他公然作反，那自己也就算幫了波斯國了。

但如何迫他公然作反呢？這老狐狸如不動聲色按兵不動，自己可也拿他沒法。

如讓波斯王下令削減他的實力，波斯王母后定會從中干涉，所以這個辦法行不通！

以其人之道還治其人之身，自己好……讓太和親王在波斯王母后那裡失寵，這傢伙必沉不住氣！

想到這裡，項思龍只覺面上一紅，這等苟且之事卻教他怎麼做得出來呢？以男色去勾引波斯王母后……這……自己是怎麼也做不來的！

還有其他的什麼辦法呢？自古有言「君要臣死，臣不得不死，教派也是一樣，如能脅使魔教頭領發令讓太和親王作反，但這似乎做不到，魔教現在在中原也無人能敵，再加上他們本無頭無首，雖是合作，但卻也是各自為政，這方法根本行不通，除非是項思龍少俠再生，拿「聖火令」重組統一魔教，如有他發令，太和親王自是無法作惡了，但問題是項思龍少俠……

項思龍驀地長長歎了一口氣，心中有一種怪怪的不安感覺。

項少俠，你現在到底是生是死呢？你可知道你對中原乃至波斯國都是何等的重要！

項思龍對自己的真實身分和記憶突地有著一種強烈的好奇心。

自己到底是不是項思龍少俠呢？或說自己可不可以代替項思龍少俠呢？

項思龍回到烏的馬王府天色已是漸晚，烏的馬似有話欲問項思龍卻又沒有問出，項思龍見了他問道：「王爺想對在下說些什麼嗎？是不是怪在下沒有出場為王爺爭個面子？」

烏的馬唯唯諾諾的苦笑了一下道：「王兄在少俠與王妹相談時召見了我，說他已有意把王位讓給我，也不知他此言是真是假！但他也有個條件，就是希望少俠能助他完成一件事，說王妹會告知少俠一切的！嘿，也不知到底發生什麼事了！我在外打了六年仗，今次回到京城，只覺得許多事情都變了，王兄和王妹都顯得有些古古怪怪的，似有事瞞著我似的！對了，王妹對少俠都說了些什麼？到底有什麼將發生？少俠可告知我嗎？」

項思龍聽了苦笑，思忖，你不知道還要好些，要不憑你這傢伙的脾性，還不立即去找太和親王算帳？那你可就有難了，你王兄王妹可都是為了你好！

心下如此想著，口中卻是笑道：「那可得恭喜王爺嘛！也沒什麼事，公主召我只是詢問我的底細罷了，說不定是想找夫君呢！哈，在下也不知會不會有這個福氣？」

烏的馬將信將疑地道：「真的？王兄原來是想撮合少俠和……王妹？嘿，凌少俠可也真有豔福了！我那王妹素有我波斯國第一美人之稱，自洛斯王爺突然病故後，就從沒將其他男人放在眼裡，不想凌少俠……哈，可也真是喜事一件！」

說到這裡，突又記起什麼似的，從懷中取出一個錦盒，遞給項思龍道：「這是王兄托我交給少俠的，說他要對少俠說的話都在這裡面，你一看便知了！」

項思龍心下納悶的接過錦盒放入懷中，淡笑道：「謝過王爺了！在下如真得了貴國國王賞識，那可全是王爺提拔之功，在下會記著王爺的！」言罷向烏的馬別過回房。

掏出錦盒，卻任是怎樣擺弄也打不開，看來定有機關，這卻也難不倒項思龍，從玄玉道長那裡他所學甚雜，機關學也是其中一項，要知道項思龍本是智慧超卓的現代人，本身在來古秦後奇遇連連，使他成為了遠古代一個超卓高手，記憶雖失去，但智慧仍在，學什麼都事半功倍超越常人，玄玉道長也因之對他喜愛非常，把畢生所學傾囊相投。

憑藉其精深的機關學識，沒費多大工夫項思龍終於打開了錦盒，卻見內中有一束質精上乘的帛布，項思龍打開一看時，不由心下既對波斯王深感敬服卻又一

陣面紅耳赤。

原來波斯王也算出了項思龍所想到過的一切對付太和親王的方法，同以其人之道還自其人之身的方法，竟是支持項思龍去勾引他母后，說此是唯一逼太和親王現出原形的辦法。

接著介紹了其母后的一些性格簡介，原來波斯王母后乃是神水宮的聖女，因質資出眾被選入波斯國宮中作嬪妃，但不幸生下波斯王兄妹後不到半年國王因病死去，起先她還守身如玉潔身自好，但因曾練過姹玄陰功，所以使得性子淫蕩。

在波斯王四歲時，太和親王出現了，那時他二十幾歲，來自中原，先在波斯國的第一勇士之爭的比武大賽上獨領群英，接著又助波斯國打退了黑叉族人對波斯國的進攻，使之他大獲波斯王母后欣賞，後來母后聞得太和親王練過鐵板燒的床上功夫，可以一夜征服十個女人，竟是被引發春心，終於與太和親王勾搭成奸，從此一發不可收拾，深深迷戀上了太和親王，才使太和親王深深植根於波斯國養虎成患了。

但近兩年，因太和親王醉心練功，疏遠了皇太后，使得皇太后受了冷落，對太和親王怨聲不絕，可仍無人能代替得了他。所以只要項思龍表現神勇，又顯露

精幹房事，打動皇太后，說不定能取代太和親王。其實在波斯王可親政後曾用不少俊男使過此招，但均無效用，因為他們都少了一股吸引皇太后的英雄氣概。

最後又說，只要項思龍同意此法，波斯王可為他打點一切製造項思龍親近皇太后的機會，事成之後，待太和親王等魔教勢力一除，波斯王便讓項思龍見神水宮主。

項思龍看得啼笑皆非，這世上竟有人勸說他人去泡他老母的，可也真是大千世界無奇不有了！也不知那皇太后是不是人老珠黃了？不過為了大局著想，為了取得天衣神水的解藥，自己或許也不得不委屈一下自己吧！反正泡女人也不是什麼苦差事，總比打打殺殺的好！

項思龍古古怪怪地自我安慰著，看了身旁的甜甜一眼，周身頓覺一陣燥熱。

項思龍的名聲早在隨烏的馬入了波斯國京城時，就被烏的馬炒得火熱，那時就人人都知道項思龍一劍廢去十多名一流武士的新聞，後來又經項思龍在皇宮阻擊刺客一戰大顯身手，烏的馬又著人大肆宣傳，所以項思龍的名氣已是更盛，再加上他既得烏的馬這波斯國舉足輕重的軍方人物的賞識，又被波斯王和波斯公主的青睞，所以使得他更是身價大增，在波斯國中成為廣為人知的知名人物。

現在他主要需做的就是當眾表現一下身手，以增顯他的聲威了。只要他名氣一足，引得皇太后這蕩婦的關注，那麼他勾引皇太后的時機也就到了！

不過，項思龍雖在波斯王和波斯公主等有意炒作下聲名大燥，但是也有一風流壞名，就是傳出他一夜連征十八女仍是精力充沛的佳傳，被波斯王召入皇宮途經後宮時更是了不得，那些嬪妃可不止是眉目傳情，更是把他連拉帶扯地欲強留下與她們巫山雲雨，不幸的是項思龍還必須裝出一臉色瞇瞇的樣子來，可真是啞巴吃黃連有苦自己知了，還好項思龍每次都急智逃走，沒有「失身」。

太和親王近幾日倒是顯得甚為低調，項思龍時時出入波斯王宮，卻是從沒見過他的蹤跡，也不知這傢伙近幾日來在搞什麼陰謀，不過項思龍就怕他如此一聲不吭，如能有什麼陰謀倒是好事，可待機揭穿他的真面目。

這一日項思龍正在與王府幾個景仰他的武士講解武技之道，突有四個太監上府說皇太后要見他，使得項思龍聽了心下又驚又喜，但也覺著這其中似有些古怪，可也說不出個所以然來，還是隨眾太監去了。

到了後宮，項思龍心中的不安之感愈加清晰了。因為今次後宮竟顯得十分的

這份不祥之感果然在行至一後花園處時得到了應驗，幾名太監突地把項思龍團團圍住，取出了潛藏在衣底的長劍，露出了猙獰面目，其中一人冷聲道：「小子，天堂有路你不走，地獄無門你自投，在中原你春風得意，成了各派組成的武林盟之首，但是到了這波斯國，可是我日月神教的勢力範圍，這下你是死定了！你在中原壞我神教大事，殺了太陰護法的心愛徒弟，太陰護法已恨不得食你肉剝你皮，這次你到了波斯，又意圖揭穿太和親王的身分，可真是自尋死路！」

另一人沉聲道：「咱們少跟他囉嗦，還是宰了他去向太陰護法交差吧！」

言罷四人氣勢洶洶地舉劍向項思龍進擊，項思龍卻是突地一陣冷笑道：「原來太和親王就是太陰護法！哼，他的愛徒尚且不是本少爺一劍之敵，就憑爾等幾個還是回家再練十年再說吧！」

項思龍這話只激得四人雖是心下也驚，卻也更是惱怒非常，已是同時大喝著向項思龍發動了進攻，但見他們身手，就可知已入一流高手之境，配合既是默契，劍勢也是凌厲異常，劍氣陣陣讓人心寒。

項思龍已知自己無懼他人內力，可以把別人內力化解於無形，等若任何高手，在他面前也就成了個毫無內力的常人，雙方勝負只取決於絕妙招式，自負憑自己所學還無懼這麼幾個角色，當下冷喝一聲：「不知死活！」「逍遙七絕式」應手而出，同時腳踩「太乙迷蹤步」，只聽「噹！噹！噹！」一陣劍擊之聲，四人長劍均被項思龍用鬼王劍挑開，並且發出了驚呼之聲，原來在他們長劍與項思龍鬼王劍相觸一剎那，均感內力被項思龍所吸，也就難怪他們驚叫起來了。

一招之下雙方成了對峙之勢，四「太監」目中驚駭的望著項思龍，其中一人顫聲道：「閣下真會我神教失傳千年的化功大法？你⋯⋯你到底是什麼人？」

項思龍心念一動道：「本公子乃項思龍少俠的拜把兄弟，化功大法得他所傳？怎麼，你們怕了？」

另一人驚聲道：「閣下是項教主的拜把兄弟？那咱們應是一家人了！你怎麼處處與我神教作對？」

項思龍冷笑道：「爾等為非作歹遺禍江湖，自是當應人人得以誅之了！本公子沒時間與你們耗費，打還是不打？不打的話，本公子可要走了。不過還請告訴太和親王一聲，他最好還是乖乖地安份守己，放下屠刀立地成佛，否則，本少爺

一定會與他鬥爭到底的！顛覆波斯王國更是癡心妄想！」

項思龍這話音甫落，只聽一聲冷冰冰的聲音傳來道：「閣下當真如此自信嗎？」

第五章　聖劍騎士

項思龍一聽這聲音，就知道是太和親王終於出面了，當下冷笑道：「吃軟飯的人還是露面了！閣下不再躲在波斯皇太后裙下做縮頭烏龜了嗎？用這等小把戲想對付在下，我看閣下的如意算盤還是打錯了，要知道弄個不好閣下的狐狸尾巴就會露出餡來，那時連皇太后也保不住你，豈不因小失大？」

項思龍言語間，太和親王已是閃身到了項思龍身前，臉色甚是冷沉，目光凌厲的盯著項思龍，口中卻是慢條斯理的道：「就算閣下知道了我的底細，那又如何？連波斯王和神水宮都奈何不了我，更何懼你一介小子？哼，波斯國中我魔教勢力已權傾朝野，只待後援一到，神水宮又算什麼？憑我魔教的實力可以把它整

個波斯國翻個底！」說到這裡，頓了頓，接著又皮笑肉不笑的道：「至於閣下的確是個厲害角色，剛出江湖短短時日就在中原武林成為一枝新秀，連左右光明使都奈何不了你，可見閣下能耐。

「不過人有失手馬有失蹄，今個兒閣下也有失著的時候，你身邊那美人……嘿嘿，我們可以心平氣和的坐下來談談的，閣下身懷我魔教的化功大法，說來咱們也可算是一家人呢？咱們的合作前景可是一片光明啊！」

項思龍聽得心下一沉，知道自己已中了對方的調虎離山之計，甜甜已落入對方手中。一陣急怒直衝心頭，目中殺機大熾的一字一字道：「閣下果然好心機！不過甜甜要是損了一根毫髮，我定要把你們魔教殺個雞犬不留！」

項思龍這話讓得太和親王聽了心底也不自禁的升起一勝寒意，要知道憑項思龍在中原的威信，他如說動劉邦、項羽、地冥鬼府，加上武林盟的實力，要蕩平他魔教可也並不是恫嚇之語。

仰天打了個哈哈，平靜下波動的心緒，太和親王乾笑道：「凌少俠何必動這麼大的肝火呢？我請甜甜姑娘到府上作客，可也只是為了與少俠好好合作啊！嘿，只要少俠與老夫聯手，不要說波斯一個小國，就是中原武林也可成為我

項思龍見對方說得神采飛揚，就像他真成為一統天下的霸主了，冷笑道：

「閣下還是到黃泉路上去發你的春秋大夢吧！在下可不會跟爾等魔教之徒合作！想用甜甜來威脅在下，可也真是打錯算盤了！還是交出甜甜，在下或許可暫時對你網開一面，今後來個公平競爭，看看鹿死誰手！否則在下就要大開殺戒了！」

項思龍已動了真怒，決定不惜驚世駭俗的準備動用自己的奇功異能來大開殺戒了。

太和親王卻是不知危機在即，見項思龍態度如此強硬，也語氣一轉的冷聲道：「閣下可是考慮清楚了！本王對你青睞有加已是對你夠容忍了，可也不要得寸進尺，以為本王怕了你！要知道波斯國可是我魔教的勢力範圍，即便你武功再高，憑你一人也不可能逃出生天！本王再給你一次機會，到底願不願與本王合作？」

項思龍怒火熊燒，冷哼一聲道：「不用考慮了，放馬過來吧！在下寧為玉碎不為瓦全！」

說罷手中鬼王劍一抖，幻出一片劍花。接著又道：「你們全上吧！免得在下

「大費手腳！」

太和親王此時已是怒極反笑，狠聲道：「閣下果然夠膽色！好，就讓本王見識一下閣下這名動中原且鵲起波斯國的新一代劍手到底有多少斤兩！」說著輕拍了兩下手掌，頓時湧出三十多名侍衛來與先前的四名太監一起把項思龍給圍了個水洩不通，太和親王接著對眾手下道：「你們就陪凌少俠過幾招！」

接近四十餘人在太和親王話音剛落就頓形成了一個劍陣，先有近前的六名侍衛舉劍向項思龍從不同角度攻至，劍勢凌厲而又狠辣，似欲一招把項思龍給斃命劍下。

項思龍心中已動殺機，面對這麼多的高手卻是夷然無懼，只冷笑一聲，也不動用意念，只信手把自己腦海中所出現的劍招使出，卻見血光泛起，鬼王劍化作一道長虹以虛無實質的劍速分向攻擊自己的六人擊出，只聽六聲慘叫，六人提劍手腕齊被項思龍削斷，劍和斷掌「噹！噹！」跌地。

項思龍也不知自己使出一劍竟有如此威力，不由呆了一呆，因為他感覺自己方才使出的劍招卻是玄玉道長並沒有傳授過他，他自己記憶裡也似沒有的，只是憑了感覺使出。還有他還感到自己使出劍招時，只覺一股奇異能量突地湧

生，直透手臂貫注鬼王劍，使得他出劍速度比以往快了數倍，並且對方劍中透發的勁氣在接觸手中鬼王劍時，就給自己吸入體內轉化成另一種能量被自己收為己用了。

對於這一發現，項思龍心中又驚又喜，看來自己的特異功能又增進一層，不只是可由雙目發出，而逐漸的可以隨自己的思想被自己所用了，這或許也是由於自己意念殺機所導致的吧！

對於項思龍的這一劍之威，其他圍攻他的侍衛和太監也看得呆住了，心中寒氣直冒，太和親王則是失聲驚呼道：「天殺三式！你怎麼會日月天帝教主的絕招？你⋯⋯你到底是誰？」

項思龍這下倒聽得一愣，茫然道：「天殺三式？日月天帝？我是誰？我也不知道啊！師父給我取名凌嘯天，我就叫凌嘯天了！閣下怎麼突地問這古怪問題？你不是已知道了我的身分嗎？」

太和親王此時倒吸一口涼氣，驚疑不定的道：「閣下既會魔教的化功大法，又會日月天帝教主的天殺三式，看來你與我魔教淵源甚深！只不知閣下師承到底是誰？舉天下之間現今只有生前的項思龍教主才會這些神功絕技，閣下師承到底是

不是項教主？如是的話，那閣下就是我日月神教的少主人，本王自也唯閣下是從了！如不是的話，咱們也就化干戈為玉帛！閣下定與項教主有關連！」

項思龍這刻倒也一時間忘了自己與太和親王之間是對立的了，愣然苦笑道：「其實在下也不知自己是誰，因為我記憶喪失了，對以前之事一概不知，不過我……有可能就是項思龍少俠吧！」

項思龍經過了許多怪異的思想和許多不知所以的事，又聽了他人對「項思龍少俠」的許多介紹，與自己一對照，已漸漸感覺自己有可能就是當初名動江湖的項思龍了。這刻他又被太和親王牽動心下的這根弦，所以耐不住苦悶，不由自主的把這種想法給說了出來。

太和親王一聽這話臉色可是大變，怔怔的看著項思龍，聲音發澀道：「項教主他……不是……不是遇難了麼？閣下有何證據……可證明你的身分？」

項思龍這刻已漸回復心神，聞問淡然道：「在下無須對閣下作什麼交代吧！無論我是誰，你們魔教的卑鄙行徑在下始終是看不慣的，也就是說我們始終是對立的！好了，你既說讓咱們暫且化干戈為玉帛，那就請放回甜甜吧！」言罷緩緩

把鬼王劍歸入鞘內，圍住他的侍衛和太監也早在太和親王示意下退開了。

太和親王這次卻並沒再對項思龍的生硬語氣發怒，只是一臉遲疑反有些恭敬的道：「這個……甜甜姑娘是被皇太后召入宮中去了，現與皇太后在一起，本王……也無法作主將她交還少俠！」

項思龍這刻倒放下些心來，看來甜甜是在自己被詐騙進宮後，又在太和親王的算計之下被騙召入宮的，看來這太和親王確實是大有心機，對自己他大沒有隱瞞身分的任何必要，因為他知道自己遲早會知曉他是魔教中人，而自己即便知道了，說出去也不會有人相信，反會被他加以造謠生事的罪名，讓鬥爭矛頭轉向自己和波斯國，他則大可坐收漁人之利。而他不動武去劫持甜甜，也是不想他人對他生疑，要知道他如殺了甜甜，就會樹立自己這強敵。

如不殺甜甜，自己則又可從中作大文章，弄個不好他假面具會被當眾揭穿，唆使皇太后召見甜甜，既可起到脅威自己的效用，又可避免一切意外的危機，真可謂思慮周全。

自己遲早要與皇太后正面相對的，何不趁現在這機會去看看這貴婦人對自己的觀感呢？

太和親王這老狐狸現刻向自己妥協，一定懾於自己武功，沒有把握拿下自己，二是他也不想自己太過惱怒，樹了自己這強敵。不過他骨子裡定還會想法對付自己和怎樣謀奪波斯國，說不定是在待後援呢！所以自己還是得儘快揭穿他的假面目，要不讓他詭計得逞可就糟了！再說自己還必須儘快取得天衣神水的解藥去救人呢！要是遲了時間，自己可就終生悔恨了！所以自己也就必須儘快泡上波斯皇太后。

項思龍心下想來，當下冷冷道：「希望閣下所言屬實！在下告辭！」

別過太和親王，項思龍逕自往後宮行去，沿途遇上不少宮娥妃嬪，見了他這英雄魁梧的漢子，無不對他大拋媚眼，曾見過項思龍的人，知他乃是風雲波斯國的少年英雄，更是嗲聲嗲氣的向他打招呼，那媚態讓得項思龍雖是心境不大好卻也禁不住怦然心動，要知她們全是千中選一的美人，姿容自是不俗。

不過項思龍這刻也終沒心情扮作風流公子模樣，只略略跟她們打過招呼後，逕自向內宮行去。

到了一座特別宏偉的宮殿前，頓有衛士上前阻住他喝問有何事，項思龍說了自己身分，還沒說自己是來尋甜甜，那衛士頓然對他肅然起敬，忙轉身進殿稟報

去了。

不大一會，衛士傳他進去，卻還是要他解下配劍，交出匕首一類武器，才領他進入殿內，可見這皇太后架子實在是大，項思龍進出波斯王皇宮也可自由配劍，這裡卻是不行。

才入殿裡，項思龍便聽得一清脆聲音傳來道：「甜甜姑娘，哀家沒騙你吧！你小相公辦完公事這便來找你了，看來他著實疼愛你了！你可真是有福了，尋了這麼個好夫君！」

項思龍尋聲望去，只見大殿兩旁各立了十名粗壯如牛力士般的人物，一個個面容卻是端正。殿端高起的台階上，一名高髻，身穿華裳彩衣的貴婦斜倚在一張長几椅上，挨著軟墊，身旁坐著的不是甜甜是誰？卻見她悄臉上浮起一片紅潮，正垂首玉指不安的擺弄著衣角，顯是為貴婦人方才話感到害羞。

貴婦人此時已見著了進殿的項思龍，一雙美目一瞬不瞬的直盯著項思龍，在她身後還站著十多名俏麗宮娥和坐了七八個妃嬪模樣的美女，都是目光灼灼的望著項思龍，只兩名生得極是英雄一身太監服飾，但不知是真太監還是假太監的俊俏後生卻是神色不善，也不知是不是在嫉妒項思龍。

項思龍此時的目光也是既大膽又挑逗的掃視著貴婦人性感迷人的軀體，卻見她表面看上去絕不超過三十，長得雍容華貴，鼻樑微曲，朱唇豐潤而又性感，尤其是極具性格的檀口，唇角微往上彎，使男人感動要征服她絕非易事。

著她一雙似會說話的俏目，形成一種蕩火心魄的野性和誘惑，這就是波斯王的母后？怎麼這般年輕似的？

許是使用姹玄陰功採陽補陰的養顏之故吧！

項思龍心下怪怪想著，一瞥之下，他已大約摸到了這貴婦人的性格，這種女人，生活淫蕩，但一旦有男人征服了她，便會對此男人溫馴不已。看她身後的兩名俏太監，也許是帶把的吧！或許是太和親王年邁力弱鬥不過這女人了，所以尋找其他男人來滿足性慾。

甜甜此時也見著了項思龍，欣喜的歡呼道：「大哥哥你真來了！我⋯⋯」說到這裡見得項思龍一雙色瞇瞇的眼睛直盯著貴婦人，神色一黯嘴巴一翹，沒有再說下去了。

項思龍見了甜甜神態，心中泛起一股異樣感覺，卻還是先向貴婦人跪下叩頭道：「草民凌嘯天見過皇太后！」

貴婦人微笑著對他點了點頭，著他平身，接著又朱唇輕啟道：「你就是近來宮中傳得沸沸揚揚的凌嘯天啊！嗯，長得確算英俊，但只不知力氣和功夫到底如何？傳聞你劍術通玄是嗎？哀家想親眼看看我波斯國新近崛起的少年英雄的功夫，如此就請你與哀家的二十大力王比劃如何？你自己任挑三人，不可使用兵器，就用拳腳功夫，如你勝了，哀家定會重重有賞！」

項思龍知這皇太后是看看自己夠不夠資格作她的入幕之賓了，放在前時他還真不敢與這些力士搏鬥，但經太和親王那麼一攪和，使他體內的奇異潛能提前開發了出來，讓他信心大增。為了獲這皇太后的歡心，項思龍淡然道：「皇太后也太瞧不起草民了，三個人怎麼能顯我本事呢？皇太后如真有這份雅興，就讓這二十個力士一齊上吧！如此草民才可略略舒展一下筋骨！」

那二十名力士一陣哄動，都露出憤然之色，甜甜則是差點失聲驚呼，對項思龍喪失功力之事，她是知曉的，憑他又怎可空手敵這二十名大漢呢？大哥哥可真是粗心了！一時間甜甜卻也忘了項思龍看皇太后的色眼，只是把心都提到了喉嚨裡，為項思龍擔心不已。

那二名不知真假的太監則是喜上眉頭，其他七八名嬪妃和十多名宮娥則是為

項思龍的豪氣奮然歡呼，皇太后也是面容一動，眉頭一場道：「你可不要為你的狂妄負出慘重代價！好，本宮就如你所請，你如能取勝，本宮就應允你一個要求！並且賞你黃金百兩、美女十個！」

項思龍心頭一喜，望了甜甜一眼，垂下頭去低聲道：「草民不要黃金美女，只求皇太后能夠青睞！」

皇太后聽了嫵媚一笑道：「你打贏了再說吧！」

言罷衝二十名力士揮了揮手，示意他們真的全都上陣。

那二十名力士被人小視，早憋了一肚子氣，齊聲大喝，脫下外衣，露出肌肉發達過量的赤條上身，擁上來把項思龍分幾重圍住，只看得甜甜花容失色，其他人則是大感刺激神情興奮。

項思龍一直是用劍與人過招，很久沒有用拳頭了，豪興大發，索性學了眾力士般脫了上衣，露出精壯健碩的上身，上面雖有不少傷痕，但卻更增了他的魅力，沒有半寸多餘脂肪的肌肉，像泛著光的玉石般，尤使人印象深刻的是他小腹那塊三角肌。

皇太后近兩年因太和親王體力大不如從前，性慾不能滿足，雖有其他俊男享

受，但總不能讓她盡興，見了項思龍的健壯已知他定是體力過人，再加上已聞他一夜連征十女的超人記錄，一時間只看得心旌搖盪、雙目放光，似恨不得即刻摟了項思龍來個一場肉搏大戰再說。

此時已有四名力士向項思龍撲去，兩人由後抱他，另兩人揮拳分擊他的太陽穴和胸前，下手毫不留情，只讓得眾女齊聲驚呼起來，為項思龍擔心不已。

項思龍冷笑一聲，平心靜氣集中精力，讓體內只可感覺到而無實質感的奇異能量遍佈全身，先是往後突退，左右兩肘同時擊中由後撲來的兩名力士，兩慘叫聲中滾翻在地。

項思龍接著又一個旋身，凌空縱身，雙腿連環在空中飛出，正中前方兩名來力士臉門。

鼻破牙落血流滿面中，兩力士又怪叫掩臉後跌。

一個照面下來，項思龍已打倒四名壯漢，這還是他下手大為留情，沒有用到十分之一的能量，要不四人可就不止牙落鼻破悟胸慘叫了，或許就是一命嗚呼的下場。

兩太監看得緊張之極，不斷為眾力士喝喊打氣，其他諸女包括甜甜和皇太后

則是舒了一口氣，臉露笑容，尤其是皇太后更是一臉迷醉的癡癡望著英姿煥發的項思龍。

項思龍踢飛兩力士後，身體跌地就地一滾，兩腳斜撐上揚，又中了兩名正上前衝擊的兩名力士小腹，兩個龐大的軀體頓時凌空飛出「撲通」跌地，再也爬不起來。

項思龍跳起來時，一名力士雙拳擊來，給他兩手穿入，硬架開去，同時在對方胸口連轟兩拳，而另一力士欲乘勢偷襲，頓一個側身，飛出一腳踢中對方腰眼，兩力士同時飛跌。

項思龍的記憶雖是失去，但只是庫存了起來，他這刻身體因含養生訣能量，記憶再被開發，所以對自己以前所會的武功包括習自現代經電腦力學分析，融合空手道、西洋拳和現代國術的赤手近身搏鬥術，又是不知不覺的記了起來，要不他怎會說出猜疑自己就是項思龍的話來？

但這也並不是說他記憶完全恢復，只是如一個損壞的光碟般，有的記憶模糊存在，有的記憶則還是一片空白，需要時間這個清洗劑來洗滌它們。

項思龍沒容對方近身就毫不費力的擊倒了近半力士，中招者連爬起來的能力

都失去了，只躺在地上呻吟不止，讓得其他力士都駭然大驚，目中盡是惶恐之色，不敢再向項思龍發動攻擊，只圍著他作作勢而已，因沒有皇太后的命令，誰也不敢退下，害怕也得拚死撐下去。

皇太后看得嘴角泛起笑意，衝眾力士叱道：「一幫飯桶！全部退下！」

眾力士聞令鬆了一口氣，摻扶著傷者退去，只暗歎自己倒楣或慶幸自己沒有先動手。

項思龍這時跪下道：「太后恕罪，嘯天已留了手，他們只是輕傷，休息調養一下便沒事了！」

皇太后目光柔迷的輕聲道：「嘯天平身！只怪這幫廢物中看不中用，平時耀武揚威，可一經你一試，便立見他們無能！嗯，嘯天現在勝了，你有什麼要求向本宮提出呢？」

項思龍知自己已初步打動了這貴婦人的春心，但要她徹底向自己臣服，卻是還需在她面前多表現自己的一些個性，如就此草率跟她上床，讓她事後便對自己再無新鮮感覺，那自己的一切努力可是白費了！兵法有云「欲擒故縱」，自己就是要先讓她飽受思念之焦再在床上滿足她，如此計畫才可得逞。

心下想來，當下向皇太后施了一禮道：「草民豈敢向太后有所求？只望能領了小妹退告！」

皇太后目中掠過一絲詫異之色，揮退了那幫力士後，站了起來，走下彎台，衝項思龍媚笑道：「瞧，嘯天衣服都給弄糟了，還是隨本宮到後宮淋浴更衣後再作小息吧！」

項思龍聽了心下一急，趁眾妃和宮娥尚未擁到身前，以迅雷手法拾起地上衣物，打手勢止住眾女，向太后懇切道：「皇上說後天要舉行聖劍騎士的擂台大選賽，著草民近幾日要勤加練習武功，還請太后恕罪！異日定會上宮向太后陪罪！」

皇太后見項思龍拒絕自己，心下不怒，反大感刺激，要知道被她召見的人無一不是竭力逢迎她，意圖取悅她獲得高升的，就是太和親王也不例外，所以項思龍拒絕她，只讓她更對他充滿好奇心，驀地升起一股要讓這高傲男兒永遠臣服自己石榴裙下的新鮮感覺來。反正自己今後要召見他，還哪怕沒有機會？當下微笑道：「如此本宮也不勉強了！但記著日後前往宮中來向本宮領賞，本宮說的話是從來沒有不兌現過的！」說著又對眾目光如狼似虎的望著項思龍的妃嬪和宮娥

道：「你們還不去侍候嘯天穿上衣服！」

眾女聽了哄然而上，嬌笑聲中七手八腳為項思龍穿上衣服，自然乘機把他摸了個夠。

皇太后眉目含情的在旁看著，項思龍則是見了甜甜板著的臉，心下大是叫苦。

為了儘量的展現項思龍的風采，波斯王還是安排了角逐聖劍騎士的擂台大賽。

這次的賽場設在了波斯京城北端的一巨形校場上，到會的人不下上萬之眾。皇太后和波斯王等一干皇室貴族在一臨時搭起的看台上觀戰，太和親王自也不會錯過這次的出頭機會，雖已知項思龍武功底細，卻也還是出席了大賽，不過他的隨從這次卻只有四人，都是生面孔，個個太陽穴高高突起，雙目神光爍爍，年齡在六十上下，顯都是內外兼修的頂級高手。

項思龍自是隨烏的馬一方出戰，因得近來人人吹捧項思龍聲勢甚高，所以認識或不認識的各方文武大臣都頻頻向項思龍示禮，烏的馬也大感榮光滿面春風，幾乎是所有的人都看好項思龍。

如此一來，項思龍倒產生了些許的心理壓力，尤其是當見了太和親王身旁的四人後，心中更是生起一股異樣感覺。

他們就是太和親王口中所說的後援嗎？看太和親王如此鎮定，此四人定是魔教的頂級人物了！

是不是魔教的光明左右使或另三位法王呢？

魔教會不會傾巢而至波斯國？若是如此的話，那波斯國和自己乃至項羽他們都將危矣？

俗話說：「防患於未然」，自己還是小心為是的好！

心下想著，當下對烏的馬低聲道：「去告訴你們國君，讓他全城戒備，最好能請出神水宮的人來幫忙！」

烏的馬聽得大震道：「少俠此語何意？難道？……我波斯國在今天將有什麼危機嗎？」

項思龍沉聲道：「不要問這麼多了，快把我的話如實去稟報你們波斯王！」

烏的馬果也不敢再多問什麼，雖是有滿心驚疑，卻還是都給咽回了肚子去，匆匆往觀戰方去了。

此時的波斯王正宣佈此次大賽的比試規則和獲勝者的將獲榮譽——代表著比波斯王的威信還大的聖劍騎士！當烏的馬走上看台連連向他使眼色時，才意猶未盡的宣佈比賽開始。

起先的幾場賽事都不大引人關注，是各好武者主動請命的熱身賽，不過誰都知道今日的主角是烏的馬和太和親王這兩大勢力的競爭，所以誰也沒有抱著出人頭地的心理，打鬥也並無殺氣。

項思龍在觸著太和親王和他身旁四老者投向自己的複雜目光時，心中的不安感覺更是深了。

雙目游移的平定心神時，無意間卻發現了混充作波斯國兵士的項羽、向問天等也在其中，還有天絕地滅、孤獨驚鳴和鬼影修羅等，不由又驚又喜。

嗯，自己怎樣脫開身來去與他們取得聯繫，著他們去察聽監視魔教活動情況呢？

此念剛一動，就只聽得鬼影修羅的傳音道：「凌少俠，對於魔教的一舉一動我們都監視得一清二楚，他們此次前來波斯國助陣的是魔教的光明左使楊天為和兩大法王及一大護法，還有一千之眾的魔教高手，不過我們也來了上千高手至波

斯國，所以凌少俠不必擔心！他們的一舉一動都在我們的掌握之中！嘿，已回西方去的笑面書生法師，此次也因聞聽得項少主遇難魔教乘勢作亂而再度前來中原對我們助陣了呢！有他在，這些魔教崽子別想猖狂了！他可是當年魔教日月天帝教主之子，受了項少主感化才看破紅塵決定出家的，這次也領了上百高手回來中原！」

項思龍聽得心下大喜，卻也奇怪自己並沒向鬼影修羅傳音，他卻似是知道自己心中所慮似的，竟然為自己作一個滿意的答覆，難道自己會武林傳言的「心電感應術」不成。

正如此想著，卻又只聽得鬼影修羅失色驚呼的聲音傳來道：「少俠方才原來並未向我們傳音？可我們卻是清楚的知道少俠欲問我們之語呢！看來少俠真會江湖只有傳說卻從無人會的心電感應術了！」

項思龍聽得既是驚詫又是大喜，看來自己體內異能愈來愈多了，據師父玄玉道人說，心電感應術必須學會不死神功的人才能施展，因為不死神功的功力可與其他各門各派的功力同化，通過功力同化以達到心意相通的奇妙境界，並且此心電感應術還有一套獨門心法，江湖傳言只有當年的武皇赤帝才會此神奇之術，

只不想自己身無內力，又不會心電感應術心法，卻是莫名其妙的會了此術，可也真是讓人奇怪得很。不過近來自己身上所發生的怪事太多了，或許自己正是那項思龍少俠吧！

項思龍心下怪怪想著，這次卻是斂了心神，所以鬼影修羅等也感應不到他的這些想法。

只不知道能不能向單個人傳送自己意思呢？項思龍心頭剛掠過此等想法，頓即集中精力向項羽發達意念道：「羽弟，魔教今天對付波斯國的陰謀就煩你去操心了，可不能讓魔教對付波斯國的陰謀得逞，否則我們就永遠也取不到天衣神水的解藥了！」

項思龍這意念剛一傳出，就只聽得項羽的遲疑傳音道：「這……凌大哥可一切小心了！」

「現在你著大夥兵分兩路，你領天絕地滅和鬼影修羅三位前輩去對付魔教其他勢力，其他人留下來助我對付太和親王他們！」

項思龍見項羽如此關心自己，心頭一陣感激，傳意道：「羽弟放心吧，大哥還應付得來！」

二人說著時，場中突地發出了哄然的喝采聲，原來是烏的馬這方的人已連勝六仗了，烏的馬面色沉重之餘卻也禁不住露出喜色，欣然對項思龍道：「此次擂台大賽雖主要是競選出聖劍騎士，但參與的選手看其成績，也定會受到王兄的賞識。哈，劉竣山已連勝六場了，定會以後受王兄重用。這傢伙是我從中原聘請來的天山派高手，武功也確實不錯，倒也不枉我一番苦心！」

項思龍聽得不以為然的笑了笑道：「放心吧！波斯國未來的王位繼承者必定是你！」

項思龍這話的意思是向他承諾，必會奪得聖劍騎士之殊榮為他爭面子，喜得眉開眼笑道：「那可還不是多多仰仗凌少俠！嘿，只要我坐上王位，定與貴國永世修好以作報答！」

項思龍淡然道：「我只要得到天衣神水的解藥就行了！比其他任何報答都好！」

此時太和親王終於還是沉不住氣了，派出一名老者出場應戰天山派高手。

項思龍一看老者氣勢，就知天山派高手非他之敵。果然當老者走上擂台與天山派高手相隔四尺之遙正面對立時，天山派高手身體很明顯的震了一震，似為對

方氣勢所懾，看得烏的馬眉頭緊皺，嘴裡嘀咕了幾句。為天山高手喝采的眾人也倏地無聲。老者兩眼爆閃著凌厲光芒，有意無意的望了望項思龍一眼。才轉向天山高手，冷冷道：「閣下要想爭聖劍騎士榮譽，可還得過了老夫嚴平這一關呢！」

天山高手深吸了一口氣，平靜心緩，沉聲道：「在下不敢妄自菲薄奪得聖劍騎士之稱，只是身為武者為證實自身價值而戰！至於咱們勝負，還得在手底下見了真章，方可見分曉！」說著手中長劍虛式一晃，接著道：「閣下請拔劍吧！」

老者面無表情，一雙冷目射出森森寒光，緩緩道：「到時候劍自會出鞘！」

天山高手聞言心下大怒，當下也不再多言，狂喝一聲，挺劍攻出。一時只見寒光大盛，耀人眼目。

看來好戲就要上場了！眾人都心神既是緊張又是興奮，偌大的校場一時間鴉雀無聲。

天山高手這一出劍，眾人便知他這次是施出了壓局功夫了。看出這一招，無論角度與速度，手法或步法，都在此看似簡單但卻嬌若游龍的一劍顯示了出來，不愧是連勝六場的高手。

最精巧處是他借腰腿扭動之力發勁，使這下猛刺能彙集了全身的功力，迅若閃電，事前又不見警兆，真是說打就打，有如暴怒火山，霎眼間劍鋒已是攻至了看似毫無防範的老者胸前尺許處。

觀者驀地暴出震天采聲，但老者卻是夷然無懼，嘴角逸出一絲笑意，在對方長劍距離胸前只有寸許時，才倏地拔劍，連身形也沒後退半步，「噹！」的一聲劍擊之聲震徹全場，在全場各人目瞪口呆下，卻見老者抽離劍鞘只有半尺的劍柄，竟毫髮無誤地格擋住了天山高手攻來的劍鋒。

即便天山高手功力比老者深厚，但劍鋒怎也及不上劍柄用得出來的力道，更何況天山高手功力根本不及老者，天山高手手中長劍給震得脫手飛出，虎口流血，身形「蹬蹬蹬」的向後連退數步。

可老者竟是得勢不饒人，長劍此時脫鞘全出，快若閃電般往天山高手眉心處刺去。

眼見天山高手就要斃命老者劍下，項思龍再也忍禁不住的從座上站了起來高喝道：「住手！」

話音甫落，人已是以人的肉眼看不清的速度如團火影般電射而出，待眾人看

清項思龍身形時，卻見老者距離天山高手眉心只有二寸盈許的長劍竟準確無誤地被項思龍用二指給硬生生夾住。

全場之人無不驚詫駭然，這等身速，這等手法⋯⋯根本是超出了人類所能的極限嘛！

這世上竟然會有這等武功！不可思議！真是不可思議！

在老者和圍觀者驚呆怔住的同時，項思龍也對自己這突發其來的異能感到驚詫莫名。

自己不是不會輕功的麼？怎麼會⋯⋯在自己眼看天山高手要斃命於老者劍下時，自己感覺體內突湧出一股奇異巨大的能量，這⋯⋯自己體內到底有多少異能未被開發呢？

其實項思龍的這些怪異功能，全是因香香公主在送他和甜甜、項少龍四人出天外天太空船時，把她修練數千年的養生訣能量全都輸送到了他身上，而養生訣乃外星人遺在人類地球上的一本奇異外星人練功心法，修練成的精氣奪天造地，人類身體是無法承受的，但項思龍福緣深厚，因他先吸收過月氏光球的異能，改造了他的身體機能，香香公主輸入他體內的養生訣能量對人體有害的放射成份又

經香香公主先淨化過了，輸入他體內後對人體已沒多大危害，反是激發了他體內的月氏光球能量，經過一段時日的吸收，項思龍其實已成了具有超人類能量的超級戰士，只是對於這些變故他尚且不知道罷了。

近來他體內的能量已漸漸被他消融，所以超技能也便顯了出來。還有他記憶的失去實質原因也並不是與狼群一戰跌下山崖所失去的，反是那時他體內剛具有的養生訣能量在他與狼群搏鬥時被激發開來，開始進入對他身體的改造階段，記憶也便因此而暫時喪失了。

其實當他完全把養生訣能量吸收後，他的記憶也便會恢復過來，要不他也不會對自己的身分困惑，在見了項羽、劉邦、項少龍幾人時痛苦，乃至現在懷疑自己就是項思龍了，這證明他對養生訣能量正加快了吸收，記憶也隨之加快恢復。

這些說來是玄之又玄，但是在那古代本就有許多怪異事情發生，就是現今人類對許多發現的古代怪物遺物也是一籌莫展，例如在埃及的金字塔裡有雜誌介紹裡面有電視機和外星人遺體，所以外星人的存在也是不無可能的，只不想項思龍在這古秦時代真給遇上罷了。

閒話還是少說，卻說項思龍雙指夾住了老者刺向天山高手的長劍，讓得所有

人都對他的超人奇技目瞪口呆,沉默了好一陣,才哄然暴發出震天喝彩聲和驚歎聲,老者則也從失神中斂回神來,神態極不自然的道:「閣下藝業驚人,老夫甚是佩服!不知少俠高姓大名,老夫想向你討教幾招!」

項思龍緩緩鬆開雙指,看著驚魂未定的天山高手退下,淡淡道:「在下就是爾等的心腹大患凌嘯天!」

此言一出,全場又是興奮的囂叫四起,久久不絕,不少人口中高呼「凌嘯天萬歲!」久久不歇。

要知道項思龍的名聲在波斯國近來已是被炒作得如日中天,現刻他一出台就露了這麼漂亮讓人歎為觀止的一手,使得他在人們心目中的地位更是大大提升,甚至有絕大半的人已把他當作「聖劍騎士」了。

待眾人漸漸喋聲後,項思龍又道:「在下上台來就是來與閣下應戰的,閣下也不必急於求敗的嘛!」

大笑聲中,項思龍左手一拉綁著長袍的帶子,右手一揮,整件長袍像一朵紅雲般直飛向皇太后所在的看台上,再冉冉飄落在雙目癡迷的直盯著項思龍的皇太后紗帳前的地上,露出內裡一身雪白的武士緊身勁裝。

這時候，全場鴉雀無聲，人人都心神興奮緊張，都想目睹項思龍的超人武功。

對項思龍的輕鬆甚至有些傲慢的氣勢，老者本是有些懼意的目光轉為憤怒之色，要知他終是日月魔教的一大法王，也是個頭面人物，又怎受得了被項思龍輕視的氣態？再說項思龍雖表露了那麼一手超卓輕功和絕妙手法，但他嚴平可也還未顯得真功夫呢！鹿死誰手尚還是個未知數！

老者驀地仰天一陣長笑道：「爽快！好，老夫就來領教少俠絕藝！」

言罷，長劍倏地揚起，寒光四射，幻出萬道光芒，只聽「嗤嗤嗤！」劍光像雨點般射向項思龍。

項思龍連眼眉也未動一下，冷冷的看著老者，因為他此時的意念，可清晰感覺到老者這一劍來勢雖是凶猛，卻是虛招，這種感覺他自己也想不明白，但對方劍招似被放緩了似的，所出角度和路線都絲毫無遺的閃現在項思龍的腦海中，尤如攝像機所拍攝下來的慢鏡頭一般。

劍光散去，老者收劍後退，眼中再次閃過懼意，這次比上次更是深了。

此消彼長，項思龍自也不會放過對方心神微分的機會，沉喝一聲，鬼王劍已

離鞘在手，當中一劍向老者眉心刺去，這一劍並不精妙，純粹是以速度和氣勢取勝，用在此時此刻，卻是發揮得恰到好處，因此此招充分的表露出了項思龍的坦然心襟和瀟灑英姿。

劍才刺出，一股慘烈的螺旋勁氣頓刻瀰漫全場。一劍之威有若怒濤擊崖。

全場轟然喝采聲又再度爆出，氣氛濃烈之極。

第六章　情挑貴婦

老者嚴平確也了得,在項思龍這迅雷一擊之下,要不接對方接踵而來的第二劍,第三劍必會讓他死無全屍,目下唯一之機就是搶回先機,或許才有幾許勝算。當下不退反迎,長劍側揮,欲挑開項思龍刺來的一劍,同時身形橫移,希望能化去項思龍劍上的螺旋勁。

項思龍見了心中冷哼,知道自己還有更強勁的對手在後頭,這一戰不但要勝得漂亮,還要速戰速決,一來以保持體力,二來把自己的威武形象深植進波斯皇太后的芳心裡,好粉碎魔教陰謀。

項思龍手中鬼王劍隨著嚴平橫移的趨勢,刺出的劍招也隨之巧妙的調節了角

度，同時速度放緩了少許，讓嚴平產生估計上的錯誤，出手與自己硬拚，短時間內解決掉他。

「噹！」金鐵交鳴的聲音響徹校場近萬觀者的上空。嚴平果也中計，在項思龍劍速放緩時，以為他真力後繼無力，心下大喜下，乘勢發劍欲震開項思龍的攻擊劍勢，扳回劣勢。

不過他卻失算了，想項思龍體內本是蘊藏朱果、萬年寒冰床、孤獨行的畢生功力，冰蠶、七步毒蠍、日月天帝元神、元神金丹、毒王魔珠、月氏光球等等巨大的能量，現刻經由養生訣能量對他體能的改造，各種能量已在漸漸的融合且正逐漸的可以被他利用，又豈會真氣無力呢？想來就是在這古代無一高手的真力有他如此深厚了吧！嚴平在長劍與項思龍鬼王劍相觸的一剎那，全身一陣劇震，身體觸電似的往後跟蹌急退，臉色蒼白，額上汗珠隱現，目中閃過極度恐懼之色。

原來他在此一招之下，項思龍劍中傳來的怪異真氣把他的畢生功力給廢了！對於一個練武之人，功力被廢就等若死亡。嚴平這一代魔君，在此剎那的打擊之下，也不禁露出了軟弱一面，驀地把長劍擲地，瘋狂的抱頭狂笑狂哭起來，

他本是烏黑的頭髮和還尚是結實的肌肉，在勁氣四溢下轉瞬變得全白和起了雞皮

疙瘩，已是人不像人鬼不像鬼了。

對於這一驚人變故，全場失聲驚呼之餘又是喝彩聲如雷，烏的馬和波斯王、波斯公主卻是在對項思龍武功駭然之下又是各自欣喜非常，太和親王和他身旁的另三名老者則是面色泛白鐵青。紗帳中的皇太后則也更是雙目放光，向問天等則是驚歎項思龍原來一直留了一手深藏不露，真實功夫或許卻是比「項少俠」還強。

項思龍一個回手把鬼王劍插入鞘中，心中卻也愈對自己體內的怪異能量驚疑不定起來，如此發展下去自己會成為一個怎樣的超人呢？唉，也不知道自己身具這愈來愈強的怪異能量到底是禍是福！

不過對於解決日月魔教的危機卻也算是一件幸事吧！

這時代強者當權，自己愈強才愈可解決許多的紛爭。

想到這裡，項思龍把森冷的目光投向了太和親王一席，只看得他們幾人心底寒氣直冒。

如此神功奇技，當世還有誰人能與之匹敵？在波斯王意氣風發的發言還有誰上台與項思龍比鬥時，全場頓然寂然無聲喘息可聞，竟無一人發言敢挺身一試

項思龍則向太和親王投以挑畔的一笑道：「王爺此次不是來了後援準備大作鴻圖嗎？怎麼卻是只派了一名低級戰將上台？欲圖大業，聖劍騎士可是必爭可，否則被在下奪得，爾等一番多年心機可是白廢了！」

項思龍這話火藥味甚濃，可太和親王竟是能強忍住都快氣炸了的火氣，淡淡一笑道：「凌少俠神功蓋世神機妙算，著實壓了本王風光，本王還尚有自知之明，這聖劍騎士已是非你莫屬了！不過，青山不改綠水長流，咱們日後對陣的機會還多得是，但望少俠能永遠保持此氣勢的好！」

言罷，又向看台上的波斯王和皇太后微一點頭以算施禮道：「這場合似不適宜微臣，微臣還是後退了！」

也不待波斯王或皇太后作答，領了身旁幾人扶了已半死不活的嚴平匆匆離場。

項思龍心下有些失望，只挫了對方一名高手就這樣被他們溜了，可也真是他們識時機，不過自己這方可得更加謹慎行事了，魔教勢力能在中原和波斯國掀起風波，終究不容小視，太和親王連番受自己所挫，必會更加小心的對己方採取陰

謀，魔教行事詭秘毒辣，可不得粗心大意。

此時全場又是喝彩聲震天，波斯王欣喜之情溢於言表，宣佈項思龍為波斯國聖劍騎士！

眾人再次爆出如雷歡呼！這一回合是項思龍這方又勝了！

但只不知項羽他們去對付魔教施展陰謀的傢伙們怎麼樣了呢？

當大賽眾人散去，項思龍在一眾王公大臣武士的簇擁下隨波斯王回宮慶賀時，卻見皇宮南大門的廣場上擺了足有三四百具身著黑色勁裝臉面遮布的屍體。

城守見了波斯王，頓惶恐上前跪下稟報道：「稟大王，在我們前往校場參加擂台大賽後半個時辰，突地闖入這幾百名蒙面刺客向皇宮衝殺，幸得突有大批護衛武士前來助陣，才沒被刺客闖入內宮，可刺客武功甚高又詭異非常，在我方漸漸不敵時，忽又趕來一隊神秘人馬，個個武功高絕，不消片刻就把刺客殺了個精光。不過我方也死傷了上百人！還有，據報各大王府將軍府也有刺客，都是有神秘人馬相助，才也都化險為夷！」

項思龍聽了心知肚明，知自己所料沒錯，太和親王等果是想在擂台大賽集中了京城武士高手，各王府將軍府和皇宮勢虛時搶佔下來，爾後有了人質在手也不

怕各王公大臣不服，波斯王那時也將措手無策，如此波斯國也就落入魔教手掌了。現在看來，項羽等任務完成得不錯，沒有讓魔教的奸計得逞！嗯，太和親王提前離場，難道不是真懾了武功，而是……得了陰謀事敗……所以想先一步撤走！

想到這裡，頓衝波斯王急聲道：「大王，快調遣兵馬去圍攻太和親王王府，這傢伙想逃！」

波斯王聽得面上殺機一起，他已在擂台大賽時試探出母后已對項思龍動心，提起太和親王時母后甚至有些惱怒，想是也知太和親王乃魔教臥底，現在他已沒了利用價值，所以沒把他放在心上了吧！

如此自己就可下令公然討伐太和親王這烏龜王八蛋了！

波斯王早對太和親王窩了一肚子氣，這刻終於有了發洩的機會哪還會錯過？頓向身旁的烏的馬發令道：「傳令下去，三軍共進太和親王王府，違抗者一律格殺勿論！」

烏的馬此時也漸知了太和親王不是好東西，得令要去殺他，哪還不頓忙去辦？要知太和親王一除，他烏的馬就是波斯國最合資格繼承波斯王的人了！

烏的馬吆喝著在場的武將隨自己去領兵進發太和親王王府,波斯王則上前緊緊握住項思龍的手語音激動的道:「聖劍騎士,我波斯國全仗你終於擺脫魔教威脅了,寡人代表波斯國全體人民感謝你!」

說著竟是屈尊龍體向項思龍深深躬了一身。

項思龍忙還禮攙扶,不失時機的道:「只要皇上讓我自神水宮主手中取得天衣神水解藥,在下就感激不盡了,至於貴國的聖劍騎士在下卻是不敢當此殊榮的,還請皇上收回王命!」

波斯王卻是神秘一笑道:「天衣神水解藥你可得向神水宮主去要呢!我可只是答應將你引見給神水宮主,她給不給你解藥,就看你……聖劍騎士稱號是憑本事爭來,我波斯國舉國上下已公認了的,你叫我收回成命,卻不是讓我失信於國民麼?好了,咱們還是不談這些,先去宮中舉杯歡飲吧!」

頓了頓,又衝那城守肅容道:「你把這些屍體清理一下,對於光榮戰死的武士,向他們家屬每家發送百兩銀子以作慰問,還要隆重安葬他們!」

城守自是連連恭聲應是,項思龍正被波斯王拉著欲進皇宮時,突有一輛華麗馬車馳來,二個在旁跑得粗氣喘喘的太監呼喚道:「太后有令,著凌嘯天聖劍騎

項思龍聽得心下一沉，現在太和親王的危機已解決，自己已不必犧牲色相了，可太后召見……

把求助的目光投向波斯王，卻見他也是一臉古怪之色，甚至雙目有些失神，沉默了一陣，才鬆開握住項思龍的手，神情有些落寞的苦笑道：「太后召見你，我……也沒辦法，去吧！可要好好保重自己了！」說罷，垂下雙目，一副有些失魂落魄的樣子。

項思龍只覺波斯王似有些言外之意想對自己說似的，卻又及時忍住沒說，心下也只覺怪怪的，可此時兩太監跑至身前，向波斯王見禮後，便神態恭敬的請項思龍上車。

項思龍頭大如斗，卻又沒得藉口推辭，當下一臉苦瓜之色的上了馬車。逃不脫的事情總是逃不脫，那波斯皇太后雖是半老徐娘但卻風韻尤存，如她……那自己也只有委屈點犧牲一下了！反正泡如此一個成熟美麗貴婦也並不是一件什麼苦差！

項思龍坐在馬車上怪怪的想著，其實他自入天外天尋找父親項少龍後至今

直未曾碰過女色，以他的風流本性，這刻有美人投懷送抱，久蓄的慾潮自是不自覺的爆發出來。

馬車馳了將近兩盞茶的工夫終於停下，太監掀起門簾恭敬的請項思龍下了馬車，領了他進了一富麗堂皇的宮殿，再轉入一間布置豪華的大廳，兩太監便退了出去，留下他一個獨坐廣闊的大廳裡。

項思龍悶著無聊，側目四顧，卻見大廳四壁都掛有帛畫，畫的都是宮廷美人，色彩鮮豔，形態逼真，那透明輕紗下若隱若現的玲瓏軀體，只看得項思龍心下一陣燥熱。

項思龍收回目光，再次打量起廳內佈置來，廳心鋪了張大紅地毯，也是美人圖案，正中靠內的是一張帳縵垂掛的豪華巨床，床旁有一長形方几，上面擺有各式水果，還有一對銅製歡喜佛在那裡一下一下的撲撲響著，更是讓人心生雜念。

就在這時，項思龍生起一股被人在旁窺視的感覺。若無其事樣的往廳內左側一張八幅春宮畫合拼而成的屏風看去，只見陳縫間隱有珠光反射，知是皇太后在察看自己是否被這廳內的佈置迷惑，假若自己表現出一副色授魂迷之態，那這蕩婦定會乘機勾引自己。

不過項思龍此時已無獵豔心理，能避過最好避過，不能逃避那也沒法，所以他此時顯得神然自若，一臉平靜，把心中生起的雜念都給壓了下去。

腳步聲終於響起，卻見身著一身性感睡袍的皇太后掀開屏風，閃動著春情的媚目向項思龍灼灼望來，再來是一個性感轉身以展示她凹凸有致的迷人身材，再用充滿磁性的柔和聲音道：「嘯天，本宮今天美嗎？這一切全是為你這驕傲的聖劍騎士準備的！」

說著已是轉到了項思龍身前，做出一個會令任何男人看了都怦然心動的消魂姿態，再仰起一張成熟迷人的俏臉，火辣辣的目光直盯得項思龍感覺渾身都有點不自在。

項思龍深吸了一口氣，平定這婦人帶來的心浮氣燥，微笑道：「皇太后這般引誘我，不是在讓我犯罪嗎？」

皇太后嬌笑一聲，挑逗道：「本宮就是喜歡大膽的男人，愈大膽愈好！」說著把一雙白嫩的纖手搭在項思龍的胸口，接著又湊過嬌首吹了一口氣到他耳中，低聲道：「你的心在跳呢？是不是對本宮有了什麼想法？那還不快點付諸行動？」

項思龍連動也不敢動了，暗想這女真是騷得厲害，現在她失去了太和親王這姘夫，如沒有人征服她，那她今後的生活還不知會淫蕩至何等程度，益人不如益我，自己還是使出手段，把這貴婦人給徹底征服了，如此波斯國從此也就多了份安寧，波斯王也要感激自己呢！

心下想來，當下豪氣一壯，心緒也平靜了許多，伸手一把摟住婦人貼體的腰肢，淡淡笑道：「太后也只是把我當作你的新歡嗎？我凌嘯天可不要步入太和親王的後塵！」

說著，輕吻了一下婦人嬌面，又突地放開了她，神色一正道：「夫人如無他事，在下要告辭了！」轉身急欲離去。

皇太后正被項思龍摟得渾身發軟，慾火狂燒，聞言臉色一沉，冷冷道：「給我站住！你是否連命都不想要了！」說到這裡，頓了頓，語氣一緩又道：「本宮還從未見敢如此對我說話的人！」

項思龍夷然無懼，卻是反手「鏘」的一聲拔出鬼王劍，手腕一抖，幻出千百道跳動血光，在婦人雙目圓瞪下，橫劍在頸道：「太后如要我這等人死，在下也定活不了。只要你一聲令下，我立即橫劍自刎，但我方才所說的話決不收回，除

對於項思龍這意外一著，皇太后眼中閃過複雜難言的神色，卻是輕輕一歎道：「你先把劍放下，有什麼話可以慢慢商量！」說著話時高聳的胸脯急劇地起伏著，顯已被項思龍忽軟忽硬，奇兵突出控制了情緒。

項思龍自也不會當真自殺，當下也見好就收，劍歸入鞘內，目中射出堅定神色，牢牢地與皇太后對視著，把自己的意念通過目光傳送給她。

皇太后矯正了一下身體，性感的睡袍貼緊身後，玲瓏浮凸，盡顯出她修長豐滿的動人體態。但終被項思龍灼灼目光的迫人氣勢壓得垂下眼瞼，低聲道：「那你想怎樣，說吧！」

項思龍知自己已讓得這貴婦人芳心大亂，她的權威優勢已全然在自己的攻擊下處於下風，主動權已掌握在自己手上，當下步步迫進道：「我只想做你的男人，而你是我的女人！」

皇太后臉色一變，怒道：「斗膽，你算什麼東西！別以為王兒寵你，就如此狂妄！」

項思龍冷冷道：「既然談不攏，那在下這便告退了！」

皇太后背轉了身,香肩微震,一時間失去了方寸,她一生從來只有她玩弄男人,而從來沒有男人敢對她無禮的,即便太和親王也不例外,她身為一國母后,在波斯王年幼時垂簾聽政,手握大權,只近太和親王也不例外,她身為一國母后,所以連波斯王也得看她臉色行事,可項思龍⋯⋯既大膽又狂妄,招招殺得令她難以招架,雖感憤怒,卻又大感新鮮刺激。

這類平時高高在上的貴婦人就是這樣,一向使他人慣了,這下反被他人控制,只會讓得她生起一股無名快感,項思龍的軟硬兼施可正對了皇太后尋找新鮮刺激的胃口。

項思龍知道火候差不多,再對峙下去,這婦人可能惱羞成怒真下令要殺了自己,那可讓得局面一發不可收拾。緩緩向皇太后走去,來到她身後,身體貼了上去,緊挨她的背臂,雙手一伸,又緊摟著她纖細而又充滿彈性的腰肢,將唇湊至她耳際低聲道:「太后息怒,其實如此良辰美景,我又怎麼會回去呢?我如此待太后無禮,只是想看看太后是否真正重視我,現在我已找到答案,只想與太后攜手共進晚膳,而後⋯⋯共度良宵了!」

皇太后略略掙扎了一下,最後軟了下來,俏面竟是浮上了兩片紅潮,嗔道:

「你這小冤家，對付女人來可真有一手，本宮向你屈服了，你想把本宮當作什麼便當作什麼吧！本宮今後就是你的人了！」

項思龍輕咬著婦人耳珠，柔聲道：「那我第一個要求就是從今晚以後太后只能有我一個男人，其他人都不許再碰你，否則……」

項思龍的話還未說完，皇太后就已哼哼的截口道：「那就要看你今晚在床上的表現了！如你能讓本宮滿足，本宮就答應你這個苛刻要求，把宮中男姬全都廢了！」

項思龍哈哈大笑道：「那你就等著瞧吧！今晚我定要殺你個落花流水！」

皇太后邊呻吟著邊嬌媚道：「那你還不快付諸於行動？光逞口舌之利算什麼英雄？」

項思龍不緊不慢的道：「做愛可是一門藝術，急不得的！」說著輕輕的把人扭過身來，輕狂的抬起她巧秀的下巴，使她春情氾濫的迷人俏臉完全呈現眼底，再垂下頭去，在她性感厚實的香唇上溫柔的輕吻了十多下，才痛吻下去，把他的風流本性盡顯，盡情的挑逗這貴婦人。一雙大手也閒不住，探進了婦人沒有半點多餘脂肪卻灼熱無比的小腹上按揉著。

皇太后嬌軀款擺，渾身輕顫，呼吸愈來愈是急速，顯是情難自禁。

項思龍輕身道：「可以去掉太后身上的衣物了嗎？」

皇太后有氣無力的道：「人家等你這句話已多時了！」

項思龍此時腦中已拋去了其他的一切忌慮，佔有這貴婦人已成了他現在最想做的事情。

廳內的空氣忽地炙熱起來，溫度直線上升。項思龍久蓄的男性粗野欲望，讓他近乎粗暴地撕掉了婦人身上的衣物，不大一會，婦人就已如一個白蘿蔔般展現在項思龍的眼前。

修長嫩白的夷腳！圓潤豐滿的粉臂！高聳堅挺的醉胸！……足可激起任何男人最原始的欲望！再加上婦人軀體的扭動和口中銷魂的呻吟……

項思龍目光盡情的遊覽著婦人美麗的身體，雙手隨意撫摸著她身上每一寸地方。

婦人極力睜開迷柔的秀目，浪叫道：「凌郎，你愛怎麼玩弄就怎麼玩弄吧！」

項思龍口乾舌燥，艱難地咽了一口氣，心中狠狠道：「如此尤物，錯過了也是可惜，還是佔有了她再說吧！」霍地立起，抱住婦人往廳中巨床上走去。

婦人嚶嚀一聲，緊緊的摟著項思龍，嬌軀直顫。

一時間大廳內春色無邊，皇太后婉轉呻吟，一次又一次攀上極樂的高峰。

項思龍翻雲覆雨，和婦人共赴巫山，體內一直把握不到的怪異能量在極度的慾潮中似一點一點的向丹田彙集，使他整個人便像個燃著了的火爐，神智一度迷失，只知拚命的在貴婦人身上衝刺著，也不管婦人是痛苦還是快樂。

貴婦人口中高叫道：「凌郎！你真棒！你是本宮所遇男人最棒的！」

項思龍的身體雖處在極度興奮的狀態，但體內異能卻愈集愈多愈轉愈快，使他身上突地現出一層奇異的光芒，有若一道七彩奪目的光環圍在項思龍身上。

項思龍的動作更強烈了，氣息也愈來愈雄渾，貴婦人雪白的軀體攣癱起來，劇烈的抽搐著，口中的呻吟直震得茶几上的歡喜佛也加快了歡娛速度。

終於項思龍在一聲大叫中靜止下來，靈與慾大感滿足下，只覺心曠神怡，暢然無比。

他的腦海中突地閃現出一些模糊的女人畫面，只覺個中女人都與自己感情

深切無比。

一陣痛苦直湧項思龍心頭，在他的心中又增添了一層壓力。自己到底是誰呢？自己是項思龍少俠嗎？一定要回無量洞府中去向師父玄玉道人要回自己原來身上的一切物證，自己要去尋回本來的自己，沒了記憶可太痛苦了！

項思龍壓在貴婦人動人的肉體上，煩亂想著，不覺沉沉睡去。

項思龍醒來時已是日上三竿，皇太后極盡柔媚的服侍他穿上衣物，神態舉止真像一個小婦人服侍自己的男人似的，周到而又細緻，看來這騷女人真被項思龍征服了！

項思龍大大咧咧的伸手捏了捏皇太后的臉蛋，笑問道：「昨晚還滿意嗎？」

皇太后白了她一眼，嬌聲道：「你沒看到哀家已給你穿衣了嗎？你這冤家，昨晚也不憐惜人家，直把我折騰了近兩個時辰，現在人家的腰背還酸痛呢！」

項思龍哈哈一笑，想起烏的馬去對付太和親王的事，神色一正道：「外面情況現在怎樣了？」

皇太后眼中掠過一絲哀怒，幽幽道：「太和親王他們幾個人都逃了，盡殲魔教教徒幾千人，唉，本宮也真是色迷心竅，竟被太和親王騙了幾十年，這次要不是凌郎……本宮可也真是愧對波斯國民！不過還好挽救及時，現在國內隱患已去……本宮都不知怎麼感激你呢？」

項思龍聽得太和親王等漏網，雖覺一絲遺憾，但此次大獲全勝，給了魔教一記重重打擊，收穫也算不錯，伸了個懶腰，笑笑道：「只要你今後不給我戴綠帽子就行了！」

皇太后臉上一紅，低首道：「不要翻人家舊帳了好嗎？本宮想起前事，都無地自容了呢！」

說到這裡，似又想起了什麼，目中掠過一絲怪異複雜之色，又道：「據宮中下人報說，昨晚王兒著人多次來尋凌郎呢！今早方才也有人來過了，被我推掉說待會再讓你進宮見王兒，也不知他這麼急著找你有何事！」

項思龍聽了，心下苦笑，暗忖道：「自是來阻止我與你的苟且了！現在太和親王的危機已除，他又怎會眼睜睜的看著另一個男人去泡他老母呢！哎呀，自己可也得快進宮去要求波斯王與神水宮主相見了，自己來這波斯國的主要目的可是

取天衣神水解藥救人的，現在已過了近兩個月，得儘快取到解藥返回中原去救人了，不可在這波斯國多耗時日！」

如此想來，當下三口兩口的吃了一些點心，站了起來道：「皇上召見，那我得趕快去了！」

皇太后歎了一口氣道：「冤家，無論怎樣你可不要忘了本宮已是你的女人！」

項思龍聽得心下怪怪的，隨口應道：「能得太后垂青，可是嘯天之福呢！又怎會忘了太后呢？」

說著已是向一臉難分難捨之色的皇太后行了禮，在太監的領路下出了太后宮直奔皇宮。

剛進得皇宮大門，烏的馬就大喜過望的上前來一把拉住了他邊往宮內走邊道：「凌兄，你可終於來了。國君都對去請你的人大發雷霆了呢！你再遲些，可輪到我倒楣了！」

項思龍詫異道：「波斯王何故發如此大火？出什麼事了嗎？」

烏的馬搖頭道：「不曉得！只知王兄昨晚一晚沒睡都在等凌兄！我剛收拾完

太和王府的殘局，就被召了來去太后宮請你回宮見駕，剛巧你回來了！」

項思龍壓下滿腹不解，問道：「太和親王他們一眾人逃走了多少人？」

烏的馬興奮道：「不到二十人！嘿，我剛領人馬去太和王府時，卻見有一批一百多人的神秘人馬在阻截正欲撤逃的太和親王等了，要不逃走的人恐怕不只這麼些！那太和親王和他身邊的幾個老者武功實在高明，神秘人馬中一神勇青年也敵不過他們聯手之敵，不過有兩人被他擊傷，太和親王等是狼狽而逃的！我烏的馬從來沒有如此風光過，上千魔教教徒一個個在我眼皮底下被大軍圍殺，真是痛快極了！如凌兄在場的話，想太和親王他們一眾逆賊一個也逃不掉！」說到這裡，突又大笑道：「那騷女人夠精采嗎？」

項思龍聽得不置可否的笑道：「你可也真夠大膽，稱皇太后為騷女人，當心傳人她耳中把你拖下去殺頭！」

烏的馬吐舌道：「凌兄不說出去，太后可不會知道！」

二人正說著時，不覺已是到了內宮，有太監見了項思龍，頓面露喜色高呼道：「聖劍騎士到！」

這話音剛落，內殿中波斯王對一眾下屬大發脾氣的責罵聲頓然靜了下去，在

烏的馬一臉肅容下，項思龍隨他進了內殿，卻見波斯王一臉寒霜卻又有些不自然的望著自己，其他五六個太監，還有四五個王公大臣都低垂著頭，一臉惶恐之色，不過見了項思龍卻是舒鬆了許多。

項思龍上前向波斯王施禮後，小心道：「王，你……」項思龍的話還未說完，波斯王突地衝眾人道：「除了聖劍騎士，其他人全都給寡人退出去！」

眾人聞言如逢大赦，匆忙走出殿外，有太監關了殿門，殿內就只剩對視著的項思龍和波斯王。

波斯王盯了項思龍好一片刻，才沉聲道：「你……昨晚與母后……都幹了些什麼？」

項思龍聽了一怔，嘿嘿笑笑有點尷尬道：「這個……自是……王上就不要問了吧！」

波斯王面色慘變，身軀微顫一下，呆怔了好一會兒道：「你……竟是沒用！竟受不住誘惑，枉本王還對你……充滿希望了，原來男人都是一路貨色，沒有一個好東西！」

項思龍眉頭暗皺道：「王上怎可如此說呢？你不也是一個男人嗎？更何況我

波斯王顯得有些情緒失控的打斷項思龍的話道：「不要說了！你……你不是要天衣神水解藥嗎？本宮……本王給你就是！拿了解藥，你給我滾回你中原去，再也不要來我波斯國！」

說著，自懷中掏出一個古色古香的玉瓶，拋給了項思龍，眼中竟出現了淚花，接著又大叫道：「你走！你快走啊！解藥到手了，你還留在我波斯國幹什麼？你快走啊！」

項思龍接了玉瓶在手，還有餘溫，散發出一股女性體上才有的幽香，不由失聲道：「你……你原來是個女……」話只說了一半，下截給硬生生的咽了回去，虎目睜得大大的直瞪著波斯王。

波斯王臉上浮起一片紅潮，但目中淚珠卻是再也忍不住的滾滾落下，身軀劇抖著，顫聲道：「你……你終於看出來了！你這大笨豬！不過，現在已遲了……你走吧！」

項思龍心中一片凌亂，這波斯王原來是個女人，她身上有天衣神水解藥，難道……她就是神水宮主？這到底是怎麼回事？看她神態，似對自己動情了呢！

項思龍不知所措的心下想著，喏喏道：「姑……姑娘，我……也並不是存心傷害你的，我實在是不知道姑娘……這……謝謝姑娘賜藥之恩，在下這便告辭了！」說著轉身欲走。

波斯王玉牙一咬下唇，震聲道：「你難道真看不出本宮已……喜歡上了你？」

項思龍駐足長歎道：「緣份可遇而不可求，宮主忘了在下吧！何況你我相識時日尚短，又彼此無多接觸，宮主何必對在下這等江湖浪子用情呢？你我是處於兩個不同階層的人，根本是難以結合的！在下生活無拘無束，而又滿載風雨，不適合宮主千金之體的！」

波斯王突伸手撕下臉上精緻的人皮面具，露出一頭烏黑發亮的頭髮和一張美豔得無與倫比的俏臉，怒道：「你知道我為何有波斯王和神水宮主兩個不同身分嗎？因為……因為我哥哥，也即真正的波斯王，被太和親王這老奸賊在十年前給害死了！」

「因為哥哥發現了他是魔教潛入我波斯國臥底的真面目，在哥哥揭穿他時，他卻利用母后作威脅迫使哥哥不敢對付他，而暗中卻又先下手為強用毒害死了哥

哥！我親眼看見哥哥在自己面前死去，他是拖著半死不活、滿身傷痕的身子爬到神水宮去見我的，他的舌頭被割去了，眼睛也被挖出了，雙手十指全被硬物碾斷，哥哥是用腳趾握筆寫下他被害的一切，並且囑我在他死後，剝下他的面皮假扮他，哥哥是用腳趾握筆寫下他被害的一切，並且囑我在他死後，剝下他的面皮假扮他，不讓太和親王這老賊的陰謀得逞。要不哥哥一去，太和親王則很可能要脅母后下令立他為王，那我波斯國將陷入萬劫不復之境。還有他囑我一定要除去太和親王，保住我波斯國，但又不可操之過急，要等待時機！我把哥哥的遺言一一記住了。

「這十多年，我忍氣吞聲以兩個不同身分出沒，算是暫且穩住了波斯國。太和親王雖懷疑我就是神水宮主。可也正因為如此，他也不敢動我，因為他怕天衣和神水的厲害。

「我為了復仇，曾立下誓言，如有人能助我除去太和親王，解去我波斯國危機，我就嫁給他！現在公子……總能明白我的苦衷了吧！言而無信不知其可也，本宮決不會毀了誓言的，我已生是公子凌家人死是凌家鬼，只是造化弄人，公子與母后竟……這叫本宮如何自處啊！」

說著這裡，已是輕泣起來，那憐人之態讓得項思龍看了一陣心痛，呆了呆輕

歎道：「姑娘也為江湖兒女，何必拘於陳規舊矩呢？在下相助姑娘，純是以想利用你得到天衣神水解藥，可不是真存心助你的，再說太和親王這魔頭也給逃了，姑娘誓言自是可以不作數的！」

波斯王也即神水宮主聽得玉容慘變道：「公子莫非是看不起妾身，嫌妾身年老了？」

項思龍連連搖頭道：「這倒不是！在下只是不想誤了姑娘青春罷了！」

神水宮主俏臉突地一紅道：「只要公子真憐惜妾身，妾身可以把身上這兩個擔子放下，隨公子入中原去一起闖蕩江湖的！反正烏的馬此次平亂有功，他為人也算仁道，又不失精明，波斯國交給他打理應還算是有了一位好君主！至於神水宮則可交給王妹也即公子見過的冰山美人打理，她本是神水宮的聖女，宮中事務熟悉，武功也入一流高手之列，對宮主之位，她已渴盼多年，神水宮交給她，我也大可放心，因她雖有野心但無惡心，也是個善良的人！公子認為妾身的這安排怎麼樣呢？只要你一句話，將決定妾身的命運了！」

項思龍聽得苦笑道：「姑娘何必如此為難在下呢？我……」項思龍才說到這裡，神水宮主面色蒼白，嬌軀搖搖欲倒，嚇得項思龍忙衝上前去一把扶住了她，

惶聲道：「姑娘，你沒事吧！」神水宮主掙扎著從他懷中脫出，慘然一笑道：「沒事，公子可以走了！」

項思龍聽得一陣恍惚，遲疑難決時，神水宮主臉色平靜了些，冷冷道：「你怎還不走？」

項思龍見對方如此冷言相問，剛生起的情緒頓然淡了下去，道了聲：「告辭！」卻也真舉步出了大殿，只留下淚流滿面一臉冷漠之色的神水宮主。

項思龍也不與烏的馬等多說什麼，只稍作禮數說自己要回中原去了後，也不理眾人挽留之聲。逕自出了皇宮，尋到與項羽他們事先約好的暗號，在城北一豪華大宅內尋到了眾人。

項羽一見項思龍，頓上前來抱住他道：「解藥可到手了？嘿，聽向大俠說昨天凌大哥大展神威，一招毀去了魔教四大法王中的嚴平，看來大哥以前未顯實力了笑道：「羽弟昨晚不也大展威風嗎？一人獨戰魔教幾大高手！嗯，解藥已到手，咱們今日可以回返中原了！現在所剩時日無多，咱們還是即刻起程的好！」

項思龍對項羽泛起異樣感覺，是有些不祥之兆卻又說不出個所以然來，只笑

向問天見項思龍有些煩燥，便問道：「凌少俠遇上什麼麻煩了嗎？」

項思龍搖了搖頭，卻是轉過話題道：「咱們此次傷亡了多少人？」

花雲插口道：「只有十二人戰死，二十三人受傷，其他人皆安然無恙！」

項思龍把玉瓶交給項羽，突地道：「救人的事就交給你了！我有些要事去辦，咱們還是就此分手的好！」說罷望了一眼甜甜又道：「甜甜也煩你們代為照顧著，她一個姑娘家跟著我吃苦不太好！對了，回去代我向項伯父問好！」

項思龍也不知道自己的情緒為何如此波動，許是受了神水宮主冷言刺激之故，又許是他對失去的記憶恢復了幾許更是充滿好奇之故，只覺回無量洞府一行的心理十分的迫切起來。

甜甜聽得玉容一變的哀聲道：「大哥哥不喜歡甜甜跟你在一起了嗎？你還說要帶我去尋項大哥的呢！」

項思龍面色古怪道：「大哥哥一定會尋到你項大哥的，甜甜放心就是！」

話音甫落，突地只聽得大隊馬蹄聲向眾人這方傳來。

項思龍和項羽等臉色同時一變，前者更是神情憤然，神水宮主難道為自己拒絕了她而……

第七章　處處留情

項思龍只覺心頭無名火熊熊燒起，如真是神水宮來犯自己等，那可也別怪自己翻面無情了！

項羽應了一聲，卻自己出了大廳，不一會返了回來，面色沉沉道：「凌大哥，是波斯國的人馬呢！約有數萬之眾！」

項思龍聽得眉頭一皺道：「他們是衝著我來的，這事讓我一個人去解決！」

向問天色變道：「凌少俠雖神功蓋世，但千軍萬馬……這……少俠是為救我們而來波斯國的，無論出了什麼情況，我們自應與少俠同進共退才對！咱們與他們拚了！」

項羽也一揮拳著頭道：「這幫忘恩負義的傢伙，咱們為他們除去了強敵，他們竟然恩將仇報，我項羽最恨這等人！對，咱們與他們拚了！區區數萬人馬，卻也不一定能阻得住我們！」

項思龍擺了擺手，苦笑道：「事情並沒有那麼複雜，是那神水宮主……唉，此也一言難盡！我一個人去應付就夠了，想他們也只是虛張聲勢，卻並不敢亂來的吧！要不憑他們小小一個波斯國，卻還遠不是我們這幫人在中原的實力之敵，他們不會不作考慮的！」

正言語間，宅外傳來了守衛武士的喝斥聲和烏的馬焦急不安的解釋聲。

項思龍目光一掃室內諸人，也沒說什麼，舉步往宅外走去，項羽等緊隨其後。

事情果也沒有所想般壞，卻見數萬波斯兵士整齊劃一的排站在宅前和各處空曠，臉上都是一片哀肅之色，一半丁兒的火藥味也沒有，見了項思龍出來，突地齊都單膝脆地，異口同聲的高呼道：「恭請聖劍騎士回宮！」

項思龍眼中掠過詫色，目光投向臉上似驚似喜似憂似愁的被己方武士阻住的烏的馬，淡淡道：「王爺如此仗勢大駕光臨，不知有何見教呢？」說著衝阻住烏

的馬的武士擺了擺手，示意放他通行。

烏的馬頓三步併作兩步衝至項思龍身前，竟是一句話沒說就撲通一聲向項思龍跪了下去，懇聲乞求道：「恭請聖劍騎士回宮救駕！」

項思龍聽得心下一沉，失聲道：「什麼？宮主她……到底發生什麼事了？快站起來說話！」

烏的馬深吸了兩口氣，平靜了一下情緒道：「國君他……自凌兄匆匆離去後，便一副失魂落魄的樣子，竟是下令自今辭去波斯王位和神水宮主之位，把兩職分任給我和公主，她自己則準備落髮出家……現在皇宮是一片混亂，太后和國君也吵了起來……凌兄如就此不聲不響離去，我波斯國……還請凌兄看在出任了我波斯國聖劍騎士份上，回宮排除這場風波！」

項思龍聽得頭大如斗，女人啊可真是性子執扭，自己與她已經說清楚了，她也叫自己快走，但卻做出傷害自己的事來，這其實又減輕了她什麼痛苦呢？

真猜不透女人的心是怎麼樣的！自己要隨烏的馬他們回宮，兩個女人纏著自己，可也不知會鬧出個什麼結果來！可如自己就此一走了之呢，人家對自己癡情一片……可也真說不過去。

唉，烏的馬使了這麼大排場來「接」自己回宮，自己看來不去也是不行的了！還是去看看吧，如實在沒法，就……將就納了這兩個女人是了！反正自己不吃什麼虧，何況如此一來，自己與波斯國也攀上姻親關係，說不定日後會對自己有所幫助呢！

心下想來，當下尷尬的對項羽、向問天等笑了笑，轉向烏的馬道：「好，我就隨你回去看看！」

項思龍剛一走進波斯王宮，就遠遠聽見了神水宮主和皇太后的爭吵聲，沿途的侍衛和太監宮女及一眾王公大臣則都是一副誠惶誠恐神態，真待見了項思龍出現才面色都緩和了些。

項思龍心中也不知是個什麼感覺，自己才來這波斯國不久，卻讓波斯國發生這許多事，也不知是波斯國的福星還是災星，不過待平息了這神水宮主和皇太后的事情後，自己真要快些離開波斯國了吧！

在中原還有許多的事情有待自己去解決呢！自己的身分，自己的記憶還有日月魔教在中原的危機……還有兩位義弟劉邦和項羽之間為爭霸天下的紛

爭……心煩意亂的想著，不覺已是步入了神水宮主和皇太后所在的大殿，兩女人本是唇槍舌劍的相互對罵著，一見項思龍則是全都嬌軀一顫，臉上又驚又喜的不約而同住了口。

大殿的氣氛頓時呈現出怪異的靜寂！項思龍神態冷靜的望著兩女，神水宮主已恢復女裝，身著一套白色長裙，配著她的絕世容顏和這刻臉上那不安的嬌羞，更是嬌豔迷人，皇太后則是宮裝身著，頭戴綴滿寶石飾物的冠帽，也大改以前那妖冶風味，顯得高貴莊重，只是一雙火辣辣盯著項思龍的目光，仍也那麼大膽放蕩，卻也可說是熱情。

項思龍乾咳了一聲，冷冷道：「二位如此大吵大鬧，可也實在有損貴國王室形象，現在魔教危機已除，貴國可說是轉入和平時期，爾等身為波斯國王室高層人物，理應為貴國經濟振興、國泰民安著想了，這般的為了兒女私情棄國家於不顧，豈不愧對國民厚望？」

神水宮主避開項思龍目光，撒嬌似的道：「我可只是一介小女人，有關國家大事可是管理不來，聖劍騎士如有抱負，也不會說走就走，拋下對你期望甚高的國民了！」

項思龍無奈道：「你一人掌管了波斯國和神宮不是有十多年麼？一直都處理得很好啊！說什麼只是一介小女人？應是一個女強人才對！過去那般複雜的歲月你都挨過了，現在的國民也更是需要你，我幫助你對付太和親王他們，豈不是自甘墮落麼？在下已經說過，我並不適合你，我拋下兩付重擔不管，也只是彼此相互利用，想取得解藥罷了，你根本不必把你的誓言放在心上的！即便你想退隱，可也需要一個過渡階段啊！你如此率性的一下子就什麼也不管，國家如何能安定下來？宮主自己考慮清楚了！」

神水宮主這刻大改先前的固執，只垂下頭去嬌聲道：「只要公子你答應接納妾身，妾身就什麼都聽你的，你說怎樣就怎樣好了！」

項思龍還未答話，皇太后就已搶先道：「不行！本宮已是嘯天的人了，你這丫頭就絕不能再跟著他！要知咱們可是母女，母女二人怎可同嫁一夫呢？」

神水宮主冷笑道：「嘯天是否喜歡你呢？說什麼你已是嘯天的人了？你以為陪他上過床他就非娶你不可了嗎？誰不知道你面首足有上千？嘯天會看得上你這人可盡夫的蕩婦嗎？」

皇太后臉色鐵青道：「你……你說什麼？你這死丫頭，反了！當真是反了！

神水宮主冷哼道：「反了又怎樣？我受夠你了！哥哥當年被太和親王那老賊害死，你難道可推說毫不知情嗎？你不但是個蕩婦，還是個毒婦！我恨你！你不配作我母后！我沒有你這樣的母后！太和親王沒垮時，為了國家大局著想，我忍了你！現在太和親王已敗逃了，你也無所倚仗，誰還怕了你了？你不配作我波斯國的皇太后！你應該自盡以了此殘生！」

皇太后這次可氣得嬌軀直顫，伸指指著神水宮主道：「你……你這大逆不道的丫頭！你……都在說些什麼？本宮……迎和太和親王那老賊……可也是有不得已的苦衷的！」

說到這裡，竟是落下淚來，人一下子也似憔悴了許多，歎了一口氣道：「當年魔教入侵我波斯國時，正值本國鬧饑荒之年，太和親王等假充中原慈善家，為我們運送來了大批穀物，先王為了感激他，所以封他作了我波斯國的爵侯，可誰知他們送來的穀物全都被他們下過一種慢性菌毒，翌年舉國上下便流行一種水黃疾病，死了上萬人，太和親王又假裝好人，配了藥方解了此

次病難，先王自此也便把他看作我波斯國的恩人，對他推心置腹。

「禍事終於在太和親王他們入國後第三年發生了，先王患隱疾一病不起，太和親王也野心畢露，竟是當著先王的面調戲本宮，先王氣急攻心下撒手歸天，你哥不日登基，太和親王此時毫無忌憚，威脅我向他屈服，否則他便殺死王兒，並且國民所中的慢性菌毒只有他才能解。我為了大局，只好忍辱偷生，供其淫辱，只盼有朝一日王兒長大了能挽救國難。

「誰知在你王兄對太和親王的獨斷專橫不滿，對他生出懷疑，暗派我國新起之秀洛斯勇士去中原查探太和親王底細時，太和親王卻是知曉了，不但殺害了洛斯還意圖殺害你王兄，幸得我出面求情，你王兄才得以苟且生命去神水宮向你作了揭穿太和親王身分的面報。

「太和親王最忌憚的就是本國的神水宮，他一直不敢對我們波斯國大動干戈，便是因怯神水宮，並且似乎對神水宮有所圖，後來才知是為天衣神水！你處理得非常好，太和親王無論怎樣旁敲側擊，你都沒露出你就是神水宮主，並且保持了神水宮的神祕性，太和親王終也不敢發難！不過，我們此次能大敗太和親王他們，卻全是嘯天的功勞，如沒有他，我們波斯國或許已陷入萬劫不復之境了！」

唉，本宮不是個好女人，但那種痛苦的日子，不尋找刺激來麻醉自己，卻是教我怎麼活下去呢？直至遇到嘯天，他讓我再次看到了生命的希望，讓我重拾起了一個正常的女人心懷。我是配不上他，但我決不放棄爭取他，除非他真看不起我不要我，那我也無話可說了，否則我是決不會放棄的！」

項思龍和神水宮主都怔怔聽著，想不到這以淫蕩著名的皇太后竟也有著這許多痛苦辛酸經歷，可也確是難為她了。作為女人，心性本是脆弱的，可她為了國運竟忍辱吞生了這麼多年，那麼她的一些以往醜聞也就全都可以原諒了吧！她能做到如此地步，也算是不錯的了！

神水宮主此時是面無表情，整個人都顯得呆呆癡癡的，秀目淚珠兒卻是滾滾流著。

項思龍長長的歎了一口氣，打破沉寂道：「都是一家人，不愉快的往事都已成過去了，還理會它幹什麼呢？最主要的是今後能和氣相處，開開心心的過日子，共同治理好國家！」

神水宮主悠悠的道：「公子難道真狠心拋下我們這苦命的母女倆嗎？」

皇太后也低聲道：「嘯天你就選一個吧！本宮可以接受任何打擊的。」

項思龍不知所措的答道：「這……你們兩個我都不忍傷害，可也不知怎辦呢？」

神水宮主面上一紅，大膽道：「不若公子就把我們全接受好了！反正我們也是隨公子前往中原去的，沒人知道我們是……再說，在你們中原一些少數民族地區本也有母女倆同嫁一夫的現象，我們……也不是什麼先例嘛！」

皇太后對女兒的大膽提議也不禁面紅耳赤，低下頭去，不過卻也沒有提出什麼異議。

項思龍雖早作了接納二女的心理準備，可對方一提出來，卻又感到心下一陣彆扭，不過要是他知道自己早有此先例，卻也會不以為然的吧！只不過可惜他的記憶現在還未恢復。

唯唯諾諾下卻也還是斷然下了決定道：「只要你們二人同意我便不反對，不過迎娶你們卻還需再過一段時日，在中原我還有些要事未了，待我完成後我再赴波斯國前來迎娶你們，你們在這段時日內作好政權移交平穩過渡工作，這條件你們答不答應？」

神水宮主和皇太后對視了一眼後，異口同聲的低聲道：「一切但依夫君之言

此番前來波斯國平白增一兩房夫人，項思龍心下也不知是喜是憂，只是見了甜甜那幽怨的目光，心下感到極是不自然，不過總算不負使命的取到了天衣神水解藥，終還是讓人舒心了些。

項思龍本欲一人單獨回中原，可因項羽、向問天等的堅決挽留，所以還是同行回返。

因與波斯國攀上了關係，神水宮主和皇太后二人都親自前來送行，其他的波斯國王公大臣自是全都隨行，再加上敬仰項思龍的武士，前來送行的人可足足有近萬之眾。

項思龍也甚是舒坦，神水宮主和皇太后這兩人愛君心切，竟把波斯王才有資格乘坐的豪華馬車送給了他作代行工具，項羽、向問天等自也獲贈了代步健馬，送行的隊伍送出差不多有一百多里，才在項思龍的要求下快快回返。總算暫且擺脫了波斯國的煩惱！項思龍看著已成小黑點的送行隊伍長長的舒了一口氣。

項羽在旁忍不住打趣道：「凌大哥，你豔福不小嘛！這麼兩個大美人全給你

「泡上手了!」

天絕則歎了口氣道:「凌兄弟泡妞的本事可也真能與少主相比了!要是少主還在的話,定會與凌兄弟是一對至交好友,唉,只可惜少主他⋯⋯」一臉黯然之色下卻是沒有說下去了。

項思龍心中泛起一陣漣漪,瞬然間許多陌生而熟悉的面孔在腦海中狂湧掠過,只讓得他痛苦得昏昏欲倒,在用牙齒暗咬舌尖時清醒過來,項羽見了忙關切道:「凌大哥,你怎麼啦?」

項思龍面色有些蒼白的慘然一笑道:「我沒事了,羽弟,你來波斯國,劉邦他知不知道?」

項羽哂道:「他知道了又怎麼樣?有義父在,他劉邦也奈何不了我項家軍!要不是看在項大哥份上,我早把這小流氓給殺個片甲不留!」說到這裡,卻是歎了一口氣又道:「不過我既已有言在先,此生決不滅他劉邦,那我也自會遵守此誓言的!」

「除非是項大哥重生,我才會與劉邦公平競爭天下,要不我總會覺得內疚!」

「項大哥是為了救義父才遭遇不幸的!」

項思龍聽得怪怪然的道：「項少俠與你和劉邦都是結義兄弟，他又為何只助劉邦不助你呢？他與你似敵似友，又為何不惜冒生命之危去救項上將軍呢？他到底是個怎樣的人？」

項羽慨然道：「這個中原因我卻是也不知道，我只是模糊看出項大哥與爹的關係不同尋常，但又因為我和劉邦力爭天下的事而鬧翻了！唉，其實我得了天下又如何呢！雖是高高在上，但卻失去了許多真實的東西！我還是喜歡從前的草原生活，沒有勾心鬥角！只可惜人在江湖身不由己，我既已走上了爭霸天下這條路，就沒有後退的可能！勝者為王敗者為亡，如果我項羽退縮了，那我手下的數十萬兵將怎麼辦？他們需要我的支持，否則……血流成河！自古英雄多寂寞，英雄雖然風光，但又有幾人能體會出他們內心深處的悲哀呢？」

項思龍想不到項羽一個在中原勢如炎日當天的西楚霸王，竟也會說出這麼一番話來，只覺得呆了呆，訕笑道：「勾起羽弟心事可也真是不好意思！嗯，如果項少俠當真沒死的話，羽弟怎樣呢？他可是劉邦那方的軍師，你會與他為敵嗎？」

項羽目視遠方道：「爭霸之路本是曲折而殘酷的，需要犧牲許多東西，我如

脫出項大哥死亡的陰影，當會與他決一雌雄的，是勝是負，就全靠天命了！」

項思龍心頭一震道：「你只是因項少俠之死而鬥志消沉，不覺得愧對自己的凌雲壯志嗎？」

項羽淡然道：「寧教人負我，莫讓我負人，我項羽絕不會拖欠別人的恩情的！」

項思龍靜默了一陣，歉然道：「那你不覺得犧牲太大了嗎？」

項羽搖頭道：「你不知道的，義父是我心目中的神，如他不在了，那我項羽的精神支柱也便倒了，我的霸業又何談呢？項大哥捨生救了義父，這等若救了我，此恩此情我是無以為報的，既然項大哥畢生的願望是助劉邦成就一番事業，那我又何不成全他這心願呢？其實如不是為了我那出生入死的兄弟著想，我真願把權位送給劉邦，如此彼此也不用再打打殺殺了，天下也可從此多幾許太平！但只能如此想想而已，一來私心裡是心有不甘，二來手下兵將也不會答應，這個結是解不開的了。我與劉邦的鬥爭是直到有一方敗亡時才會有結局！」

項思龍這刻也不知說些什麼是好了。只覺心中莫名湧生了一股沉重的精神壓力。

唉，自己到底是不是項思龍呢？為何一提到項思龍這名字時，心中會有怪異感覺呢？

自己腦海中閃現的人物和事情都是自己原來的記憶嗎？到何時自己才能尋回自己呢？

項思龍負了使命乘時空機器來這古代的使命本是尋找父親項少龍，不想被他無意中尋得了自己同父異母的兄親劉邦。現在他卻又要去尋回迷失的自己了，當然，對於這一切富於戲劇性的變故，項思龍現在記憶喪失卻是不知道的了，不過待他尋回自己時，恐怕煩惱與痛苦只會更多吧！

一路無風無浪的終於返回了中原，當眾人到得武當山腳下時，青松道長和一眾武林同道頓然全都下山迎接，得知已取得天衣神水解藥，均是臉上露出舒心笑容。

待上山入了逍遙道觀坐定，青松道長滿面春風的道：「小師叔祖一行此番歸來可也真是滿載而歸，既取回了解藥，又給了魔教一記重擊！嘿，難怪中原近來甚少傳聞魔教活動的消息呢，原來卻是全轉移陣線溜到波斯國去了！不過也算他

們倒楣，撞上了小師叔祖這煞星！現在咱們抗魔勢力大增，人人也都士氣高昂，看來消滅魔教之日不遠了，咱中原武林又有望過上一段風平浪靜的日子了！」

在旁前來中原助陣已落髮出家的笑面書生，卻是目光異樣的灼灼望著項思龍，突地開口道：「凌施主與老衲一位故去的朋友似有幾份神似呢！據聞施主乃逍遙派祖師玄玉道人的記名弟子，但不知怎會喪失記憶呢？以玄玉道人之能，也無法治好施主失心症嗎？」

項思龍一見笑面書生，心神深處似有一個聲音在對自己呼喚些什麼，只覺自己與他關係非常親密似的，目中顯出迷離之色，突地變了聲音的喃喃道：「你是飛雪對嗎？天鋒呢？你們二人都出家了嗎？」

話剛說完，全場中人無不譁然，尤其是笑面書生，更是激動得虎軀直抖，顫聲道：「爹，我是飛雪！原來你真沒有死！原來你真是項思龍少俠！」

項思龍體內因蘊有日月天帝的元神，他現刻記憶正在逐漸恢復之中，所以一見笑面書生，他體內日月天帝元神不由自主的主宰了他的思想，使他說出了幾句自己也不知道的話來。

笑面書生因與日月天帝是父子，所以在項思龍一出現在他眼前時，他頓然感

知到了項思龍體內日月天帝的元神，但也不夠斷定，可項思龍竟能一口叫出他和兒子鬼靈王不為外人所知的名字，這頓然讓他確定了自己的感覺，認定眼前這凌嘯天即項思龍。

笑面書生的話讓得項思龍在內的所有人都給呆住，項羽更虎軀劇震的掠閃至笑面書生身邊，一把緊拉住他的手臂，顫聲道：「你……你說什麼？請你把方才的話再說一遍！」

上官蓮則是緊緊的盯著項思龍，喃喃道：「我早知龍兒不會如此狠心的，以他的通天能耐又怎會出事呢？菩薩保佑，龍兒當真還活著！這……這可太好了！」

笑面書生則是傻愣愣的道：「我……我是凌嘯天！我不是項思龍呢！」

笑面書生平定心懷道：「普天之下除了項少俠知道我的小名外，決無第二人知曉，因為他體內融有我父日月天帝的元神！凌少俠方才一口叫出我和鋒兒的小名，聲音也如先父日月天帝一般無二，這已足可證明凌少俠就是項思龍少俠了！」

項思龍卻是雙手抱頭苦惱道：「可我為何對自己是誰一點記憶也沒呢？」

笑面書生沉聲道：「這一定是少俠發生了什麼意外之故，你的記憶被這變故給封住了，所以只有找出你記憶喪失原因，才可以想辦法恢復你的記憶！」

說到這裡，語氣又轉興奮的道：「不過現在已可證明你就是項思龍少俠了，這絕對錯不了！對了，少俠身上有沒有什麼你記憶未失前的遺物？比如他人贈送你的什麼東西？」

項思龍想起了自己藏在客棧磚牆中的羅漢金像、點了點頭道：「有一些武功秘笈，如道魔神功、鐵劍令、逍遙令和赤霞神劍冰魄神功等武學秘本，還有一羅漢金像和一逍遙令……還有兩隻死去的金線蛇……」

天絕聽了怪叫道：「這就是了！這就是了！你真是少主！少主果真沒有死！」

青松道長、向問天二人也對視一眼，臉上顯出激動之色，當日在太平嶺推舉出項思龍為武林盟主時，項思龍可真是接受過他們贈給的門派令牌和圓正大師所贈的羅漢金像，道魔神功、金線蛇又是項思龍獨家所有……這一切已足可證明眼前這凌嘯天就是項思龍了，這消息能不讓人激動麼？

上官蓮已是不由自主的哭出聲來，走到項思龍身前，一把抱住了他，泣聲道：「龍兒，你可把姥姥嚇壞了！如你真遇不測，姥姥可怎麼向你那一眾婆娘交代啊？」

項思龍見這麼多人都如此激動，心懷也受感染，虎目泛淚道：「姥⋯⋯姥，我真的是項思龍少俠嗎？可我為何記不起來自己是誰呢？姥姥，我想快些恢復記憶！我要尋回原本的自己！我太痛苦了，連自己也不知自己是誰的感覺太痛苦了！」

上官蓮輕拍著項思龍的虎肩道：「你是龍兒！錯不了的，你是如假包換的龍兒！失了記憶沒關係，姥姥會召動地冥鬼府所有的人想辦法為你治療的！可憐的龍兒，我們即刻起程回西域去！中原的人太過複雜了，也太危險了！我們回域去，那裡可有許多對你日思夜想的人呢！你知道嗎龍兒，盈盈和碧瑩她們都已生了，是一男一女，你已做爹了！小傢伙非常可愛，你回去看看啊！」

項思龍聽得心中一熱，真想隨上官蓮回西域去，不再理中原的一切煩惱事情，什麼日月魔教的危機，什麼劉邦和項羽的紛爭⋯⋯一切的一切都不再理會了，可⋯⋯自己如真是項思龍，卻又怎可如此不負責任呢？何況自己心中還隱隱

有著一些其他重要事情的痕跡，那事情卻是不能以人的意志為轉移的，比如……歷史！

「歷史」這兩個字眼在項思龍心頭一閃過，讓得他都快痛苦得呻吟出聲來。可又捕捉不到什麼清晰以一股無形壓力直襲心頭，讓得他全身都是一顫，似感情的意象。

輕輕的從上官蓮懷中脫出，項思龍搖了搖頭道：「姥姥，我的記憶是在中原失去的，那我就一定要在中原去尋回它！還有如我尋回了記憶，我還要去完成一些我需要完成的事情，所以對於姥姥的好意我心領了，但我保證，待我所有心願了去後，我一定會去西域看姥姥的！」說著時目光不經意的往項羽望去。

如自己真是項思龍，那麼項羽也就是自己的敵人了！多麼殘酷的現實！在與項羽的重新接觸中，項思龍已深深的喜歡上了這重情重義的西楚霸王！劉邦難道定要與項羽爭個你死我活才方休？

他們難道不可平分天下？如此彼此之間的矛盾也便沒了，還可和氣親熱的在一起稱兄道弟！

這難道就是歷史在作怪？那可真是可惡的歷史！不過歷史也是由人所譜寫

上官蓮聽了項思龍的話苦笑起來，對於項思龍的心性她是知道的，決定了的事永遠不會更改，他雖失了記憶，但個性可不會變，他可還是項思龍！

唉，只要龍兒活著就好，其他的就由著他吧！

不過這以後卻是絕不能讓他一個人去做什麼事了，一定得讓天絕地滅、鬼影修羅、孤獨驚鳴他們一刻不離的盯緊他，有了這幾大高手在側，天塌下來也應可頂住一陣吧！嗯，龍兒最大的畢生願望莫過於助劉邦那小子出人頭地了，自己何不發動西域地冥鬼府和匈奴兵馬的勢力去助他快些完成這個心願呢？還有以龍兒在中原武林的威望，只要他張臂登高一呼，死心踏地效忠他的人可也知道會有多少，龍兒要助劉邦成大事，真不知他在搞什麼玄虛！不過，由得他啦，自己全力支持他就是！

上官蓮心下想著，當下道：「那姥姥等也在中原陪你，也因那日月魔教的事情也未解，咱地冥鬼府卻又得了武林盟的頭銜，總不能不做點什麼！」

項思龍心中那感覺是歷史在左右人呢？這又到底是怎麼回事？自己心潮洶湧的想著，生出「自己如永不知自己是誰多好」的感覺來。

項思龍也沒再拒絕上官蓮的要求,不過也知道她留下來是為了關心自己,心下一陣感激,可當觸及項羽的目光時,心中的悲痛感覺又湧生起來。

走上前去,拍拍項羽的肩頭沉聲道:「不管我是凌嘯天還是項思龍,我和羽弟永遠是兄弟!大哥希望你振作起來去為自己的理想而奮鬥,不要沉陷在自我設置的痛苦中,你並不欠什麼人的,實現人生的價值才最重要!」

項羽聽得虎軀微微顫了顫,雙目泛紅道:「小弟會記住大哥的每一句教誨,無論將來怎樣,我們,永遠是好兄弟!請受小弟一拜!」說著竟向項思龍跪了下去。

項羽肅容道:「普天之下,除了義父項少龍讓我項羽打心眼裡尊敬之外,第二人就是項大哥了!你無論武功才智還是胸襟都遠勝於小弟,如與小弟爭雄天下的是你,那小弟必會亡命於天涯!大哥保重了,小弟這便告辭回軍去了!」

一代西楚霸王身分何等尊貴,但竟向項思龍跪拜,可見他如何崇拜項思龍,不過更多的或許是因項思龍救過他義父項少龍,對項思龍的感激之情吧!

當然項羽卻是不知道項思龍乃是他義父項少龍在另一個時代的親生兒子。

項思龍慌忙扶起項羽,連道:「羽弟請起!行此大禮,大哥可愧不敢當!」

天衣神水的解藥此時已是在向問天的指揮下分配好了，解藥雖只一瓶，但足可解近萬人之毒，是用水溶解後服用的，所以不難分配。

項羽言罷再向項思龍施了一禮，去和向問天領了一份解藥，其他人誰也不理的命屬下隨他下山。

這年青的霸王可也實在狂傲得很，得知項思龍沒死，他心裡陰鬱的結頓解，心中的萬丈豪情也頓然湧生。要知他項羽可是當今中原掌管有近五十萬大軍的兵馬大元帥，已成了中原實力最大的第一人，他可也是有足夠狂傲的資本！要不是因得項思龍的不幸消息和父親項少龍在這武當山，他可是不會屈尊親臨武當！其他人也沒法奈得他何！

項思龍搶步上前相送項羽，待重返武當山時，山上已是歡聲震天大擺宴席了！

青松道長這逍遙掌門可也不管什麼出家人的一些戒律了，大喊要殺豬宰牛，還要上等好酒，其餘之人自是毫無忌憚，武當山這道家聖地一時間肉香四溢酒香四溢，還哪裡像個出家人修身養性的地方？恐玄玉道人見了雖會口中大呼「無量尊佛」，卻也說不定加入眾人歡慶行列中去吧！

可不是，項思龍本已是中原武林的盟主，情繫中原武林同道每一個人的心，他的不幸已教眾人無不傷心欲絕，現在得知項思龍還活著，並且還是一個藝高人精明的項思龍，記憶雖是失去，可他還是那般出色，這又怎不讓人興奮呢？

何況項思龍沒死這一消息一傳開，魔教將再次解體不復存在，中原武林見可不動干戈的化解一場武林危機，這又怎會不讓人興奮呢？

項思龍卻是心事重重，無法融入到歡快的氣氛中去。自己真的是項思龍？如何才能尋回失去的記憶呢？

項思龍的身分得到證實，最興奮激動的還是甜甜，這小妮子在項思龍脫身回房休息後，就賴住他，一頭鑽入他懷中失聲痛哭起來，只弄得項思龍手足無措的一陣好哄才安靜下來。

小手輕扶著項思龍堅實的胸膛，甜甜柔聲道：「項大哥，甜甜和項伯父見了無量崖上你所遺下的鬼王劍還有大量血跡，都以為你……還好大哥吉人天相、逢凶化吉了，要不甜甜也不會獨活了！」

項思龍摟著甜甜的小蠻腰，打趣道：「你不是又有了個大哥哥嗎？你沒有對

「他情愫暗生啊？」

甜甜嬌羞的拍打了一下項思龍，嗔道：「你……你瞎說什麼啊？大哥哥與我沒什麼的嘛！他只是誠心誠意的帶我去尋找項大哥罷了，還說一定要幫我尋到他，現在果然……嗯，人家不來了嘛！大哥哥和項大哥都是你一人，你卻……吃什麼大哥哥的飛醋呢？」說著嬌臉已是羞得通紅了。

項思龍心情不暢，只覺戲弄眼前這美人兒妹妹大感有趣，心情也輕鬆了許多，當下又笑道：「是嘛？你與大哥哥沒什麼，可你一個女孩子家與他孤男寡女的相處了多個月，這可讓人……」

甜甜沒待項思龍把話說完，嚶嚀一聲截口道：「我與大哥哥有沒有什麼，你自己心裡有數嘛！倒是你……接受了波斯國那一老一少兩個狐狸精……大家都恨死你了！」

項思龍大笑道：「還說與你大哥哥沒什麼，現在不打自招的又吃他飛醋，哼！哼！你倒是給大哥從實招來，你到底有沒有喜歡上你大哥哥？可不許說謊噢！」

甜甜白了項思龍一眼，突地嘴巴一翹道：「我喜歡上了大哥哥又怎麼樣？你

這風流浪子不也是有近二十房妻妾嗎？那我多一個情人又算什麼？這樣才公平一些呢！」

項思龍「哎呀」的怪叫一聲道：「呵，還沒過門，便給我戴綠帽子了？」

二人嘻嘻鬧鬧在房中相互調笑，倒也讓項思龍的心情舒坦不少。

正當甜甜閉上秀目等待項思龍親她的緊要關頭，門外突傳來一陣敲門聲，只聽得笑面書生的聲音在門外響起道：「老衲有些話想與項少俠一談，不知少俠可有空閒？」

項思龍忙放開甜甜，心中一陣嘀咕，卻還是站了起身，整理了一下自己和甜甜的衣物後去開了門，對門外一臉肅容的笑面書生道：「前輩請進！不知前輩這麼晚來見在下有何見教？」

笑面書店生並沒進房，只望了項思龍一眼後，轉過身去邊走邊道：「項少俠請隨老衲來！」

項思龍心中納悶，不知笑面書生到底要對自己說些什麼，心下想著，回頭對屋內甜甜道了聲：「我去去就回！」跟了笑面書生展開輕功向逍遙道觀外馳去。

項思龍近日來只覺體內的怪異能量愈集愈多，不過它不受任何內功心法的控制，只受項思龍思想意念的控制，只要他意念一動，體內的怪異能量即也會隨之而發，竟是可以配合他使出他所知曉的各種輕功身法，還可把它貫注於兵刃，威力連他自己也估摸不透。

笑面書生的身法雖是快極，但是項思龍卻是毫不費勁的緊跟在了距他不到一丈的距離，這還是項思龍根本沒盡全力，否則恐怕笑面書生要遠遠的被項思龍拋在後頭了。

二人飛馳了約莫半盞榮的工夫，到得一處密林四周，卻是記不起任何熟悉的跡象來，其實他自被香香公主從天外天送出，醒來後即遇上狼群圍攻，而後又一直處於半昏半迷瘋狂狀態中擊殺狼群，卻是怎麼能夠記得呢？即便一些深刻的事情他都不記得了，何況這狼谷？

項思龍目中突顯出興奮道：「莫非前輩有辦法助在下恢復記憶？」

笑面書店生搖頭又點頭道：「我也不知這辦法是否能得通，但我想通過人為，把少俠當日在狼谷的遭遇重演一遍，或許可以刺激少俠恢復記憶吧！」

項思龍聽得雙目一亮道：「遭遇重演！恢復記憶？可也真是個好辦法！」

第八章　迴夢心經

笑面書生卻是面色沉重的道：「這並不是什麼最好的辦法，不過卻也值得一試，項少俠你身負維護中原武林安危和中原歷史發展的重任，早一日恢復你的記憶意義十分重大，不僅關係著少俠的身心健康，而且關係著中原今後的發展趨向。老衲承蒙項少俠的感化之恩，出家修心養性，醒悟自己當年權勢欲望的野心太大，以致造成太多殺戮，即便終生向佛，也定化不去老衲一生罪孽，只想多做善事，向佛祖懺悔，同時也寄望獲得幾許心靈安慰。」

說到這裡頓了頓接著又道：「老衲得知少俠不幸消息，既是震驚又是悲痛，但卻也堅信少俠不會如此薄命，於是風風火火的率領幾百門人趕往中原，四下打

聽少俠當日在狼谷遭遇不幸的全過程，心下總覺得少俠還活在世上，卻又探不出你的下落的跡象來，少俠果也吉人天相仍存人世⋯⋯老衲驚喜萬分，卻也對少俠失了記憶深感痛惜⋯⋯

「經老衲綜合少俠失蹤前因後果，覺得少俠記憶喪失，一是受了天外天中香公主輸入你體內的養生訣能量有關，二是與狼群搏鬥時受的過重的心理壓力有關，三就是少俠跌入無量屋後的遭遇定也與之有關了。老衲深思多天，終給想出這重演遭遇，恢復記憶之法來，卻也深感此法甚是危險。如一旦弄個不好，少俠在試演中情緒發生過大重擊，出了什麼意外，那老衲可就⋯⋯所以今晚約少俠出來商量一下⋯⋯少俠可是得斟酌考慮成熟清楚了⋯⋯要知你的生命可不只是屬於你一個人的，也是屬於關心少俠的親人和朋友的！」

項思龍可以深切地感受到笑面書生對自己誠摯的關切，心下一陣感激，卻也覺得此方法的確是個可以一試的好辦法，雖是存在風險，但想恢復記憶已成了項思龍目前最大的迫切願望——他對自己本身的身分是越來越感到一種沉重而又恐懼的壓力了！

揚了揚眉，項思龍淡淡地笑道：「當日狼群來襲，我功力盡失，所以⋯⋯發

生了意外，但是今次我體內異能卻是充沛，想來即便是上千頭野狼齊來進攻，卻也不會放在我心下的吧！前輩大可放心就是！」

笑面書生卻是面色凝重地搖了搖頭道：「老衲知道少俠神功蓋世，天下無人能敵，更不懼什麼狼群攻擊，但是今次少俠卻是意在重演往事尋找失去記憶，當初少俠是內力盡失只身俱武功招式的，所以……如少俠真欲如此做來，卻是最好也不要施展神功，也只憑體力和劍術以及勇氣和鬥智去與狼群搏鬥，如此做法可刺激尋回失去記憶的效果可能會更大些。

「再說如真依此法做來，老衲會對這武當後山狼谷的野狼種下毒蠱，以誘發野狼兇殘的本性，使牠們威力倍增，屆時向你圍攻的可是整個狼谷的野狼，並且牠們只懂進攻不知後退，少俠只有殺光牠們才可擺脫危機。還有少俠必須往無量崖方向撤退，萬一……出了什麼意外，那……少俠可是得三思而後行了，此舉可確是冒險之舉！」

項思龍想著當初的自己可以與狼群搏鬥，現在功力恢復的自己難道會懼不成？當下斷然沉聲道：「前輩的告誡在下當會銘記，不過在下已決定這麼做也不再作什麼考慮了！如果在下真出了什麼意外，那也是我命已該絕，怨不得什麼

來！如在下僥倖破關，那可豈不是天大喜事？大師請作安排吧，一切聽由天命！如天要亡我，那卻是想避也避不掉的！」

笑面書生沉吟了好一陣，才緩緩點頭道：「如此少俠可得作好一切心理準備了，老衲這便開始去撒播蠱毒，此毒名曰天狼散，藥效甚是霸猛，在十二時辰內，中了蠱毒的野狼其凶殘本性會全都被激發出來，無藥可解，除非是施蠱之人斃命，才可化解凶險，否則野狼只進不退！不過十二時辰過後，中蠱野狼會全部死於非命！」

說到這裡，突又遲疑不決的道：「此事是否告知上官夫人他們呢？可也得請幾大高手來為少俠護法才比較安全啊！」

項思龍擺手道：「萬萬不可，如被姥姥知曉此事，那可是什麼也別想做了，所以此事只要你我二人知曉可以了，決不可讓第三人知曉！待事情大功告成後卻可讓大家大大驚喜呢！」

笑面書生又沉思了片刻，點頭道：「那好，少俠請作好戰鬥前的心理準備，老衲這就去撒播蠱毒控制狼群去了。」

言罷，身形沖天而起，轉瞬消失於項思龍的視野。

項思龍的心情在寂靜的深夜裡條地有些莫名的忐忑不安，似是興奮，又似是緊張，還有許多他自己也說不出理不清的思緒。

這方法有效嗎？自己也說不出理不清的思緒。

這方法有效嗎？自己真是項思龍？如此法讓自己真恢復了記憶，那又將是一個怎樣的自己呢？

煩惱和痛苦會有現在的自己多嗎？

自己的意象中為何會出現許多讓自己痛苦的模糊不清畫面呢？

劉邦、項羽二人以前都本是自己義弟？可他們為何要鬥得勢成水火，不能和平共處呢？是兄弟啊！

為何非要打要殺？是權力和野心的困結嗎？

還有項少龍，他與自己是什麼關係？為何自己一想著他名字，心裡會泛起一種讓自己震動的感覺？自己真不顧生死的去救過他嗎？自己為什麼要救他？

歷史使命，上官蓮為何會說自己身負什麼歷史使命？到底是什麼使命呢？

自己有過許多的女人嗎？還有兒女了？

項思龍心下愈想愈是凌亂和沉重，如此迷迷糊糊的想著，也不知過了多長時間，突只聽笑面書生的聲音傳來道：「項少俠小心戒備，老衲蠱毒已撒播完畢，

現在要開始施法驅逐狼群向少俠圍攻了！」

項思龍聞聲心神一斂，舉目往發聲處望去，卻見笑面書生正停落在距離自己五六丈遠的一棵古樹頂上，從懷中取出了一隻紅木木魚，口中邊念念有詞，邊一手敲擊木魚，「邦！邦！……」的木魚聲在這靜夜裡顯得甚是刺耳，並且那韻律更會讓人心底不由自主的冒生寒意。

項思龍深吸了一口氣，抱元守一，讓凌亂的心神回歸平靜，並投入戰鬥戒備之中，腰間的鬼王劍也已緩緩拔出，在暗夜中發出的紅光尤為醒目。

「嗷……！」悠長而滿是危機的狼叫終於若隱若現的傳來，聲音教人聽了心底莫名而生緊張的寒意，在這深夜中好是恐怖陰森！

「嗷——！嗷——！」狼嗷聲愈來愈密，愈來愈近。

是一陣陣心顫的感覺讓項思龍的心在收縮。

一些模糊的意象又在他腦海中一閃跳躍，猶如萬馬奔騰般讓得項思龍的腦袋疼痛欲裂，直接暗咬舌尖，才算清醒過來。

笑面書生一手邊敲著另一手中的木魚，而目光卻是瞬也不眨地關注著項思龍這邊的動靜，見了他臉上的痛苦神色，知是項思龍對狼嗷聲有了反應，心中又驚

又喜，驚的是不知項思龍能不能控制突發的刺激和衝動，喜的則是看來自己所想出的「重演歷史，刺激記憶」是有效的了。

無論怎樣，笑面書生對項思龍的關切確是發自內心的。

「邦！邦！」木魚敲擊聲愈來愈驟，愈來愈沉，狼嚎之聲也愈來愈是凌厲和清晰。

項思龍的心頭條地湧生起一股莫名的沉重壓力，腦海中混亂的畫面加速了運轉，讓得他終於禁不住痛苦得呻吟出聲。

笑面書生的聲音這時突又傳來道：「項少俠，狼群出現了，小心戒備！」

項思龍聞聲心神一斂，舉目四顧下，卻果見自己處身四周出現了一片黑壓壓的狼群，口中發出讓人心慄的厲叫，眼睛在黑夜裡發著懾人的螢光。

一股濃重的殺機不由自主的從項思龍心中湧生出來，只覺著自己似與這些野狼有著什麼深仇大恨似的，讓他極想大開殺戒。

一緊手中的劍柄，項思龍雙目發出灼亮的仇恨光芒。

來吧！野狼，看看是你們凶殘，還是我項思龍凶辣！

項思龍心中發狠詛罵著時，眼前卻突又出現了一個渾身是血的影子。

血紅的劍光，憤怒的吼聲，一隻又一隻倒斃的野狼……項思龍的心一痛，心中的殺機又條地加深加重了一層。

是我嗎？那個渾身是血陷身狼群的影子是我嗎？

項思龍的牙齒突地格格作響，盯著正緩緩向自己逼近的狼群，目中都快噴出火來……狼群卻也似感受到了項思龍身上釋發的濃重殺機，嗷叫之聲放得低而短促，逼向項思龍的步速也放緩了許多。

人狼雙方相互對峙了片刻工夫，項思龍再也抑制不住心中正加速膨脹的殺機，驀地狂吼一聲，已是提劍閃電般的往正對面的狼群衝殺過去。

一場人狼大戰在項思龍的主動出擊下終於拉開了序幕！

項思龍已是完全忘卻了笑面書生告戒自己最好不要使出體內異能的話，不知不覺的已是把體內異能提升至了極限，鬼王劍在他異能的催逼下發出丈長的血紅劍芒，身形施展開來，人劍已是合一，在外人眼中看來只見是一團巨大的血光在狼群中閃爍滾動，所過之處兩丈方圓樹倒狼斃。

「蓬！蓬！」「嗷！嗷！」樹倒的震天響聲和野狼的淒厲慘叫響成一片，讓人幾疑是世界末日到了。

狼群發生了混亂，但在笑面書生的控制下卻還是亡命的向項思龍衝撲。

野狼慘叫聲時起彼落，但沒有一隻野狼後退，牠們雖明知前衝是死，牠們雖看不清近不了項思龍的身形，卻還是那麼爭先恐後而又瘋狂的衝項思龍人劍合一的血光衝刺亂撲亂抓，只不過剛只入劍光範圍就頓被項思龍威猛絕倫的劍氣殺了個肢飛體解。

血腥的味道又讓項思龍似看見了一個遍體鱗傷的人在狼群中苦苦掙扎的身影，並且那身影愈來愈清晰，是一張陷入極度瘋狂的殺機的面孔，項思龍只覺心在滴血的刺痛，那是自己！那真的是自己嗎？

心中的殺機也愈來愈熾，使項思龍陷入了半瘋狂半清醒的狀態之中。

殺光牠們！殺光這些野狼！是牠們讓自己喪失了記憶！

項思龍的內心在吶喊著，功力不覺又提升了一層。

血光書生如飛梭的飛碟般在空中盤旋來回衝殺著，照情形看項思龍已被某些恢復的記憶刺激得笑面書生在旁只看得眉頭緊鎖，所過之處無堅不摧、無物不毀。這種情形最是能激發他的記憶，但也最是危險，如稍沒把握好，就會有車翻人亡的慘局，他這策劃人可是要負主要責任，那

可是無論付出什麼代價，即便是性命也無法補償得過去，所以他可也要慎重對待了，要不成寧可放棄計畫驅散狼群也要保得項思龍的周全！不管怎樣，人的安全始終要放在第一位！

項思龍只覺腦海中許多似熟悉卻又陌生的畫面如同翻江倒海的在閃動著，但無論他集中精力去捕捉，也找不到絲毫實質的感覺，這種痛苦讓得他把心中的困惑與惱怒還有其他複雜的感情都化作了殺機，劍式有若長江大河般痛快淋漓的對狼群開展瘋狂殺戮。

笑面書生見了項思龍的瘋狂姿態，心下又驚又急，卻也知此刻已到了緊要關頭，一時間是不知怎麼是好了。照這情形下去，項思龍的精神一旦失控，那後果可是他笑面書生也無法預料和阻止的。

漫天的血光使這武當後山的狼谷上空瀰漫著濃重的殺機。

項思龍突地只覺眼前閃現的那渾身是血的身影在向自己招手，並脆弱的呻吟道：「救我！我不想死！我還有許多的心願未了，我不想死！」

這一淒涼得項思龍渾身一顫，濃烈的殺機頓從心底一波一波的湧起，同時還有許多驚惶憤怒和一些說不出來的感覺，在狼施殺招的同時整個人也

像了魔一般竟隨著那幻影跟去。所去的方向竟然真是無量崖！

笑面書生心頭狂震的同時也是驚喜非常，照現在的情形看，項思龍的記憶確是在快速恢復之中了，但願他能保持住心神的一絲清醒，不要出什麼意外是好。

心下喜喜憂憂地想著，敲擊木魚的手法不覺慢了下來，在上次已被項思龍殺懼了的狼群在盡一滯下終於又抵受不了項思龍身上釋發出的森冷濃裂殺機似的，乘著笑面書生這一鬆懈的片刻間隙，竟是四散亂逃，對項思龍有若見瘟疫地唯恐避不及。

項思龍卻是似完全迷失了自我似的，只知跟著眼前閃現的那幻影往前衝殺，但其他的一切都似乎忘卻了。

笑面書生卻見了四散逃竄的狼群心頭條地一亮，項思龍這刻已陷入自我迷失了的瘋狂狀態，往無量崖方向撤退，如真要發生什麼變故時，自己可施法驅散狼群的嘛！不過現在卻還是需讓狼群也往無量崖方向撤退，不可讓牠們逃散，要不可就要讓項思龍沒得狼殺了，那時他清醒過來，那一切的努力可就全都白廢了！

心下想來，當下改變了敲擊木魚的節奏，讓狼群時散時集在他木魚聲的控制下有意識地往無量崖方向退去，卻又是全神貫注地跟蹤著察看關注項思龍的一舉

一動，以防什麼意外發生。

項思龍的心頭現在只閃現著一個念頭，那就是殺光這些野狼，解救下眼前閃現的那牽動著他每一根心弦的幻影。

殺！殺！殺！人狼大戰持續了將近一個時辰，項思龍不但沒有絲毫力竭的現象，反是愈戰愈猛，愈戰愈有精神，一道晶瑩如寶玉的灼亮光環突地把項思龍整個身形都給包裹在了裡面，再加上那鋒利剛猛霸道絕倫的鬼王劍劍氣，讓得狼群根本接近不了項思龍的身，只有挨宰的份兒，如不是笑面書生用蠱控制著牠們，恐已是被項思龍這瘋狂煞星給嚇得屁滾尿流地四處散逃了吧！

笑面書生在一旁的樹頭上親眼目睹著這一切，只看得目瞪口呆心顫不已，同時對項思龍的崇拜已是達至了五體投地的境地。幾萬隻狼在項思龍的瘋狂屠殺下已是不到三分之一，這是何等驚人的體能和武功啊！簡直已是超越了人類達至天人合一的境界了！

要知道任是一個人功力怎樣深厚，可如長時間不間斷的巨耗功力都會有力竭的現象，可不想項思龍卻是愈戰愈猛，愈戰體內能量愈是深厚，他……到底是怎樣的一個人呢？一年前自己離開中原回國與項思龍分手時，還沒有這麼厲害的

啊！

更何況有江湖傳言項思龍為救項少龍在天外天這神秘的地方中功力全部失去，可至現在還只不過短短的幾個月時間，他的功力似是只有增無減，難道……在天外天他又有什麼奇遇？是那香香公主輸給他的養生訣能量在發揮作用，笑面書生雖滿腹的疑問，卻還是不敢放鬆對項思龍的關注。

其實項思龍本身就潛力驚人空前絕後，在躍入鬼谷子所隱居的山谷時，自己也不知曉的服食了大量朱果，為他奠定了深厚的武功資源，又經修習道魔神功時吸收了地冥鬼府至寶萬年寒冰床的能量，接著又被孤獨行強輸給了畢生功力，再又接受了日月天帝元神的千年以上修為和吸收了月氏光球的能量，還有服食了日月教歷代教主功力所凝化的舍利子元神金丹和毒王無涯子的畢生修為所凝化的毒王魔珠，後來在天外天時被香香公主輸入了她幾千年修練的外星人遺落人間的養生訣能量，他的身體機能得到不可思議的改造。

同時他體內潛藏的各種能量現又正在恢復融合之中，這刻的人狼大戰激發了他生命本能，得他體內養生訣能量回憶的速度，同時他體內潛能的融合也就隨之加深了一層，至於到底會達到什麼境界，卻是無人知曉的了。不說項思龍現刻記

憶喪失，就是他安然無恙，如發覺他自己的體能變化恐怕也是百思不得其解，要知道他可是個現代人噢，看待問題可是以科學的態度去分析的，那自是解釋不清這古代的各種奇遇現象了！

項思龍已逐漸陷入一種似醒非醒、似夢非夢的瘋狂境界之中，他心中這刻除了森冷的殺機，就只有一股讓他感覺痛苦莫名的沉重壓力了，只覺著似乎只有殺光這些讓自己痛惡的狼群才能得到解脫似的。

劍招一招比一招快捷狠辣，項思龍已完全忘卻了與笑面書生的約定，也完全忘卻了自己此次狼谷之行的目的，眼前只是直閃動著那渾身是血向自己求助的幻想，他的意識完全是一片模糊。

野狼一隻隻倒下，卻又一隻隻撲上來。項思龍每揮出一劍，近身野狼當即身首分離或破腸開膛的倒斃，雖是人類與野狼之戰，但項思龍那殘忍的血腥屠殺，卻也還是禁不住讓人慘不忍睹，心中悚然。

項思龍已成了個屠狼魔王，全身上下全是狼血，目中釋發出的那森森凶殺之光，讓得笑面書生看了也不覺感到一陣心栗。

無量崖終於在望了，近萬隻圍攻項思龍的野狼被他殺得已剩不到三分之一，

笑面書生的心情也異常的緊張起來,項思龍能不能通過考驗恢復記憶的成敗就在此關鍵一刻了!

敲擊木魚的手法條地加快了數倍,本已被項思龍殺得心寒膽裂的剩餘狼群又突地狂性大發地向項思龍發動了高潮似的攻擊。不過任憑狼群怎樣發狼發狂,還是根本進不了項思龍的身,只是項思龍已有若木偶般機械的發出慣性的攻擊,他腦際因太過繁紛畫面的出現,讓痛苦已逐漸成了一片空白,他似沒有了思想,眼前的一切狼群不見了,笑面書生不見了,渾身是血的幻影不見了……

自己身處何地項思龍也不知道了……

可就是項思龍感覺天地全都模糊的這一刻,他的眼前突地發現了兩個清晰的身影,讓得他全身一顫。

啊!是甜甜姑娘和項……項少龍上將軍!是他們!

他們正遭受著狼群的攻擊,快要瀕臨絕望境地了……

他們身後是一個山崖,一個深不見底的山崖

恐怕今後武當山後山這狼谷也要改名了,不能再叫「狼谷」,而應叫作「殺狼谷」了吧!

項思龍只覺全身所有毛孔和血脈都在膨脹。

項思龍把功力提升至極限，手中長劍有若狂風驟雨般揮出，向圍攻甜甜和項少龍的狼群衝去，可是……遲了！遲了……

項少龍已被狼群迫至懸崖邊緣，他已立足不穩……他的身體正向懸崖躍去……「爹！」

項思龍驀地狂吼一聲，身形電射的向山崖衝去，奇異的現象出現了，無數條電光突地從項思龍身體閃出，有若炸雷之後的熾烈閃電，所過之處無物不毀，無狼不斃，項思龍身上所發出的電光，映得狼谷的夜空一片光明。

笑面書生目觸項思龍身上所發電光，雙目一陣鑽心刺痛，整個人頓然昏倒過去……失去控制的倖存野狼頓即如見了老虎的羔羊般四散狂逃，可所剩已是不到千餘隻了……

項思龍對一切都已渾然不察，他只知道要救……救回父親……項少龍！他的腦海條地又湧出了許許多多從未有過的意象……突的直覺身體有種虛無實質的感覺，全身輕飄飄的……

原來項思龍在情緒失控之下竟真的跳下了無量崖⋯⋯項思龍只覺腦海中許多模糊的畫面突地清晰起來，但還沒來得及加以細想整理，身體已跌入了一個黑暗的空間⋯⋯再接著思想就逐漸的模糊⋯⋯

甜甜自項思龍隨笑面書生離去後就一直感到有些心神不寧，總覺著似有什麼意外會發生似的，但又想到以他們二人的武功就是天塌下來也奈何不了他們，也便強抑了心中的不安，一直在房裡等著項思龍的回返。

可天色已是漸漸微明了，仍沒等著項思龍，這才感覺有可能出了什麼事的心慌起來，勿勿去稟報上官蓮向她稟報了此事。

上官蓮一聽頓即色變，於是著天絕地滅去探聽項思龍和笑面書生下落，然所有人都說沒見過二人，整個遙逍道觀不覺在一大早就慌亂起來。

青松道長一臉凝重的道：「項少俠記憶喪失，他隨笑面書生會去什麼地方呢？」

上官蓮面色鐵青的道：「如是笑面書生在耍什麼花樣，本夫人定要教他和他

孤獨驚鳴卻顯得甚為冷靜的道：「現在不是咱們猜疑爭議的時候，目下最緊要的是尋回龍兒！龍兒他現在記憶喪失，最易受人要弄，笑面書生這傢伙又是個成了精的老奸巨猾之人，鬼點子甚多，他如騙說可以讓龍兒恢復記憶，龍兒可說不定會上當，要知道一個人失去了記憶是很痛苦的！」

一旁沉默不語的花雲這時突地插口道：「在下昨晚在負責巡邏防守的，似隱隱聽到後山有狼嗥之聲傳來，起先還不以為意，但過不多時，卻又突地見著那邊天空中出現了電閃光，很是灼亮，像是有什麼情況發生似的，可沒一會就消失了，接著一切回歸平靜，在下……」

花雲的話還說完，青松道長似想到什麼似的臉色條地一變道：「難道……笑面書生帶項少俠去了後山狼谷？這……那不是項少俠……糟了！他們一定是去了那裡，笑面書生在項少俠沒從波斯國歸來時曾不斷的向貧道打聽過項少俠當日出事經過，他……一定是帶項少俠去了狼谷！」

上官蓮額上冒汗道：「即使龍兒隨笑面書生去了狼谷，可也不應去了整整一

個晚上啊！這……這……難道他們是出了什麼意外？」

甜甜本是蒼白的嬌面這時更是無得血色，悲叫一聲撲進上官蓮懷中淒然道：「姥姥，那我們……去狼谷看看吧！項大哥武功超絕，應不會……」說到這裡卻已是泣不成聲，再也說不下去了。

上官蓮只覺心亂如麻，望了青松道長一眼，沉吟了片刻後道：「道長是否允許我們進入你們逍遙派禁地呢？」

青松道長遲疑了片刻，突語氣斷然道：「救人如救火，也不能顧忌那許多陳舊門規了！好，貧道就以逍遙派第三十六任掌門身分廢除狼谷為禁地，從今以後大家都可以自由出入狼谷！想來歷代祖師也不會責怪貧道的吧！」

上官蓮大是鬆了一口氣，頓忙道：「事不遲疑，那咱們現就趕去狼谷吧！」

笑面書生終於悠悠醒來，雙目的刺痛讓他很是艱難的才睜開來，一見著遍地的狼屍讓得他很快的斂回神來。

項思龍呢？怎麼不見他了？對了，在自己被項思龍身上那奇光射昏前看見他似著了魔般的向無量崖衝去，難道他……

想到這裡，笑面書生顧不得身上的酸痛乏力掙扎著爬了起來，心下狂震的環目四顧了一陣，只見四下靜悄悄的，只有帶著寒意的晨風吹得樹梢呼呼作響，朝霞映得東方的天空一片血紅……再有就是地面上滿目狼藉的狼屍和碎石斷樹了……

笑面書生只一顆心直往下沉，冰涼冰涼的……項思龍……真跳下了無量崖？

他……會不會這……要是他真出了什麼意外，那……

要知道笑面書生不僅是敬服崇拜項思龍的人品武功、善良機智，還有項思龍體內可還蘊有他父親日月天帝的元神，這也等同項思龍是他笑面書生父親的一個替身，如項思龍出了什麼意外，這又怎會不讓笑面書生心急驚惶呢？更何況這場試驗計畫可是他提出來的，項思龍如出了什麼事，他笑面書生可是責無旁貸的要負主要責任，然要命的這可卻又是個無論他笑面書生負出什麼代價也無法補償這個過錯。

項思龍的生命可不僅關注著整個中原武林的安危，還關注著中原歷史的發展方向，更關注著他親人朋友……

笑面書生心亂如麻，不由的驚惶高聲呼道：「項少俠！項少俠！……」

可四下除了空谷的回音外，就是盤旋高空發現了這狼谷地面狼屍的幾隻大鷹與笑面書生心情不符的歡快叫鳴了。

笑面書生只覺腦海中一片空白，連肉體和身心的痛苦也渾然忘卻了。

一切都是那麼的空虛！一切都是那麼的靜寂！

笑面書生突的抱頭，痛苦得閉緊雙目跪了下去！

自己現在怎麼向眾人交代啊！雖則自己純是出於一片誠意，助項思龍恢復記憶，可他如出了事，自己十條命也不夠償還這過失啊！

笑面書生真恨不得自己一掌打死自己，可條又轉念一想，項思龍如真出了差錯，他的心願卻還需要去完成啊！自己的生命活著雖已沒有什麼價值，可如能替項思龍完成一兩樁心願，自己卻也可少些罪孽⋯⋯

笑面書生止住了就要打向右腦的左掌，喃喃自語的呻吟道：「放心吧，項少俠，我笑面書生一定會助你完成心願的！」

地面上滿是狼藉的狼屍，高空中盤旋著幾隻哀鳴的烏鴉。

在血紅的朝陽光下映照的狼谷顯得甚是陰森可怖。

一座新墳堆立在無量崖前,更是成了淒涼景象中一個鮮明的點綴。

上官蓮、青松道長等一顆心都直往下沉,愈是走近無量崖前的新墳,心中帶著刺痛的沉重壓力愈是快沉重得讓人窒息……

一行三十幾人沒有一人開腔說話的,只有緩重的腳步聲近了……近了……新墳墓碑上的字跡終於落入了眾人的眼中……

「項思龍少俠墓!」幾個觸目驚心的字跡終於落入了眾人眼中!

上官蓮和青松道長幾個行在前頭的人,呼吸聲不由得粗重起來……一陣頭昏目眩,上官蓮的身軀搖搖欲倒……

思龍他……這次真的……這不是真的吧!

「項大哥!」一聲撕心裂肺的悲叫終於拉開了眾人悲痛的序幕,甜甜的身形率先越眾而出,一頭倒撲在新墳上,搶天搶地大哭起來。

上官蓮也忍不住大呼「龍兒!」潸然淚下,青松道長口中連念「無量尊佛!」目中也隱現淚光,其他諸人無不跪成一片哭成一片……

項思龍悠悠醒來時,只覺身體似浮在什麼液面上晃晃蕩蕩的,睜開雙目一

看，卻見自己原來置身在一個水波碧綠的巨湖中心，湖面霧氣繚繞，讓人視野模糊，卻還是可以看清身旁不遠處無數不知名的鳥兒停留在湖面上或在湖面上空作盤旋低飛，對於項思龍這從天而降的陌生來客竟是夷然不懼，有些鳥兒還把他當作了棲息的好落腳處，竟停落在他身上，直待項思龍移動身體時，才驚覺的展翅飛走。

項思龍腦中模模糊糊的，且還甚是疼痛，仰躺在湖面上不知不覺又給睡了過去，也不知過了多長時候，再次醒來時，人頓然清醒許多。

這是什麼地方？自己怎麼會到了這麼個陌生的地方來？

項思龍放鬆四肢，四平八穩的躺在湖面上，漸漸的斂回了心神。

自己不是隨笑面書生在狼谷試演過去經歷，試圖尋回失去記憶麼？卻是怎麼置身這偌大的湖面上？笑面書生呢？

項思龍極力收斂思緒的尋思著，可突地又想起了在狼谷與狼群廝殺時眼前出現的那渾身是血向自己求助的幻象。

他……就是項思龍？自己怎麼會有著一種與他心心相通的感覺？還有自己眼前怎麼會突地浮現出這麼一個影子來呢？

難道自己真的就是那幻影？自己真的就是項思龍？

項思龍怔怔想著，突又想起了……自己竟喊項少龍「爹！」難道項少龍是父親？這……

自己的記憶裡到底有多少秘密呢？

項思龍突地只覺腦海中出現了許多清晰的畫面。

自己進入天外天尋找父親……項少龍，遇上甜甜和她爺爺……後來發現了樓蘭古國失蹤的香香公主，她為了救自己和父親項少龍以及甜甜和她爺爺，把她修練了幾千年的養生訣能量輸入了自己體內，送自己四人出了天外天……醒來後發覺甜甜爺爺死去……突有大批野狼來圍攻自己和項少龍及甜甜三人，而自己和父親項少龍均突覺內力失去……在此千鈞一髮的生死存亡關頭，自己與父親項少龍達成了一項協定，於是自己不顧性命的去引開狼群……後來失足跌入無量崖……

項思龍心中猛地一震，自己……真的是項思龍！要不腦海中怎會有這許多自己從未有過的記憶，且細節那麼詳盡！

在自己的記憶中，是師父玄玉道長救了自己以後所經歷的事情了，可玄玉道長也說過是自己跌下無量崖，他命萬年蟒蛇飛出無量洞府救了自己啊！

這……這不太過巧合了麼？項思龍也正是這一天跌入無量崖的。

項思龍只覺心中既是興奮又是莫名的失落。

自己真的是……中原武林鼎鼎大名的項思龍少俠！

原來自己是那麼有名那麼受人崇拜和尊敬，還有那麼多的親人和朋友都在關愛著自己思念著自己，自己並且有了妻妾兒女……

這一切都多麼的讓人感覺自豪和溫暖啊！

項思龍的嘴角不由地浮上了一絲幸福的笑意，可當腦中閃過他與項少龍的協議時，卻是所有的情緒又低沉了下去且沉重起來……

自己與劉邦是結義兄弟，自己似為著某種使命定要助劉邦成就一番霸業，可父親項少龍卻又非要助劉邦的對立勢力項羽也成就一番大業，自己與項羽又也是結義兄弟，可因得這爭霸天下之事卻又非要相互敵對……這到底是為著什麼原因呢？為何彼此不能和平相處，非要拚個你死我活分出個高下？自己、父親項少龍、劉邦、項羽……四人之間可都是親人關係啊！還有自己為什麼要拚著生命危險去天外天尋父親？又為什麼拚了性命去引開狼群？為的就是要他答應自己那時提出的這個什麼協議——叫他不得意圖改變歷史？

改變歷史？自己和父親項少龍難道關注著這時代歷史的命運？

項思龍愈想愈是覺著頭痛欲裂，可又再也記不起其他的什麼來。他的記憶還並沒有全部恢復，而只是恢復了少許片斷。

一陣心煩意亂下，項思龍施展渡水術奮力向湖岸游去。

湖水的浮力甚大，項思龍的游泳技術在現代部隊時就又已是個好手，所以沒費多大工夫就游到湖岸，翻身縱了上去。

所至的湖岸甚是開闊，地面又全是一片青綠油亮的柔軟小草，還有許多不知名的野花間開其中，環境顯得甚是優美。

項思龍的憂鬱心情不覺也受了眼前這美景的感染而開朗起來。

這到底是什麼地方呢？自己不是在武當後山的狼谷與笑面書生一道⋯⋯對了，在自己見了項少龍的幻影大喊「爹！」時，自己為了救他，卻是也往無量崖衝去，難道⋯⋯自己失足又跌進了無量崖？

那⋯⋯這就是無量崖底？可自己曾聽青松道長⋯⋯噢，是師父玄玉道長說過無量崖底是一個瘴氣漫布的死亡沼澤⋯⋯

眼前卻是一派風景宜人，氣溫適中，陽光柔和。花木叢生，寧靜和諧，有若

一個世外桃源的景象。難道自己已經死去,進入人們常說的西天極樂之境中了?

哎喲!好痛!……哈,自己並沒死去?

手指雖疼痛非常,項思龍的心情卻是放鬆下來。

那……自己現下所處的這地方到底是哪裡呢?

這裡有沒有人居住呢?有沒有道路可通向外界呢?

滿腹疑問下,項思龍好奇的在這奇異的峽谷中轉悠起來。

峽谷甚大,到處都是花草樹木,顯得座落有致,像是經人為整理過的樣子,可項思龍轉蕩了大半天,卻是沒見著半個人的影子,倒是各種奇珍飛鳥動物見了不少,直行至一足有百多丈高的瀑潭邊時,才見著了一座涼亭,亭中有一張石桌和兩張石凳,石桌上還擺著一副未下完的圍棋,上面已積了厚厚的一層灰塵,也不知有多少時日沒人動過了。

項思龍心中既是興奮又是納悶,自己已在這峽谷中轉了近兩個多時辰,都快把這峽谷轉遍了,也沒發現什麼茅屋之類居住的地方,心下正失望著呢!

好不容易發現了這涼亭,卻又……

這裡看來是有人類的痕跡是沒錯的了,可亭中棋局似多年沒人動過,可住在

這峽谷裡的人卻是哪裡去了呢？不會是死了吧！……

但願能尋到出這峽谷的通道是好！

項思龍站立在石桌旁，看著桌上的棋局怔怔想著，不知不覺的模糊拿了一顆棋子，往棋盤上一空格落去……

手中棋子剛落不久時，就只聽得耳際傳來一陣「轟轟轟」巨響，項思龍的人還未反應過來，就只見整個涼亭倏地快速往地下沉去，把項思龍給嚇了一大跳，正準備運功施展異能縱出涼亭，眼前卻已是一片黑暗，只聽一蒼老的古怪聲音傳來道：「恭喜公子破了迴夢棋局，現在公子就是這迴夢谷的主人了！」

這蒼老的古怪聲音剛止，項思龍眼前倏然一亮，卻見自己正置身於一個星羅密佈的密室之中了，他細看去那些日月星辰，原來卻是一顆顆金剛石和夜明珠之類寶玉嵌裝而成的。

第九章　鷹刀傳說

項思龍心下詫然的打量著眼前這古怪的密室,卻見室頂除了是用寶石鑲嵌而成之外,室內中心處還有一個巨大的古怪石盤,石盤周邊刻滿了許許多多古怪的文字符號,項思龍卻是一個也不識得。

在石盤上空是一個足有拳頭大小的夜明珠,灼亮的珠光剛好罩住石盤,卻是一點也不外散,有若一盞檯燈,燈光只照在一定的空間內,周邊則只是檯燈的餘光。石盤右則掛著一個吊架,一隻體態蒼老的鸚鵡立在上面,正瞪著雙怪目直望著項思龍,讓得項思龍的心下突感覺怪怪然的。

項思龍正四下打量室內情況時,那吊架上的老鸚鵡突地又用牠那蒼老的聲音

道：「公子既破了迴夢棋局，進入此中的輪迴空間，從今以後公子就是師父迴夢老人的關門弟子了！請師弟坐到室內中心的輪迴盤上去，它會帶你去與師父迴夢老人相見的！」

項思龍聽得心下惑然，自己破了什麼迴夢棋局？難道涼亭那副殘棋就是迴夢棋局？可也真是無巧不成書，想不到自己不經意的落下一顆棋子，竟破了勞什子的迴夢棋局！

怪怪想著時，卻也果真依言縱身縱上了室內那古怪的巨盤，盤中是一黑呼呼的有若磁鐵的冰涼石磴，想是供作打坐用的。

項思龍沒作多想的就盤膝坐上了黑石磴，因為他想探聽出谷通道啊！管他什麼有沒有古怪呢！寧可信其有不可信其無，那老鸚鵡所說的什麼輪迴空間，輪迴盤之類的玄之又玄，不過也只有豁出去依言試上一試了，這峽谷雖是風景優美，可尋不著一個人影，目下也只有碰碰運氣，看看能不能見到那什麼迴夢老人，請他指點出谷之路了。

項思龍心下正如此想著時，座下的輪迴盤突地「轟轟轟」的急劇旋轉起來，並且愈轉愈快，就是以項思龍這等高手也禁不住昏厥了過去。

醒來睜開雙目第一眼，就見著一個頭髮鬍子又長又白的有若仙人般的慈祥老者正微笑的端詳著自己，不住的輕點著頭，見項思龍醒來，先是微笑一愕，再接著很平靜下來，和氣的望著項思龍道：「孩子，你醒了！」

項思龍則是感覺頭腦還有些昏昏沉沉的，愣愣道：「你是誰？這裡是什麼地方？我怎麼會到了這裡？」

老者也沒回答項思龍的問話，只自顧自的又道：「孩子，你的體能心性都特佳，經由輪迴盤一百零八萬圈的轉動後，竟能在短短的幾個時辰內回醒過來！看來老天有眼賜老夫傳人，老夫的這身所學終於後繼有人了！從此以後就可再心無旁鶩的去雲遊天下了！」

項思龍這刻心神回斂了些，疑惑道：「老人家就是這迴夢谷的主人迴夢老人？」說到這裡頓了頓，接著向老者冉冉下拜道：「晚輩凌嘯……噢，不！晚輩項思龍拜見前輩，請前輩指點出谷之路！」

老者含笑緩緩道：「起來！起來！這拜師之禮為師接受了，至於出谷麼，待你習了為師的迴夢心經後，你自會知曉出谷之法的！嗯，你叫項思龍啊！今後為師就喚你你作龍兒了！」

項思龍想不到老者竟如此強收徒弟，只感哭笑不得，不過他生性純厚樸實，卻也不想反駁讓老者為難，當下也將錯就錯的再次向老者跪拜，恭聲道：「徒兒項思龍拜見師父！」說著「咚咚咚」的向老者叩了三個響頭。

老者見了一怔下，旋即發出一陣歡朗的哈哈大笑，上前扶起項思龍，語音激動的道：「好！好徒兒！乖徒兒！為師畢生的心願終於可以了了！」

說到這裡，頓了頓接著又道：「龍兒，你也算有緣，破了為師在三千年前設下的迴夢棋局！看來龍兒對棋道的造詣很深的了！」

項思龍苦笑的搖了搖頭道：「說來慚愧，徒兒對棋道所知甚是粗淺，連入門也算不上，破了師父設下的迴夢棋局純屬巧然，是徒兒在心煩意亂下無意向棋盤投下的一顆棋子，只想不到……」

老者聽得瞠目結舌，要知涼亭中的迴夢棋局可是他窮畢生心血創下的一著棋，連他自己也還沒想出破解之法，一般人如見了棋局去細看的話，當會不由自主的被棋局上的棋路吸引，而終於不可自拔的境地，除非是能想出破解棋局之法，否則定會被棋局困迷，終至心竭力枯而亡，所以是謂「生死棋」，可想不到被項思龍……

怔愣了片刻，老者驀地發出一陣仰天哈哈大笑，喃喃自語道：「天意！天意！一切都是天意！三千年！老夫足足等了三千年！想不到……世事的一切看來都是由天命所註定的！老夫自創迴夢心經，修成不死之身，自負已踏入天人合一的無上境界，已可窺視天機，可不想……仍是無法預知天命！」

說到這裡，突又神色一正道：「三千年前為師收了兩個徒弟，一個傳以天命寶典，一個傳以魔門寶錄，兩人均把為師所傳武功練至了登峰造極之境。

「藝滿出師後，修練天命寶典的師兄憑其畢生所學一統天下，成了一代帝王，也即名動天下的赤帝；修練魔門寶錄的師弟憑其畢生所學，也創立了曠古絕今的魔門組織赤尊門，成了一代魔帥，也即武林盛傳的魔門第一人風赤行。二人一正一邪，各統一界，可自正邪誓不兩立，二人雖為同門師兄弟，仍為爭霸天下第一而明爭暗鬥了個不可開交。

「老夫當時因正在參悟自創的仙界大法迴夢心經，也就無法抽身制止二人，不幸的事終於發生了，赤帝和風赤行二人在一次華山之巔的比鬥中，相互被對方擊成重傷，自此二人也就消聲匿跡隱匿山澤調息內傷，可因二人武功都為老夫所傳乃同出一脈，只是一正一反，威力相當，都已是被對方震斷心脈，所以任是他

們怎樣勤力修養，內傷終於不能恢復，使得二人雙雙抱憾，憂鬱而終，但二人臨終前各自把畢生所學和自創自悟武學紀錄成冊，想留於後世有緣之人得之，再印證二人誰勝誰負。

「赤帝把老夫所傳的天命寶典和他自創自悟的劍魂七式劍法都藏在了老夫當年傳給他的一柄神兵利器天劍之內，風赤行則把老夫所傳的魔門寶錄和他自悟自創的魔門秘法——種魔大法藏在了老夫當年傳給他的另一柄神兵利器魔刀之內。

「天命寶典和魔門寶錄都已可堪稱是當世天下無敵的至高武學，赤帝和風赤行自創的劍魂七式和種魔大法更是奪天造地，威力連老夫也想像不出。

「據老夫推算，天劍和鷹刀似都已出世，天下大亂的局面將要來臨，一場天下紛爭浩劫又將再起風雲。幸得讓老夫收了龍兒你這麼一個好徒弟，以你資質，三年之內應可繼承老夫畢生所學。

「老夫在赤帝和風赤行臨終前就早已窺視到了天機，知曉三千年後世人會因二人所遺武學而發生一場浩劫，所以老夫也窮畢生心血，把本是養心修性的道家心法——迴夢心經，改創成了可融道於武的可用來作戰的武學，自負應可克制赤帝和風赤行遺學。

「老夫現將這迴夢心經傳授於你，天命寶典和魔門寶錄也一併奉上，望你好自為之，制止即將發生的天下大亂。」

說到這裡，目中神光一閃道：「上天有好生之德，望龍兒習會為師所傳武學後多做善事，不得為害天下，否則為師決不饒你！」

言罷自懷中取出一個白玉錦盒鄭重的遞給項思龍，接著又神情嚴肅的道：「從今以後你就是此迴夢谷的主人了。迴夢谷受命於天，專管世間政權紛爭，龍兒可要繼承為師遺志，為世間太平盡心盡力！」

項思龍跪地虛心受教，老者繼續道：「老夫本為與開天劈地的盤古大師同一時代齊出的傳鷹大師弟子，四千年前傳鷹大師得道飛升天界，著為師尋覓優質傳人把他的武學發揚光大，不想為師擇徒不慎，犯下彌天之憾，困此也就無法修成正果，現在師父把畢生所學都傳給了你，此生心願也就了了。百日後為師會脫殼飛升登入仙界之行列，龍兒可把為師遺骸火化。燒煉七七四十九日，為師會留在軀體內的精華會形成兩粒舍利子，龍兒可把為師遺骸火化。如若龍兒福緣深厚，半年內或可提前練成迴夢心經。

「師父在你昏迷時曾用氣機反應測探過你的體質和功力，龍兒你體內似懷深

厚的奇異能量，只是不能被你隨心所欲而用，如能完全化解你體內的全部能量為己用，那龍兒的成就就是為師也不敢估量。不過現刻你體內的能量既亂且雜，其中有一股還甚為怪異，即排斥其他股能量卻又可吸收它們⋯⋯為師也知道你定是有著不少的奇遇，不過也不想詢問了。

「迴夢心經乃是一門介天人交接的玄門奇學，它本身並不是修練功力的什麼武學心法，而是修道者修心養性以達至天人合一的養生心法，大成後可幻實為虛，遁天入地神遊過去未來窺測天機，是一門道家修仙奇學，為師參後開畢生所學數千年，終給悟出此法。

「天地合一人為先，人乃是天地精華所凝集的產物，人類一旦只要入登仙界，就可重歸天地，達至天地人合一的至高境界，人類乃至世間萬事萬物都源於天地，有生必有死，有死必有生，死死生生都在天地之間，只要達至天人合一之境，就可窺視人間輪迴，天所不知無所不曉。

「迴夢心經回歸武學即也是利用了天地人合一這點，達到知敵先機，知己知彼而克敵制勝。敵方尚未出招，他將出招式乃至此招威力都已在自己掌握之中，則自己就可尋出敵方破綻而克敵之。更為奇妙的是迴夢心經大成者可借敵之力還

擊敵方，也就是說即使自己功力不如敵方，可也必會穩操勝卷。

「為師為了防範赤帝和風赤行遺學流於後世掀起風雲，於是特改創了迴夢心經，準備傳於有緣後人以阻止天下將起紛爭。現在這個心願終於可了，為師也便在這世間再無什麼掛牽，是該回升天界去做個快活神仙了！」

項思龍聽完迴夢老人這一昔話，只覺匪夷所思之極，什麼天人合一飛升天界，什麼人間輪迴可以窺視，這簡直是有若神話故事嘛！不過自己既有天外天之行，果真見著了外星人所遺地球上的飛行器，又親閱了大半部外星人所遺人類的《養生訣》，還身懷了香香公主輸入的養生訣能量，這讓得項思龍卻是不得也不相信了迴夢老人的話了。

自己思想所不能接受的許多古古怪怪的事情自己所遇的卻是太多了，見怪不怪，其怪自敗，眼前這老者所說的或許也並非妄言吧！自己現在被困谷中，不信卻也是得信的了！不管怎樣，為了出谷什麼也得試上一試！迴夢心經，學就學吧！多一藝總比少一藝的好！

不過這迴夢心經如此神妙，只不知能助自己恢復記憶不？

心下想著，正待出言詢問時，迴夢老人卻已是微笑著說中他的心事道：「為

師早就知道你記憶喪失了，因為你的大腦組織許多神經都呈睡眠狀態，不過為師曾意圖把意念貫入你的記憶細胞中，但遭了你思維的排斥，這對為師而言，是從沒有過的現象，為師心下也納悶著，但你記憶已失，想是問你也問不出結果來。但為師可斷定你絕非常人，恐都不是這個時代的人類，而是時空的未來世界的人。

「為師觀測過你的星象，是個新星座，但卻華光四蓋，連象徵帝王的紫微星座也被你星座光華所罩，然紫微星生命力卻毫然未損，反是在你星座光華所照之下更為燦爛奪目，由此可見你與今後中原天下的真命天子關係甚為密切，他可能是全仗龍兒之助才坐上九五之尊寶座的，所以龍兒可謂是當今天下的救世主！師父把畢業所學傳你非常放心，但至於迴夢心經能不能助你恢復記憶，為師也不敢斷言，就全看你的造化了！好了龍兒，你進入輪迴空間與為師相見也有三個來時辰了，呆過長時間對你身體有損，咱們師徒百日後再見吧！」

言罷，迴夢老人身影突地消去，只有餘音仍傳來道：「你回到密室後，靈兒也即室中吊架上的鸚鵡會向你交代一切後事的！百日後再乘輪迴盤進入此輪迴空間把為師軀體搬出火化，切記！切記！」

聲音終於落去，再也沒有任何聲響，項思龍在大叫「師父！師父！」聲中醒覺過來，舉目四顧卻見自己還是坐在黑黑的輪迴盤中心處，不過身邊果真有一白玉錦盒，可不正是方才夢中迴夢老人所贈自己之物？

心下又驚又喜的俯身去捧拾起了白玉錦盒，緊緊的用力抱著，卻是又在詫異的想著自己方才所經歷的一切到底是夢境還是真實的呢？

望著手中的白玉錦盒，項思龍心下倏地一緊。

迴夢心經！全靠你助我恢復記憶和出這迴夢谷了！

「項思龍少俠之墓！」

——笑面書生立

這幾個字劇烈的撞擊著每一個人的心，上官蓮、天絕地滅等哭得雙目都已紅腫起來，而甜甜更是哭得已昏厥過去。

不！龍兒他不會死的！經歷了多少的坎坎坷坷他都沒事，他一定還活著！一定是笑面書生這廝在搞什麼玄虛！

痛苦稍定後的上官蓮漸漸清醒過來。

只要尋著了笑面書生，龍兒的下落也便可清楚了！笑面書生！你即便是遁天入地了，我上官蓮也一定要把你找出來！如果龍兒當真……有什麼閃失，本夫人一定要把你碎屍萬段！

上官蓮竭力的控制著自己的情緒，但眼淚卻還是如線下滑。

狼谷上空的氣氛瀰漫著濃濃的哀傷和深深的憤怒。

也不知過了多長時間，青松道長突地以悲腔開口對上官蓮道：「上官夫人，項少俠……出事太過突然，此中或許有詐，以貧道之見，咱們是否掘墳看個究竟，以防中了奸人之計！」

上官蓮沉吟了片刻，搖頭道：「不可！如龍兒他……真……出事了，咱們冒然掘墳，豈不驚擾了龍兒安寧？依老身之見，咱們還是先發下武林帖，著武林同道見了笑面書生務必生擒住他提送到這武當山來，讓咱們當面向他問個究竟。至於這墓地，老身想親自在此守候！」

青松道長似還想說什麼卻又終忍住了沒說，只靜默了好一陣才道：「那笑面書生領來的武士卻是怎生處置呢？」

上官蓮鳳目一寒，冷冷道：「全部收押下來加以嚴密看管，事情如沒能水落石出，他們就準備老死監牢吧！」

說到這裡，頓了頓突又接著道：「龍兒出事消息在沒得到證實之前，最好不要傳出去，一來魔教還尚未全滅，可要提防它死灰復燃，二來龍兒如沒事，豈不又是鬧了個大笑話？」

青松道長聞言點了點頭道：「夫人所言甚是，貧道會遵夫人之意去辦的。」

笑面書生躲在一旁看著聽著上官蓮等對項思龍新墳的祭拜，心中的痛苦自是不能用言語描述出來，卻也稍稍的感到了一絲幸慰。

自己總算為項思龍立了一座墓碑，讓他的靈魂可以有個著落之處。

長長的舒了一口氣，笑面書生合手念了聲佛號，思忖道：「項少俠，你安息吧！我笑面書生害了你的，也都是我害了你！我一定會去完成你生前未了的心願。

據老衲⋯⋯不！還是笑面書生吧！自己不配為僧人，以免沾汙佛祖名聲！據老夫與你相處時日和前些時日來中原對你事情探聽所知，少俠你生前最大的願望就是助你義弟劉邦成就霸業，一統天下！劉邦目前最大的敵人就是西楚霸王項

羽，只要老夫去殺了他，那中原天下也就是劉邦的了，項少俠的心願也就得以了結，還有少俠希望中原武林天下太平，現在只剩下幾魔教殘黨在作怪，老夫會一一宰了他們的！」

想到這裡，笑面書生雙目泛出無比堅毅的神色。

被困迴夢谷中，項思龍又尋不到出谷通道，無奈之下只得在迴夢谷中住了下來，幸好迴夢谷氣候如春，又風景優美，項思龍倒也神往這種無憂無慮的生活來，有時也生出「要是能永遠住在這峽谷裡就好了」的念頭。

不過這些暇想只是一閃而逝，項思龍很快就被心中的許多焦心痛苦的煩雜之念而收斂起了心神。

自己現在又躍入了無量崖，外界會是怎樣的情景呢？

笑面書生一定是痛苦難過非常了，但願他不要做什麼傻事是好。

還有姥姥上官蓮他們，現在一定也是非常悲痛發動大量人力物力去尋找自己的了。唉，自己這一失蹤，中原武林定又會有得一陣亂子！

只不知父親項少龍聽了自己重生又失蹤的消息後會有怎樣反應呢？

只要他遵守自己在狼谷與他分手前的協議是好！

唉，劉邦和項羽都是自己的結義兄弟，為什麼就非要拼個你死我活呢？難道是因為歷史？是因為歷史註定了他們二人的命運？

迴夢老人說自己恐都不是這時代的人，而是未來時空的人，難道他這話是真的？自己真是身處這時代未來時空的人？

那自己豈不知道這古代的一切歷史？可……自己怎就一點印象也沒有呢？

歷史使命？救世主？自己到底肩負著什麼歷史使命？自己真的是這時代的救世主？可父親項少龍……他與自己一樣是未來時空的人類？

一時間項思龍想得癡了，對自己失去的記憶愈來愈感到一種沉重的壓力。

劉邦是真命天子？自己一定要助他一統天下？

項羽呢？那豈不要與項羽為敵？還有父親項少龍，他是項羽義父，一定是幫他的了，如此自己還不要與父親項羽為敵？

這……好殘酷的歷史使命！

項思龍只覺一陣心悸，真希望自己永遠也不要恢復記憶。

那一定是痛苦的記憶！現在項思龍就已感覺到痛苦了。

自己現在與外界隔絕，劉邦、項羽、父親項少龍他們都在做什麼呢？

驀地項思龍出谷的願望又非常的強烈起來。

要想出谷，就必須修練迴夢心經！

迴夢心經，你是否真有迴夢老人所說的那般神奇？

項思龍失蹤的消息終是洩了出去，想想江湖中發下武林帖擒拿笑面書生，這能不讓人生疑麼？更何況每一個人都有一張嘴，你能禁住他人不說話麼？說著說著，也便會不小心說走嘴的了。

不過，當江湖中所有人都為項思龍再次失蹤而鬧得沸沸揚揚一片譁然之時，已是項思龍失蹤後的一個多月了。

此時項羽已是分封了十八王，率領大軍離開了被夷為廢墟的咸陽城，回返家鄉楚地，立彭城為都，衣錦還鄉了。

武當山距離彭城不遠，項思龍再次失蹤的消息自是傳到了項羽和項少龍耳中。項羽自得知在波斯國與自己並肩作戰的義兄凌嘯天就是項思龍時，本是興奮

非常，信心徒增，思謀著怎樣除去懷王，讓自己來做做天下的主宰者，可聽得項思龍再次失蹤時，卻是又倏地心下一冷。

項大哥救過自己和義父項少龍的命，又給了自己莫大鼓勵，使自己對生活的信心重新樹立，讓自己再次接受到了生命的歡樂與陽光。

在我項羽這一生中，第一個崇拜敬服的是義父項少龍，第二個就是這似友似敵的項大哥了！不過無論他是敵是友，我項羽欠他的，就一定要償還，當然不是再以公報私，放棄自己的軍隊放棄自己的事業去成全劉邦來報答項大哥，而是我項羽終生的尊敬他，用感情來報答他！

現在項大哥又出了事，自己就須暫時放下一切的公務去尋找笑面書生，找到項大哥的下落。軍中有義父項少龍和亞父范增打理，想來應可太平無事的。現在秦王朝已滅，自己又擁兵五十萬，成了天下最大的強者，天下已無人是我項羽的敵手，我項羽要天下還不是如囊中取物遲早的事？

懷王麼，這傢伙只不過是一介牧羊娃，他之所以能有今日還不是我項家的功勞！如今天下已是大定，他憑什麼坐享其成？天下是我項羽打下來的，自也應由我項羽來享受這勝利的果實！遲早要除去他！現在自己實權在握，懷王不足為

患！

劉邦呢，自己依亞父范增之見把他分派往窮山僻水的巴蜀，漢中之地做了漢王，又把他手中的十萬兵力消減至三萬，他雖然極不滿意自己的分封，也躍躍欲試的妄圖捲土重來與自己對抗，但憑他之能還成不了什麼大氣候，看在項大哥的份上就任得他做什麼吧！反正自己也覺得如此對他有些不好意思，他如有本事就去擴充地盤吧！自己睜一隻眼閉一隻眼權當沒看見就是，如他劉邦如真能像亞父范增和義父項少龍以前所說的那樣成為我項羽的心腹大患，那我也認了。現在天下太平，我可也正愁再沒敵手而甚感寂寞呢！能把劉邦培養成一個對手，也是一種樂趣。

項羽感覺世事一切都在自己掌握之中，像是自己成了天下霸主可主宰天下一切似的，什麼都沒放在心中，他決定向義父項少龍和亞父范增辭行，隻身入江湖去打探項思龍的下落。

項少龍本是沉浸在對項思龍的悲痛之中，而一直精神憂鬱不振，可當聽得項思龍就是自己也見過的凌嘯天時，真是欣喜若狂，興奮得徹夜未眠，翌日就打算上武當山去與項思龍團聚。可還未動身，卻又突聽得項思龍再次失蹤，真是如晴

天霹靂，本是憂鬱不振的精神在再次悲痛的打擊下讓得他更是脆弱，人也生了重病，臥床不起了。

思龍，都是爹害了你！爹不應如此固執的意圖去改變歷史！

現在項羽是成功了，可自己還能指令項羽去追殺劉邦嗎？

自己與思龍可是有了約法三章，自己再不得去破壞歷史的自然發展了的啊！

思龍為了救自己付出的代價……他還不是看重自己與他的父子之情？還不是為了以和平的方式勸阻自己不要再去干涉歷史？自己又怎可不成全他呢？

當年自己造就了小盤，可落得的下場是什麼呢？是被迫隱居塞外！

誰能擔保自己如造就了寶兒，突然間他有種看淡權勢之爭的感覺。

項少龍只覺心疲力竭之極，不會重蹈當年的覆轍？

自己如沒有復出中原，還是在塞外過著那種與世無爭的生活，那會有多好啊！就再也沒有現在這麼多的痛苦了！可以與妻兒一道享受生活的幸福與快樂了！

可是現在……自己的親生兒子卻因自己而遭得生死未卜的災難！

自己還要固執的去妄圖改變歷史嗎？或許將是更多的災難在等著自己呢！

罷了，罷了，一切聽任自然發展吧！寶兒未來的命運是凶是吉就全看他自己的造化了，自己儘量的助他脫離那場可怕的災難就是了吧！

但願思龍沒出事吧！要不自己這輩子都會難安於心！

項少龍突覺自己的身心是如此的脆弱和疲乏，他再也沒有當年的豪情壯志了。

唉，人老了，今後的天下是青年人的天下，還是讓他們自己去爭鬥吧！

歷史的命運就全看天意怎樣安排了！

項少龍驀地生出一種落葉歸根的落寞感覺，他忽地深深的想念起已經闊別了二十多年，時間和空間都相隔甚遠的現代親人和朋友來。

也不知父親和母親他們現在都是否安康？還有幾個兄弟姐妹，他們現在都一定兒女成群了吧！

只苦了香媚，他與自己時空相隔飽受相思之苦，含辛如苦的把思龍拉扯長大成人，可思龍又跨越時空來這古代尋父，現在又……香媚如知道了自己在這古代的一切所作所為，一定會恨死自己了吧！

可憐的女人！自己辜負了她的關愛，現在又得讓她能唯一自慰的兒子……

項少龍只覺心裡一陣陣鑽心的刺痛,眼淚不由自主的奪眶而出。

好想回到現代去與親人朋友團聚啊!

在這古代自己雖也有難以割捨的親人和朋友,但是這一切似乎都有種虛幻而不真實的感覺。還是自己所處時代的一切顯得真實些。

思龍現在⋯⋯他如真出事了,自己在這古代就只有悲哀和失落。

還有寶兒命運的凶卜未知,這都是讓自己神傷魂斷的痛苦啊!

逃避⋯⋯逃避是解脫痛苦的最好辦法了!最好是能重返現代⋯⋯

項少龍想得癡了,但很快又回到了現實。

現在思龍失蹤,還有這古代的歷史還未安定⋯⋯自己還不知要到哪一天才能功成身退呢!就是等到了那一天,那時自己也不知是生是死⋯⋯

項少龍長長的歎了一口氣,他現在倒真願自己一病不起⋯⋯那就什麼痛苦煩惱都可以得到徹底的解脫了。

項羽向項少龍提出意欲身入江湖去打探項思龍下落的事情後,項少龍只沉吟了一陣,還是爽快的答應了──項思龍的生死現在可是他心中的最大困惑啊!無論項思龍是生是死,他都想得到個確切的答案,如此項少龍也便可最終決定他今

後的何從了!這般病著不理世事可也不是個辦法,項少龍可有很多的事情要去做呢!可一切事又必須得到項思龍下落的確切消息後才可以作出決定。項羽提出要去尋找項思龍他自是不會反對的了,反正現在項羽基業大定,照歷史記載著現階段也正是天下暫時太平的日子,劉邦還沒有正式與項羽發動拚鬥,項羽去尋項思龍想也不會發生什麼大的動亂。

不過項少龍卻也擔心著項羽一人隻身去闖江湖可能會有危險,於是著項羽帶些好手隨行護衛。

項羽漫不經心的應了,不過心下卻想著。現在我項羽成了天下十八王的總盟主,也就等若皇帝,普天之下莫非王土,普天之民莫非王臣,自己還恐於誰呢?何況以自己一身絕學,當世之間有幾人是自己之敵?

自己現在一統天下,可也正感寂寞,此次身入江湖除了尋找項大哥下落外,還正想會會那些江湖高手呢!

我項羽不但要做天下臣民的主人,還要讓天下所有的英雄豪傑都臣服在自己腳下,要成為中原武林的霸主!

項羽心下如此想著,嘴上自己不會說出,只是當他向亞父范增辭行並交代一

些軍中事務時，范增卻是一臉怪異之色，似想說些什麼卻又沒有說出，只讓得項少龍在旁見一肚子的納悶，項羽卻沒有在意。

范增到底想對項羽說些什麼呢？瞧他望向自己的怪異眼神，就可知他心中有些什麼秘密，不便當著自己面向項羽說出。

難道范增知道了自己的什麼秘密？究竟是什麼秘密讓得項羽身邊的第一謀臣如此失態呢？自己與他關係也甚是親密，平時可也說是無話不談均是暢所欲言，他今次⋯⋯有什麼秘密竟不願讓自己知道？

項少龍只覺范增突地在自己心中成了一個謎團。

不行，自己一定得想法探知范增知曉了自己的什麼秘密！

這位智者可非比常人，自己請了他出山幫助項羽成就事業，可不要讓他使得歷史發生了改變，那自己可就有負思龍之托了！

項少龍心神突地緊張起來，人也頓然煥發了生機，病情竟好了一半。

劉邦自被項羽分封至巴蜀之地做了漢王，心中就一直忿忿憂鬱不平，可他現

在是將多兵少，雖有滿腔凌雲壯志，但叫他憑現在的實力與項羽抗衡麼？那豈不是把雞蛋拿去往石頭上碰自取滅亡？

然他唯一的希望項思龍跌下了無量崖生死不明，劉邦感到十分的沮喪和氣餒，他曾與項羽交戰過幾十仗，可每一次都是以失敗而告終，僥倖的是還揀回了條性命，讓他能東山再起。

但是他能振作的緣由卻是因有項思龍在幕後的支持，為他物色將領，給他增兵添將……

現在項思龍不在了，他劉邦又去靠誰呢？

劉邦心中的苦悶讓得他時時喜怒無常，一種末路英雄的感覺侵襲他的心頭。

自己在武當山去弔唁項大哥時，是曾誓言旦旦的說過要繼承項大哥的遺志，決不辜負他對自己的期望，做出一番驚天動地的大事業來，但是現實呢？

自己與項羽的實力懸殊實在是太大了，他現在擁兵幾十萬，又是天下十八王的盟主，可說是權傾天下。

而自己呢？只有三萬不到的兵力，巴蜀之地又是個窮山僻水之地，憑什麼去跟項羽爭天下？但是叫自己就如此平淡的過了下半輩子麼？

劉邦感覺著前途十分的渺茫，但心裡卻又非常的不甘心。

因巴蜀之地十分偏遠，當劉邦得到項思龍尚在人世時，項思龍再次失蹤的消息也同時傳到，讓得劉邦更是沒來得歡喜，便又悲痛失落至極點。

終於承受不住心理上的種種壓力，劉邦竟給病倒了。

項思龍是他重新振作的唯一希望，可是他是生是死……卻是遙不可測。

唉，項大哥，你快回到小弟身邊來吧！小弟實在是太需要你了！

沒有大哥，小弟簡直是沒有了絲毫與項羽爭霸天下的勇氣和信心啊！

項羽現在實在是太強大了，他已成了中原天下無名卻有實的皇帝啊！

小弟現在該怎麼辦呢？項大哥你快回來，回來指點一下小弟！

這種受鳥氣的日子我實在是挨不下去了！

劉邦的消沉不覺間也感染了手下的將士，不但士氣對漢王的前途感到失望，就是許多將領也感到憂心忡忡，連跟劉邦出生入死多年的好兄弟樊噲竟然也有了感歎，常對身邊的人道：「咱們拚死拚活的去推翻暴秦，圖的是個什麼呢？還不是盼望能過上好日子？誰知咱們漢軍先入關中，進入咸陽，項羽這小子不但沒有遵守義帝的約定封劉邦大哥為關中王，反而把我們流放到巴蜀這鳥不生蛋的窮地

方。他媽的，老子真是滿肚子的氣，真想豁出去與項羽拚了，也比待在這鳥地方受窩囊氣的好！」

劉邦其實又何嘗不是對項羽充滿了怒恨。他和項羽可也是結拜兄弟呢！項羽把自己趕入巴蜀，這擺明是不念兄弟之情了！

可恨歸怨恨，對項羽，劉邦還是甚感無可奈何，於是每日托病縱情酒色，企圖藉此來麻醉自己。

張良、蕭何、陳平等一干骨幹大臣見了劉邦的消沉，都深感憂慮，於是聚集起來商量研討對策，希望能儘快勸說好劉邦心中的鬱結，讓他重新振作起來，要不多年來苦打下的江山或許真會垮了。劉邦作為漢軍主帥，乃是全軍的精神支柱。如果他不能在目前的困境中堅定信心，鼓起勇氣面對現實重新振作，那更勿論其他將士的消沉悶鬱可以得到解決了。

張良這個劉邦身邊的第一謀臣最得劉邦敬重，不但是因張良是項思龍的丈人，更因為在三年抗秦的戰鬥歷程中，劉邦與張良已建立了深厚的君臣友情，劉邦深深的敬服著張良的智慧，三年來可以說如沒有張良這軍師在劉邦身邊出謀劃策，他劉邦也不可能有今天。項思龍如是劉邦崇拜敬服的第一人，那張良也就可算是

所以張良第一個向劉邦進言道：「主公難道就打算在這巴蜀之地過一輩子，不想東山再起與項羽決一雌雄了嗎？」

張良這話果有份量，讓得劉邦全身一震，但卻還是氣餒道：「子房這話是什麼意思？人家項羽現在權傾天下氣勢如虹，只有三萬兵馬，這巴蜀之地又窮又僻，咱們還憑什麼跟人家鬥？再說項大哥……」

劉邦說到這裡長歎了一口氣，卻是沒有再接著說下去。

室內的氣氛突地沉悶下來，張良靜默了一陣，卻是接著又道：「臣等知道主公因思龍……之事對你打擊甚大，但主公可也不能如此消沉啊！你的軍民可還需要你的精神支持呢！如果主公對前途失去了信心，那還怎麼去激勵士氣重振軍威，等待時機去與項羽一搏？

「項羽待主公是不公平，但他也有他的政治立場啊！把主公趕入巴蜀這等絕地，對主公來說或許還是福非禍呢！一來項羽這般做，證明他心底裡對主公心存顧忌，把主公看作了是可與他爭霸天下的唯一對手，所以要整你，讓主公英雄無用武之地。

「二來這巴蜀之地雖是個窮山僻水的地方，但它地勢險竣，卻也是個易守難攻的軍事戰略要地，主公只要有信心，領導巴蜀軍民團結一致，發展生產擴充兵力養精蓄銳等待時機，主公只要有信心，領導巴蜀軍民團結一致，發展生產擴充兵力養精蓄銳等待時機，咱們也不是沒有東山再起的希望。就是日後咱們出關擴充勢力範圍時，還可把這巴蜀之地作為堅實的後方兵源糧草補充基地，即便是大敗，咱們也可撤回這裡滋養生息，再圖發展。」

說到這裡，頓了頓接著又道：「創業並不是一件容易的事情，每一個創業者大都要經歷無盡的艱辛和困苦。如果一個開創事業的君主，在創業過程中只是一帆風順的話，那就享受不到創業的真正動人滋味了。只有在挫折中成長的君主才能真正感受到生命的某些真諦，成為一代名君。主公現在比起項羽來雖是處於逆勢，但只要主公奮發圖強，我們並不一定會永遠是個失敗者啊！我們不是經歷過無數次的失敗麼？但主公每一次都堅挺過來了，並且勢力越擴越大，在這天下之爭中也占了一席之地，這已是主公的成功！子房堅信只要主公信心不減，咱們是一定會有著勝利的一天的！」

管中邪也接口道：「思龍吉人天相，他一定會沒事的！這幾年來也不知經歷了多少大風大浪，思龍都安然無恙，憑他的武功和機智，舉天下之間有幾人能害

得了他呢？笑面書生算什麼東西？他可還是思龍的手下敗將呢！」

劉邦聽得沉吟不語陷入了沉思，張良的每一句話都撞擊著他心中不甘失敗的思緒。是啊，一個人要想成就一番帝業，就一定不會是一件一帆風順的事情，就必要忍受無數的艱難困苦，想自己也不知挨過多少失敗的教訓了，難道真的在這一次就如此一厥不振？那會太讓項大哥失望的了，更何況岳父管中邪也說得不錯，項大哥或許還尚在人世呢！

第十章 江湖風雲

驀然間，劉邦只覺心頭一股複雜難言的激情油然而生。

天將降大任於斯人也，必先苦其心志，勞其筋骨，餓其體膚……增益其所不能！項大哥不是常跟自己說這句話麼？

在逆境中成長，反會讓人更加深刻和充實！自己又怎可如此消沉呢？難道真甘願向項羽俯首稱臣認輸了麼？

想到這裡，劉邦目中神光一閃，仰天一陣哈哈大笑道：「聽君一席話，勝讀十年書，子房所言甚是，令寡人心中憂結茅塞頓開！好，咱就暫忍項羽小兒一段時日，全力投入發展生產和擴充兵力，待時機成熟，咱們就衝出巴蜀與項羽再決

勝負!」

說到這裡,卻又突地眉頭一皺,接著又道:「項羽一向把寡人視作心腹大患,咱們暫且不與他鬥,誰保他不出爾反爾來侵襲咱們呢?巴蜀之地雖是險峻,易守難攻,可項羽來攻,咱們卻也是必死無疑,咱們卻是如何能穩住項羽,讓他不對咱們生出疑心呢?」

張良聽了,微笑著好整以暇的道:「這個臣心中早有定計!通往巴蜀的道路,只有一條,那就是被巴蜀人稱為斷魂崖的棧道,棧道之險峻主公也已見過,兩崖橫跨百丈的山崖全仗兩根巨大鐵鍊為架,鋪上木板而成,底下則是深不見底的萬丈深淵,真可謂是個讓人見之魂為斷的天險。咱們當初通過棧道時可也不知有多少士兵失足深淵。

「咱們只要燒毀了這棧道,明意自斷出路,決心在巴蜀之地永居。項羽一定會放鬆對主公的戒心,再加上他這人狂妄自大,雖忌主公卻又根本沒把主公放在眼裡,主公如毀了棧道,項羽必會以為主公灰心喪氣龜縮不出了,如此項羽定再也不會把主公放在心上。更何況主公與項羽有結義之情,項羽這人又重情重義,如此咱們就可安心的招兵買馬養他見主公銳氣盡消,也必不會出兵來攻咱們的,如此咱們就可安心的招兵買馬養

劉邦聽了疑惑道：「棧道一毀，異日咱們又如何衝出巴蜀呢？」

張良望了在旁的韓信一眼，道：「這個還是由韓兄弟來述說吧！」

韓信在劉邦軍中一直是被閒置著，因為劉邦有些看不起韓信，試想一個曾鑽過別人褲襠的人能有什麼作為呢？不過因為韓信是項思龍的結義大哥，二來項思龍曾向劉邦交代著他要重用韓信，說韓信是個了不起的人才，所以劉邦礙於情面也給韓信封了一般將軍之職，且能參與某些軍機大事的參議。

韓信投入劉邦軍中，本以為會得重用，還想像著自己大展胸中雄才的美景呢！不想劉邦雖表面上對自己客客氣氣的，但卻從不把什麼重大事情交給自己去辦，這讓得韓信心情有些落寞，但礙於項思龍的情面卻又只好忍了心中的怒氣。

張良是漢軍中最看得起韓信的人，二人經常秉燭長談，韓信自也向張良說出了胸中的大志和他對當今天下局勢的分析，常是讓張良聽後大感拍案叫絕，深服項思龍擇人眼光之獨到，對韓信也大起愛才之心，一直思謀著等待時機向劉邦推舉韓信，讓韓信感覺劉邦這大將的目光落到了自己身上，心中激情豪湧，張良的話音一落，當

即向劉邦施了一禮，沉聲道：「以主公對項羽，是以弱敵強。張軍師提出的燒毀棧道迷惑項羽一計甚為可用，他日待主公兵力發展壯大時，咱們可以施以明修棧道，暗渡陳倉之計，給以項羽一個出其不意的突襲。

「末將視察過巴蜀一帶地形山勢，要出巴蜀捷徑自是棧道，可還有另一條路可以渡出巴蜀，那就是橫穿秦嶺山脈，西進陳倉。此途是甚為遙遠也甚為艱險，非短時可以越跨秦嶺，可咱們擺出修復棧道意圖東進的虛式，必會轉移項羽注意力。修復棧道需要大致兩年時間，在這兩年裡咱們早就越過秦嶺輕取陳倉了。陳倉緊靠渭水，是連接漢中、關中的交通要地，咱們佔領陳倉，也就邁出了巴蜀，踏入中原，可以與項羽再決雌雄了！」

韓信這番分析讓得在場所有人都禁不住為之動容。

劉邦率先為韓信拍掌叫好道：「韓大哥好一招明修棧道，暗渡陳倉之計！但不知你對寡人和項羽二人終將誰勝誰敗，有什麼見解呢？」

劉邦還是第一次用如此親切的口吻對韓信說話，讓得韓信心頭一熱，知道自己終於在劉邦心目中有了份量了，聞問當下坦言道：「以主公之能跟項羽正面硬拚，那是非敗不可。不過主公卻也並不是沒有可能擊敗項羽！」

劉邦聽得大感興趣道：「不知韓將軍此言怎講？」

韓信侃侃而談道：「項羽與主公相比，他是勇悍十足用兵如神，主公是仁強寬厚。勇悍是戰爭的必須條件。但單是勇悍，卻並不一定能永保不敗。古語有云：得道者多助，失道者寡助。項羽徒具勇悍但卻仁慈不夠，他剛愎自用不知廣納賢才，不知聽信忠言，凶狠起來讓人心寒，尤其是坑殺二十萬秦兵，殺秦王子嬰，燒阿房宮等等殘暴劣行，更讓他大失秦人民心。項羽現得天下是用武力來征服，人們只是懾於他的淫威而向他臣服，像主公這般對項羽面服心不服的人大有人在。

「還有項羽分封不均，大批為推翻暴秦而立下赫赫戰功的人都沒有得到公平的分封，他們心中對項羽心存怒氣。再加上齊、燕、韓、趙、魏、秦等六國原先的國君不是被項羽遷徙削權，就是被項羽罷免，新封王侯上任後又仗著是項羽寵人，搶佔城池沃土，使得原六國五室貴族也都對項羽怨聲不絕。再加上項羽擇都不選關中而擇彭城，彭城地處偏遠，又不利於防守，要想據此而控制關中乃至全國，顯是有缺點，如有王侯叛亂，項羽到時一下子卻也鞭長莫及。

「以上種種跡象，都表明看似已太平下來的天下，卻是一點也不太平，它現在就好像暴風雨就要來臨前的平靜海面，到時候終會暴發海嘯的。

「水能載舟，亦能覆舟。項羽會因他所種下的這些種種隱患而自食苦果的。

「主公則是不同了，你寬厚仁德，優待軍民，還定三秦讓主公已獲民心，深受百姓擁護，再加上主公先入關奪咸陽，讓天下諸侯心底裡對主公產生敬意，這也就是說主公的德才已深深植根於天下人的心中，主公憑藉來跟項羽作鬥的資本也就是此點了。」

「因此微臣斷言，主公最終是完全可以戰勝項羽的！」

劉邦不覺微笑著道：「將軍方才分析的是策略上的要點，但不知將軍對打敗項羽在戰略上又有何見解呢？」

韓信這刻有了表現才能的機會，自是不會放過，當下更是激情昂揚的道：

「末將先前說過，以大王對項羽，是以弱擊強，所以在戰略上咱們只可避實就輕與項羽打遊擊戰，而不可與他作正面主力交鋒。對付項羽，咱們只能從側面去不斷侵擾他，困惑他，東打一仗西打一仗，見勢不妙就撤，勢態大好就進，使項羽終年累月疲奔於戰場上，讓他不斷地打勝仗，但又無法動搖我們的主力。項羽雖

猛，但一來他手中卻無多少可用猛將，終日疲於奔波，他也會有疲倦的時候，那時候也就是我們發動全面攻擊的時候了。不過在這段困疲項羽的歷程中，只怕主公卻也必須經受許多的挫折和磨難！」

劉邦聽了仰天一陣哈哈大笑道：「真是天賜我劉邦猛將也！韓將軍，以前小弟對你多有怠慢之處，還望你見諒一二不要介意。寡人現在正式決定任命你為我漢軍的上將軍，統帥全軍！」

劉邦的話音剛落，韓信的眼睛立刻濕潤了。他百感交集，心中各種複雜的感情讓得他鼻子發酸。

自己漂泊一生，至今天終於等到一展抱負的時機了！

韓信有些控制不住心中激動的情緒，語音低沉的喃喃道：「謝主公恩寵！末將一定會鞠躬盡瘁，死而後已的為大王效命，就是拚個肝腦塗地，末將也一定要追隨大王擊敗項羽，使大王一統天下！」

劉邦看得出韓信是對自己動了發自內心的真情，語音也有些哽咽的道：「韓大哥不必對小弟如此多禮的！咱們可也是兄弟呢！只可惜項大哥……」

劉邦長長的歎了一口氣，心中卻又因眾人的開導而對未來充滿了信心。

項羽，我劉邦一定要擊敗你！

道高一尺，魔高一丈。鷹刀出世，唯我獨尊！

近來江湖中突地傳出了這麼四句口訣，鬧得整個中原武林一片沸沸揚揚，其譁然之聲卻是連對項思龍再次失蹤的消息也蓋過了。

項羽離開彭城，剛欲至武當山尋問有關項思龍失蹤的詳細情況，卻突在一家客棧中聽著了這四句口訣，不由心念一動，仔細側聽起他桌旁不遠的兩個粗武大漢的談話來，他們的聲音雖壓得很低，但項羽卻還是聽得清清楚楚，只聽得其中一較矮較胖的漢子道：「吳應龍兄弟，這四句口訣你是從哪兒得來的？可是可不可靠？巴蜀之地那般偏遠，又是個窮山僻水之地。當年與赤帝齊名的魔帥風赤行的鷹刀會遺落在那鬼地方？據聞魔帥是在華山之巔敗給赤帝，而最後不知所蹤的啊！江湖傳言魔帥是在那一戰中被赤帝所殺……華山與巴蜀相距足有上萬里之遙，魔帥鷹刀怎麼會在那等地方出現？」

另一個面色陰沉的漢子道：「席不同老弟，你放心，這四句口訣是大哥我親耳從我魔教光明左使楊天為與光明右使包不生密談時偷聽來的，絕對假不了。楊

左使說他偶然間得到了一張密圖,內中直繪的卻不想是魔帥風赤行的藏寶地點,據圖中所載,魔帥遺物卻就在巴蜀的一處叫作斷魂崖的谷底。這四句口訣也是圖中所繪的。大哥我知道憑自己一人之力絕對取不到寶藏,所以已連絡了江湖中一些頗有名氣的俠客參與尋寶行動,只想能得著魔帥一兩件遺物也就足夠了!嘿嘿,大哥我可也並不貪心!席老弟你精通五行之術,所以大哥我特邀你參加,到底去不去就全看你的了。我已連絡好了人手,三天後齊集這武當山腳下準備起程去尋寶。」

叫席不同的漢子忙道:「小弟當是會去的,人為財死鳥為食亡,不管此行是生是死,卻也要去碰碰運氣的了。在地堂門中也只是一個小小的壇主,沒啥意思的,如這次能⋯⋯有一點點收穫,卻也會出人頭地的了!」

說到這裡,頓了頓,卻又疑惑的道:「吳大哥如此在江湖中大肆傳播鷹刀出世的消息,且還準備在這武當山腳下集合,可不怕一些正派中人出面干涉嗎?他們可勢大人多,咱們到頭來可說不定會⋯⋯」

席不同的話還未說完,吳應龍就已嘿嘿奸笑的接口道:「這個老弟可就有所不知,我如此做來卻是大有妙著的。楊天為和包不生他們雖因憚於項思龍少俠重

新出世的名頭而被迫解散了魔教，但是他們是名存實亡，只是把教中勢力分散於江湖中，形成一個巨大的情報網絡，專門收集武林動態。項思龍少俠當年教主之子笑楊天為和包不生本欲重集人馬再現江湖興風作浪，可一來因魔教當年教主之子笑面書生飛鴿傳書給他們，如他們再組魔教為惡江湖，就會出面阻止；二來楊天為此時剛好得到了秘圖，尋寶的心情可蓋過了重組魔教的心情。

「想想只要得了魔帥風赤行的遺物，練成絕世神功，還怕這天下不是他們囊中之物？楊天為和包不生二人武功甚高，當世可說無幾人能與他們抗衡，大哥我做上魔教一方令主之位可全仗二人傳授武功，才在魔教打下了一片江山，立穩了陣腳。但人往高處爬水往低處流，有哪個人願在他人指使下做一輩子小角色？

「這次是機會來了，可我也知憑自己一人之力絕對得不到一點點寶獲的，那也就只好忍痛割愛讓大家來分享了，如此我或許還能饒倖得到點什麼也得不到是好啊！至於引動各大名門正派，卻也是我的手段之一，讓他們與楊天為和包不生他們拚命，咱們則可從中獲利，去尋寶了！他們雙方最好是能拚個你死我活，如此魔教和各名門正派的精英盡亡……咱們又得了魔帥寶藏……異日的天下可是咱們的了！」

項羽聽到這裡心下驚怒交加，想不到明魔教還並未真正消亡，而這吳應天的奸計卻又是如此狠毒。不行，自己一定要阻止這場陰謀！也算是……幫了項大哥的一個大忙吧！他現在……不在了，自己就應負起他的重擔，如此……自己也算是報答了他救自己和義父項少龍性命的恩情了！

想到這裡，項羽心下頓有定計，決定跟蹤這吳應龍和席不同二人。

只要有我項羽在，你們的什麼陰謀可也別想得逞了！

有關鷹刀出世的傳聞，自也傳入了武當山的青松道長等人耳中。

真是一波未平一波又起，項思龍失蹤而杳無音信的悲痛在眾人心中還未消去，想不到卻又冒出個鷹刀的焦心傳聞。

青松道長面色凝重的道：「鷹刀乃當年與赤帝齊名的魔帥風赤行的獨門神兵，想不到事隔三千多年了，卻突會傳出鷹刀下落的消息來。」說到這裡，歎了一口氣道：「如果讓鷹刀落入魔教或一些武林敗類的邪道人物手中，讓他們參透了鷹帥風赤行的魔功，那中原武林必又將掀起一場浩劫矣！此災難之大可比日月魔教對武林的危險還要大不知多少倍！魔帥風赤行當年獨步魔門，成為曠古絕今

的魔門第一人，其魔功之高當世罕有敵手，創立了盛及一時的赤尊門。後來與正義之帥赤帝在華山之巔一戰，以半招之差敗給赤帝，從此赤尊門煙消雲散，風赤行也再也未出現在江湖。如今鷹刀出世，等若魔帥風赤行重生，而當今之世卻無第二個赤帝，項少俠又……唉，難道是天意要亡我中原武林正道？」

上官蓮疑惑道：「對當年這段赤帝和風赤行的傳聞老身也聽過一些，難道那風赤行的一把兵刃真有那麼大的魔力？我看道長也不必太過擔憂的！」

鬼影修羅卻是搖頭道：「夫人所言差矣！老夫曾聽師父修羅尊者說過，當今世上最厲害的魔門武功就是魔帥風赤行的《魔門寶錄》了。據聞此寶錄乃與開天劈地的盤古大師同一時代齊名的傳鷹大師的遺學，內中武功博大精深，堪稱世上魔功之最。

「而鷹刀則是傳鷹大師的兵刃，內中據聞被傳鷹大師以畢生功力融入了他的精神烙印，如被人破解出鷹刀之密，那此人武功必可天下無敵的了！更何況鷹刀出世，《魔門寶錄》或許也並在其中，二者合在一起，那可正是世界末日到了，只怕是思龍重生……不，是復出，恐也非鷹刀寶錄在手之人之敵！」

上官蓮這刻也嚴肅起來道：「龍兒已被選為中原武林盟主，我地冥鬼府也被

天下武林同道尊為武林盟，所以無論龍兒是生是死，老身也要代龍兒來阻止這場武林浩劫的發生，要不龍兒定會⋯⋯死不瞑目的！還有巴蜀之地卻也不正是龍兒義弟劉邦的封地？龍兒一生的希望可都投注在劉邦身上，為防劉邦發生什麼不測，咱也一定要親去巴蜀一趟。先下手為強，只要咱們搶他人先一步得到鷹刀和《魔門寶錄》，那就可平息一切的風波了！」

青松道長點頭道：「夫人所言不錯，咱們得先下手為強！貧道這便頒下武林帖，招集武林同道共商此事對策！」

范增似覺察到了項少龍在關注他的一舉一動，行事卻是更加謹慎神秘了，項少龍親自跟蹤了他好些日子，卻是也沒發現范增的什麼破綻。

對項少龍，范增總是顯得非常尊敬有禮，處理宮中大小事務都與項少龍作商量，顯出自己對項少龍的推心置腹，沒有什麼可疑之處之態。

可項少龍卻總感覺范增對自己有著一種顧忌似的，且似有種對自己既是怨恨又是慚愧的味道，讓得項少龍對范增的疑心卻是更深了。

范增一定是在自己失蹤的期間發現了自己的什麼秘密！

可到底是什麼秘密呢？是他知道了自己與思龍的父子關係？這……即便被他知道了也沒什麼的啊！二哥騰翼和管中邪不是都知道了這秘密！還有思龍捨身忘死的去救自己，這也可讓人想到自己與思龍關係的不尋常啊！想是自己當初在會稽郡放走思龍時，嫣然他們就已想到自己和思龍關係的非常一般了！現在即使是寶兒知道了這秘密卻也沒有什麼的了，只怕寶兒不但會不以為意，反是大為高興呢！

可……如不是這點，范增又是知道了自己的什麼秘密呢？自己的出身來歷在這古代可是除思龍之外再無第二人知曉。那自己知曉這古代歷史的秘密是不可能有第二人知曉的了！

范增到底知道了自己的什麼秘密呢？項少龍決定非查個水落石出不可！

項思龍無可奈何的不得不捺下了心中的種種燥動，在迴夢谷中住了下來。

真如迴夢老人所講，迴夢心經並不是什麼內功心法，而是一門修心養性的禪功，它注重的是讓人進入天地人合一的奇妙境界，讓人吸收天地中的日月精華，從而達到天地人三合為一的無上至境。

項思龍很快就被迴夢心經的博大精神而吸引，當他進入心經的修練時，項思龍只覺自己似感悟到了生命的某些真諦。

項思龍完全忘卻一切，全身心的沉浸入了對迴夢心經的探討中，體內的奇異能量先是從無形而至有形，凝成一股股若有若無的氣流在項思龍體內遊動，無處不至無處不入，使得他只覺全身每一寸肌肉乃至骨骼都在發生只可感覺而說不出的奇異變化，皮膚變得光滑細嫩，釋發著一層晶瑩如玉的光芒，可項思龍拿鬼劍去猛砍卻絲毫無損，甚至連疼痛的感覺也沒有，只是如被某物碰了一下，有種感覺而已。

對這現象項思龍是驚喜詫異不已，還只道是修練迴夢心經的功效，卻是殊不知只是迴夢心經加速了他體內各種能量的消融速度，他的一切變化卻基本上是香公主輸入他體內的養生訣能量所起的功效。

可更奇妙的卻在後頭，再過一段時日下來，項思龍卻又感覺體內的能量從有形轉化成了無形，只覺全身輕飄飄的，有種似欲得道飛升的感覺。而舉手投足之間只要意念所致，就可發出連項思龍自己也不敢相信的威力——隨手一指就可把十丈開外的萬斤巨石炸個粉碎！

這卻是什麼武功嘛?自己施出巨大威力卻是一點感覺也沒有,只是自己想毀去什麼就可發出毀去那事物的奇異能量,像是自己成了天地間的主宰者似的!難道這就是迴夢心經的威力?

真是太不可思議了!自己還只練至迴夢心經的第六重天就有這般神奇的威力,只不知練至最高境界第十二重天神魔歸一,自己會具有怎樣的超能力!只怕真的是可以達到迴夢老人所說的可幻實為虛,循天入地,神遊天地了!

不知不覺間,項思龍竟給忘卻了出谷,也忘卻了他身上所負的一切重任,而把所有的精力都投入了迴夢心經的修練中。

如此渾然忘我的日子過了一個多月,這一日項思龍突被一聲驚天動地的巨響驚得心神一驚,頓忙收功往發聲處馳去⋯⋯

卻只見迴夢谷北面的一處山峰竟然倒塌,露出一個巨大的天然熔洞來。

吳應龍和席不同一夥糾集的黨徒也竟有四百多人,大多是江湖中的一些邪門邪派的人物,不過卻也有不少名門正派的弟子,什麼華山派的鐵筆銀鈎莫意閑,什麼無敵門的金松無敵花傳盛等等,均都是些武功屬二三流的角色。

項羽也化裝成了一名三十上下的粗武大漢混入其中，因得人數眾多，又是魚龍混雜，彼此本都是互不相識的雜牌隊伍，雖有人向項羽招呼，卻也並沒人對他起疑心，倒真讓他給蒙混過去了。

雜在這群人的人流之中，項羽是打心底的瞧不起他們，但是為了破壞這群人的陰謀，卻又不得不強抑心下的厭惡，勉強的與這些人打成一片。

前去巴蜀的路途既遙遠又頗為坎坷，幸得眾人都是些練家子，又為魔帥寶藏所引誘著，卻也並無一人喊累，倒是興致勃勃的探討起尋得寶藏後如何分贓的一些事宜，再無聊時就是談一些下流話題了。

項羽在旁聽著眾人所談的粗俗話不斷的皺眉頭，但想著自己此行目的，又不得不強忍下來。奶奶的，待到了巴蜀，看老子怎麼對付你們！項羽心下忿忿咒罵著，卻不由得想起了被自己分封至巴蜀的劉邦。

自己是否真的過分了些呢？劉邦不但與自己並肩作戰過，而且還是自己的結義大哥，自己不看金面看佛面，看在項思龍大哥的份上也應善待劉邦些的啊！

不過，亞父范增說得也對，政治的鬥爭是最為殘酷的，你不徹底打敗敵人，或許你的敵人會來反咬你一口，你可就後悔莫及了。

劉邦這小子雖是無能,但一來他手下有不少高人相助,像張良、蕭何等都是才智兼備的能人,二來項大哥也向著這小子。劉邦一而再再而三的打敗仗,但總能起死回生,且每敗一次勢力不是縮小而是越來越大,這小子的運氣也確實是好!為了不養虎為患,自己是不得不把劉邦逼入死地的了。何況自己沒依亞父之言,徹底毀去劉邦,也封了他為漢王,已是給了他不少面子了!

項羽心下默然的想著,但心底下還是總有些愧欠不安的感覺。

就在這時,前行的隊伍突地發生了一陣騷亂,項羽斂回心神舉目望去,卻只見一眾十多騎的人馬阻住了眾人去路,阻在眾人前頭的是一面色陰冷,頭髮半白半黑的怪異老者,目光森冷的瞪著一臉驚駭的吳應龍冷冷道:「吳應龍,你好大的膽!不但公然叛教,還洩出了鷹刀寶藏的秘密!現在見了本左使還不乖乖受降,準備接受教規的處置,難道要本左使親自動手麼?」

吳應龍顯得駭極,但一見自己身邊有五六百人馬,卻又膽氣一壯,外強中乾的抗聲道:「邪魔外道人人可得而誅之叛之。我吳應龍受夠魔教的黑暗了,跟著你們與天下武林為敵,連性命也沒得保障,更不消談享受生活了。至於鷹刀寶藏更是應屬有緣者居之,如落入爾等邪派人物手中,那中原武林還有得寧日?」

怪異老者嘿嘿一陣冷笑道：「這麼說來你吳應龍還是大英雄了？好，那就讓本左使看你有多少斤兩，夠不夠資格充大英雄吧！」

老者話音剛落，吳應龍頓時驚呼的竄入人群，口中同時高喊道：「兄弟們，大家並肩子上啊！殺了楊天為這幫魔頭，大家不但可揚名立萬，而且鷹刀寶藏也就屬大家的了！他們才十多人，咱們也不用怕他！」

老者在吳應龍高喊的這當兒，人已從馬背上電射而出，有若一道驚虹般向吳應龍衝殺過去，吳應龍駭慌之中頓忙抓起就在身旁的武林人物向老者飛來身形拋去，只聽「轟」的一聲巨響，這可憐的替死鬼在老者無與倫比的拳勁之下頓時血肉橫飛，一命呼了。

老者身形受滯，也頓即倒身回飛馬背，哈哈怪笑道：「諸位可看清楚了，這就是口口聲聲要除魔衛道的大英雄了，竟拿爾等性命作擋箭牌！你們難道還要跟著這等卑鄙下流無恥的人一道送死嗎？」

眾人本都是些下九流的烏合之眾，不少人見了老者的超然身速和強猛拳勁，心下已是大駭，又畏懼老者威名和不恥吳應龍方才所作所為，聞言相繼哄然而散。最後只剩下不到兩百來人之眾了，項羽自是也在其中靜觀其變。

老者楊天為這時又目光虎虎的一掃剩餘之人，冷冷道：「爾等難道還要為吳應龍這卑鄙小人拚命嗎？他背叛師門，蠱惑眾人前往巴蜀奪寶，其實只不過是他的一場陰謀罷了！爾等可知他的真實身分嗎？他實乃是當年被日月天帝教所滅的印度烏巴達邪教的殘餘教徒！他處心積慮的混入我明神教中作臥底，又煽動眾武要同道與我魔教為敵，為的還不是以洩當年被我魔教滅教之仇？同時他們烏巴達邪教還想東山再起稱霸我中原武林。前時中原各大門派掀起的血雨腥風，其實都是烏巴達邪教冒用我明神教之名在搞鬼。」

「因我明神教自老教主狂笑天失蹤後，就分作了兩大派，一派就是日月天帝教主，另一派則是隱匿江湖的魔教四大長老，南邪北魔，東神西狂，笑、北魔則是屠殺，東神是海風嘯，西狂就是老夫楊天為了，至於本教光明右使和四大天王等則是在當時失蹤江湖。

「本座近來據探子密傳，他們原來卻是全投入了烏巴達邪教。此次西方魔教被項思龍少俠所滅。而項思龍少俠又突然失蹤，烏巴達邪教就乘虛而入，冒用我明神教之名不振，且正值我中原紛戰四起之際，烏巴達邪教就乘虛而入，冒用我明神教之名，意圖挑起我中原武林內亂，同時也可轉移他們目標。烏巴達邪教的心機和手

段可謂既深且毒！

「老夫本是聞知他們冒用本教之名為惡江湖，想站出來揭穿他們的真面目，豈知卻突遭邪教侵襲，他們人數甚眾武功又怪異高深莫測，而我們神教教眾卻又不到一千之眾，且內中還有不少邪教內奸，所以被迫逃亡，可無論我們逃往何地隱匿，邪教總可找上門來，這卻原來是被老夫視為心腹的吳應龍在作祟，待老夫剛有所覺時，這奸賊卻似得風聲突地溜走，不想又傳出個什麼魔帥寶藏之說，誘騙各位，大家可想一想如真有寶藏，你會大張旗鼓的讓這麼多人知曉且同去尋寶嗎？吳應龍只不過是想把各位誘往巴蜀，而後來個順我者昌，逆我者亡的威脅，來擴充魔教實力罷了。

「其實巴蜀棧道下的斷魂崖底卻實是烏巴達邪教在我中原的總壇所在地。本座也知邪教冒用本教之名作下惡事如此之多，即使本座此時站出來揭穿他們真面目也不會讓武林同道相信，所以在逃脫過邪教追殺之後，四處追查這夥冒用本教之名為惡江湖之人的來歷，這才查出了點眉目來。為了洗脫本教的惡名，數千名教徒已為之獻出了生命，現在就剩下本座這十幾人了，不管諸位相信本座的話也好，不信本座的話也好，本座已是言盡於此，諸位如還要做邪教走狗的話，

那就休怪本座大開殺戒，手不留情了！」

眾人靜靜聽著楊天為這番駭人聽聞的解說，不由的把目光投向了臉色青一陣白一陣的吳應龍，似在質問他對楊天為之話可有什麼解釋。

要知道這幫人雖都是些心術不正的邪門外道人物，可終是中原人，自是不甘中原武林落入異族邪教之手了。更何況聽楊天為這一番陳說，鷹刀寶藏之傳純屬子虛烏有，那自是沒有人會向著吳應龍了！

人群中已是有人怒喊著道：「吳應龍，楊左使之言可否屬實？」

吳應龍這刻強抑心緒的震動，突地仰天一陣哈哈大笑道：「屬實又怎麼樣？現在爾等中原武林已有大半的勢力向我教伏首稱臣，而你們武林盟主項思龍又告失蹤，你們中原武林已大勢已去，你們還是乖乖的向本教臣服吧！我們烏巴達聖教此次已在巴蜀沿途設下天羅地網，準備對你們中原武林不服本教之人一網打盡！嘿嘿，鷹刀寶藏之傳已鬧得天下沸沸揚揚，你們中原武林的一些所謂名門正派的各方高手已是為阻止鷹刀落入外人之手，早就向巴蜀進發了。屆時我們聖教向他們發動毀滅性攻擊，同時趁各大門派總壇虛空之機向他們總壇發動攻擊，那時你們中原武林就是我們烏巴達聖教的天下了！

「嘿，上次天衣神水之計沒有得逞，我們聖教故意隱去風聲，以消怠你們中原武林的戒備，這次的鷹刀寶藏之計卻總會成功的吧！因為你們中原武林這幫自以為是的蠢才已經進入我們設置的圈套了！楊天為，你也還是不要作垂死掙扎了吧，只要你效忠我們聖教，我們烏行雲教主一定會重賞你的，屆時你的權勢可並不會比現在低！」

項羽一直都在默不作聲的關注著局勢的發展，本是聽楊天為一席話心下又驚又疑，這下得了吳應龍的證實則是又驚又怒了。

真想不到前些時鬧得中原武林天下大亂的原來卻全是什麼烏巴達邪教所玩的一場陰謀！這勞什子的烏巴達邪教也實在太可惡了！

現在中原武林已陷入一場劫難之中，自己一定得想法阻止這場劫難的發生！

他奶奶的，什麼印度邪教也想入侵我中原武林，門都沒有！

項羽心下正如此想著，卻只聽楊天為激昂的一陣冷笑道：「我明神教在中原雖被稱為邪教，可還不會做出出賣武林同道之事！吳應龍，你準備納命來吧！只要我中原武林尚存一口氣，是決不會讓爾等外族邪教入侵我中原武林的！我楊天為誓死也要與你們烏巴達邪教戰到底！」

楊天為這話音甫落，頓然得到了眾人的強烈回音，頓然「驅除邪教！」「殺了吳應龍這走狗！」的呼聲時起彼落，更有甚者為了在眾人面前露上一手，已是拔出刀劍向吳應龍逼近。

吳應龍已撕開了假面具，見有兩人舉劍向自己擊來，當下嘿嘿一聲冷笑道：「找死！」身形一閃，竟是以空手奪白刃的功夫與攻來兩人展開對擊，兩個招下來，圍攻吳應龍的兩人手中長劍已被對方奪去，兩聲驚叫，兩人全被自己長劍穿心而過，當即斃命。

見吳應龍露了這一手，其他眾人卻是再也不敢向他發動攻擊了。

吳應龍冷聲道：「順我者存，逆我者亡！還有哪個不怕死的要上來送死？」話音甫落，楊天為再次飛身而起，身形還在空中時，就衝眾人高喝道：「讓開！讓老夫來見識見識烏巴達邪教第二號人物奪命勾魂柳吹血的弟子手底下到底有什麼斤兩！」

楊天為已是落在了吳應龍對面三米之遙處站定。

吳應龍此刻突地一改先前對楊天為的懼色，冷笑道：「想不到楊左使連在下師門也打聽得一清二楚，可也確是有點能耐！」說到這裡，頓了頓接著又道：

「承蒙楊左使授業關愛多年，在下不勝感激！這一戰，就由左使先出招吧！」

楊天為也不推辭，只緩緩從腰間拔出長劍，劍式一晃，幻出一片劍花，口中同時冷喝道：「吳應龍，你受死吧！」

吳應龍見了楊天為出招，這刻臉條地疑重起來，他與楊天為共事多年，又得左使的寶座，可也不是靠嘴皮子混來的，而是靠真才實學爭來的！在楊天為出劍之際，腰間長劍也應手拔出。

「噹！」的一聲劍擊之聲震徹全場，兩刻相擊迸發的氣勁頓然讓近旁的人抵禦不住而紛紛後退。楊天為和吳應龍硬拚一招後，身形也同時向後退去，同時目光凌厲的盯著對方，蓄勢待發。

楊天為把全身功力提升至了十層之境，才冷冷道：「看來你果也得了奪命勾魂的真傳，把他的枷逾神功練至了七八成火候！只可惜還遠敵不過本座的玄玉功！小子，再接本座這招月明星稀！」言罷，身形再次電射而出，手中長劍突地劍光大作，形成一輪耀眼奪目的大光圈，真有若一輪滿月般往吳應龍擊去。

吳應龍顯也不敢大意，只在楊天為飛出的同時，口中也冷喝道：「月明星稀

這招日月劍法在下早就見識過，威力雖大卻也難不住我，且看我這招勾魂劍法的吸血養精！」話音甫落間卻只見吳應龍手中長劍幻出的劍光竟成螺旋狀，把楊天為擊出的劍氣給悉數吸化過去，使得他的劍芒更熾，旋轉速度更快。

楊天為心中劇震，臉色微變，駭然道：「原來你竟也習會了你們邪教教主的換日大法，難怪如此狂傲！不過你這換日大法卻還只練至五成左右火候，憑你還不是本座敵手！好，再看本座這招明劍法三大殺式中的日月無光！這招你卻還未見過吧！看你怎生破得此招！」說著，劍式變，劍身光圈倏地擴大化作一股股狂風，頓然捲得地面上飛沙走石，可這些被楊天為劍勁揚起的沙石竟突如萬箭齊發般往吳應龍射去，當真是大有日月無光的氣勢，讓人感覺勢不可擋！

吳應龍見之大駭，身形頓即沖天而起，口中同時大喝道：「日月無光！果是厲害！卻也還困不住在下！我這招換日大法天旋地轉可破此招！」

喝聲中，身形螺旋轉旋如一道光影，氣勁四射，竟把飛射而來的無數沙石給悉數捲落地面，或用氣勁震碎，頓然「轟轟」之聲斷然不絕。

待煙塵散去，吳應龍現出身形來時，卻只見他面色煞白，嘴角溢出血絲來，雙目又怒又驚的逼視著楊天為，顫聲道：「你……原來……竟早把……玄玉功

練至十二層功力的最高境界……劍心通明了！好……你好沉得住氣！本少主今個兒算是栽了！不過我還有最後一著呢！在本少主方才施展天旋地轉此招時，已是使出天香奇毒，你也已中此毒了！

「天香奇毒出產我印度天香峰，世上除了我義父烏行雲外，可說是無藥可解……你雖然以內勁震傷了我的心脈，但你中了天香奇毒已是再也不能施展內勁了，否則就會全身血脈暴裂而亡……你現在只剩下十幾騎，而我方則也有八大護教聖士在這裡，楊天為，你還是乖乖受降吧！否則，你我只會同歸於盡！」

楊天為略一遲疑，運氣之下卻也感到全身血脈有若萬蟲鑽動，疼痛異常，不由臉色大變，卻還是鎮定的道：「原來你還是烏行雲的義子烏巴達邪教的少主……嘿嘿，本座今日就是拚到一死也要擒了你，教烏行雲不敢胡來！」說著衝身後的十三名騎士道：「手足們，咱們與他們拚了吧！」

此時吳應龍身邊卻也站著了八名雙目精光閃閃的中年漢子，一個個太陽穴高高鼓起，全身肌肉發達非常，顯得是內外齊修的高手。

眼看著一場廝殺就要展開，項羽知這時自己是非出面不可了，當即越眾而出，沉聲喝道：「楊左使且慢，這幫邪教小子讓在下項思龍來對付好了！」

項羽這話一落，當即在場所有人的目光都落在了他身上。

這粗武漢子是誰？竟敢說出如此大言不慚的話來，也不怕大風閃了石頭！

方才吳應龍的武功大家可都見識過了，連魔教第一高手西狂楊天為也堪堪略勝一籌，卻也還是著了人家的道兒，現在吳應龍雖受內傷，可發狠起來還是教人不敢輕視，更何況又再加上了什麼護教八聖士，武功想來全都定是超一流的高手，這籍籍無名的什麼思龍竟敢公然向他們挑戰！

楊天為卻倒沒輕視項羽，而對項羽大為賞識，因項羽這狂妄性格可像足了當年的楊天為。對方或許是血氣方剛說出的衝動話，吳應龍等個個都是一派高手，自己又怎可讓他去冒險，甚至可以說是送死呢？

微微一笑，楊天為向項羽一拱手道：「項兄弟的一片好意老夫心領了，不過老夫做事從不願他人相助，項兄弟請退回吧！」

這當兒，吳應龍卻已是呼喝八大護教聖士向項羽圍攻上去，口中同時冷喝道：「小子不知死活，本公子今天就成全了你吧！」

第十一章 風雨欲來

項思龍驚疑非常，自己在這迴夢谷居住差不多已是快有兩個月了，為何沒看出這山峰中腹竟是空的呢？就是迴夢老人和鸚鵡靈兒也沒告訴自己。這麼大的熔洞也不知是經過了多少年月才形成的？今天這熔洞的突然倒塌卻也不知是預示著什麼？不會是要發生地震吧！想到這裡，項思龍心下不由一突。

管他的呢！先去看看再說，如果要發生地震，自己困在這峽谷中憑是怎樣也避不過！走，去瞧瞧，說不定還會有什麼意想不到的收穫呢！如此想來，項思龍心下頓然一定，飛身往那已露了一個巨大缺口的天然熔洞馳去，只眨眼間便已落身熔洞了。

洞壁甚是光滑，卻是許多處都冒生了許多形狀怪異的石鐘乳，洞頂和洞底也是，人走在裡面發出嗡嗡哄響。

洞內的熔石或是乳白色的或是金黃色的，二者間混在一起，一閃一閃，使得洞內黑暗處給人一種神秘怪異的感覺。項思龍順著熔洞往裡走了差不多半個多時辰，不但沒走到盡頭，舉目往前頭望去，更給人一種深不可測的感覺。

心下有些毛毛的，項思龍真想轉身返出洞外，但又轉念一想，既來之則安之，難道還會懼了這麼一個熔洞不成？今個兒非要走到底探個究竟不可！

心下想著，當即展開身法，加速往熔洞前頭馳去！「轟！轟！」阻身的石鐘乳悉數被項思龍身上所發的氣勁炸毀。

「嗤！嗤！」項思龍的身形突地被兩束灼亮的光氣所阻而不得不駐下身來，舉目往前方一看，卻只見一尊高約二米的巨大佛像阻在了前頭，兩束光氣卻正是這佛像雙目所嵌的寶珠所發。佛像身後則是熔洞盡頭了！在這熔洞裡怎會有這麼一尊大佛像？難道這熔洞內還住有人不成？可⋯⋯眼前卻是除了這尊佛像外，卻是再也空無一物了。如這熔洞裡有人居住，師父迴夢老人又怎會不知曉？他在這

迴夢谷可是居住了三千多年了啊！難道這尊像的主人是比迴夢老人還古的上古高人不成？總之這尊佛像不會是尊石鐘乳吧！可是用黃金打造的呢！做工也是細緻之極！還有方才阻住自己身形的兩道氣光，顯也是種內家真氣，並且所攻擊的是自己氣海和膻中兩處運氣大穴，幸好自己的怪異內勁可以隨時改變自己的血脈運行軌道，使得自己等若練成了無穴大法，全身上下沒有穴道了，要不那記突襲自己說不定還真會著道呢！

對方的勁道可是既沉且猛，自己還是首次遇上此等高手。

嗯，眼前這尊佛像定有古怪！難道這熔洞裡還別有洞天？項思龍心下想著，當下凝神靜氣緩步往佛像走近去。

剛踏出十來步，那尊佛像突地快速原地轉動起來，並且愈轉愈快，最後只剩一道光影，可周身發的光圈卻是隨著佛像身速的加快而越擴越大，形成了一道氣光，讓得項思龍竟是再次舉步不出，並且身體有種要被迫後退的感覺。當下冷哼一聲，把功力提升了兩成，雙掌一錯，揮出兩道掌勁。這可是項思龍修練迴夢心經後第一次與人動手過招，所發的勁道已是運至了全身功力的七層左右，應可開天劈地了。

「轟轟轟」一連陣驚天動地的巨響震天而起,熔洞內石飛灰揚,整個地面都一陣劇裂震顫。項思龍深吸了一口氣,一個坐馬沉腰的樁式才穩住身形,待一切平靜下來後,舉目望去,卻見那佛像的金身已是被自己掌勁震得脫落下來,現出了一個全身赤裸的老和尚,他此時嘴角冒血,雙目盡是驚駭的望著項思龍。熔洞內的石筍、石峰等盡被炸襲,地面一片狼籍,可熔洞那盡頭的石壁卻出現了道細小裂縫,透出灼亮的血紅之光來。

雙方對視了好一陣子,那赤身老和尚才舉手合什念了聲佛號後才沉聲道:「施主闖入這萬劫仙洞不知有何圖謀?如是誤入,還請施主退出洞外去,這裡可是個是非之地,施主不宜待在這裡。如是為救血魔,老衲拚著一死也要阻止施主進入困魔洞!」說著身形一閃,在左洞壁的機關中取出了一根金光閃閃的禪杖,顯是真把項思龍當作來犯的敵人了。

項思龍聽得心下一驚,什麼萬劫仙洞,什麼血魔⋯⋯難道是這熔洞內囚困著一個叫血魔的大魔頭,這老和尚卻是守關的護法?這⋯⋯項思龍突地起了好奇心,不由冷聲道:「當然是為救血老前輩來的!你個老雜毛和尚卻是什麼人?竟然裝神弄鬼的!」

老和尚聞言戒備中卻又是訝然道：「小子連老衲是誰也不知道嗎？那你卻又怎麼找入這萬劫仙洞來的呢？還有你又怎麼知血魔囚困在這裡的呢？」

項思龍見這老和尚有些呆頭呆腦的，卻也不忍再作弄他了，當下面容一肅向老和尚拱手施了一禮道：「前輩不要誤會了，在下是誤打誤撞進這萬劫仙洞來的，方才對前輩多有得罪了。」說罷，接著又把自己是因熔洞口突地陷塌，於是順著溶洞一直尋到了這裡的經過說了一道，又疑惑的道：「不知這洞內所困的血魔到底是什麼人呢？前輩又是何方高人？怎會居在這熔洞內？」

老和尚聽了項思龍的解釋，臉色這才舒緩下來，卻是沒有回答項思龍的問話，反是驚詫的問道：「少俠武功為老衲生平罕見，簡直可說已入天下武林第一高手的巔峰，只不知少俠師承何人呢？」說到這裡，頓了頓接著又問道：「這無量崖底是有二四萬丈之深，少俠卻又是怎麼進入的呢？」

項思龍對老和尚這問話可不知怎麼回答是好了，當下略一沉吟，簡略的答道：「前輩所問在下可真是一言難盡，因為在下記憶因某突然變故而失去，在下的記憶裡卻只有武當逍遙派玄玉道長和在這無量崖底迴夢谷中所遇的迴夢老人是在下師父，至於在下怎麼進入這無量崖底的，卻是因失足跌入的！」

老和尚聽得雙目瞪得大大的，顫聲問項思龍道：「什麼？你……少俠真是迴夢老人的親傳弟子？難怪武功這般高深了！」說著，又興奮的接著道：「這下師父終可脫身了！有少俠這迴夢老人的弟子在，血魔當可伏誅吧！」

項思龍剛想發話，老和尚卻是繼續道：「老衲了因，乃是嵩山太平寺創始人無極禪師的門下弟子。

「老衲師父無極禪師在二千年前本是可修成正果，得道返往西方極樂世界去了，可誰知此時從西域印度古國來了一叫阿波羅的行者，在我中原大開殺戒，組建了一個叫烏巴達的邪教組織，鬧得我中原武林一片血雨腥風，中原武林當時無人能是其敵，烏巴達邪教在我中原橫行一時。

「那時師父正進入閉關修練的最後緊要關頭，可突有武當逍遙派創造者無量道人和五岳劍派創始者鐵劍先生等一眾在當時武林最有聲威的高手齊上嵩山求見師父，懇求他老人家出關降魔衛道。

「師父欲不再理會俗事，可就在眾人上山求見師父的當時，阿波羅突地率領數千教眾上山來，揚言師父出關就要把太平寺夷為平地。無量道人和鐵劍先生他們曾都是阿波羅的手下敗將，聯手也不是阿波羅的敵手，雙方大戰了數千回合，

眾人全被阿波羅制住穴道，寺中的兄弟此時也不知被邪教徒殺死多少。

「師父知自己此時如再不出關，我中原武林便會從此陷入萬劫不復之境，於是毅然放棄了可修成正果的機會出關了，與阿波羅惡戰了七天七夜，雙方還是不分上下，但均已力竭之極，於是雙方決定暫時休戰，並且約定決一死戰的時間和地點。

「阿波羅率眾撤走，師父也受了嚴重內傷，高山太平寺已成一片廢墟，於是接受無量道人的邀請搬至了武當山的逍遙派。經過一個多月的閉關調養，師父的內傷是好了過來，但他再也靜不下心來修身養性了，與無量道人和鐵劍先生他結成了一個武林盟，決定消滅邪教捍衛我中原武林正義。師父和無量道人及鐵劍先生三人閉關並參武林絕學，創出一套三人聯手的天罡羅漢鐵劍陣，威力堪稱空前絕後。

「已是作好了與邪教決一死戰的準備，可過了幾個月，阿波羅卻是任何行動也沒有，武林顯得甚是風平浪靜。大家卻也絲毫不敢放鬆戒備，因為與阿波羅約定的決戰時間只有一個月光景了。

「果然一個月後阿波羅如約而至，卻是一個隨從也沒帶，神態甚是冷漠和傲

慢，並且渾身散發出一股濃重的殺機，武功顯是比上次與師父決鬥時大大上了一個台階。這次阿波羅並沒急著動手過招，只是先冷冷的講述了一下他的來歷，原來這傢伙竟是與我中原開天闢地的盤古大師和已得道成仙的達摩大師同一時代的人，號稱血魔，在當年曾入我中原，可在找到傳鷹大師與他比鬥時就敗在了傳鷹大師手中受了重傷，不得不回返印度，覓地療傷，自此幾千年來再未入我中原，人們也逐漸把他淡忘了。

「這次他入我中原乃是因盤古大師和傳鷹大師相繼仙去，而他又傷勢已癒，並且武功再有突破，所以再入中原武林，把我中原武道浸化為魔道，以洩當年敗北傳鷹大師手下之恨。不想我師父卻又成為他的強硬敵手，激起了他爭強好勝的魔性，欲一人以對師父、無量道人和鐵劍先生三人。」

「阿波羅這魔頭，想向世人證明他血魔才是真正天下無敵的強者。師父因得上次與血魔一戰，仙道已散元氣大傷，也知憑他一人之力決非血魔之敵，況且血魔這次看來武功比上次更有提升，於是與無量道人、鐵劍先生三人聯手使出天罡羅漢鐵劍陣合力群鬥血魔。」

「這戰打得更是慘烈，四人直鬥了十天十夜，直打得天昏地暗，還沒分出勝

負，後來是一道雷電幫了師父三人的忙，血魔被雷電擊中，功力大減，可他危急之間使出魔道秘法解體大法準備逃匿，師父為了永除後患，於是窮追不捨，後來四人相繼跳入了無量崖底。

「無量道人藉著熟悉這崖底山勢地形，施法把血魔逼入了這萬劫洞，藉助洞中陽氣甚深的優勢，使得血魔的陰魔之氣無法發揮出來，同時也無法吸收地底陰氣修養魔功。困魔洞乃這萬劫仙洞的源頭，也即是一處活火山口，那處陽氣最深，血魔的陰魔功最是不能發揮威力。但師父和無量道人、鐵劍先生三人卻也都被血魔傷了心脈，所以血魔雖然受了重傷，師父三人卻也奈何血魔不得。自此四人便在困魔洞中相持了下來。不想這一相持竟是幾千年過去了！」

說到這裡頗是感慨的長舒了一口氣，見項思龍聽得入神，接著又道：「至於老衲則是師父在跳下無量崖時帶下來的，因老衲乃太平寺羅漢堂首席大弟子，武功還算得了師父幾份真傳，而師父他們所施的天罡羅漢鐵劍陣卻又必須有一身具羅漢真身的童男作引，所以也就被師父入了陣中作為一個助手──師父是中年出家的，在他青年時曾成立過家室！

「老衲進入這萬劫仙洞可無法抗拒困魔洞的熱能，於是師父把珍藏的一套羅

漢金甲贈給了我，讓我穿上抗抵洞中熱能。同時以掌力築了這堵厚洞壁作為隔熱之用，命老衲負責護法困魔洞，不允許任何人進入甚至接近。兩千多年過去了，少俠還是第一個進入這萬劫仙洞的人！

「老衲原以為少俠是烏巴達邪教的人尋到這裡來了呢，所以對少俠出手……還願少俠多多見諒。嘿，想不到少俠原來是迴夢老人的親傳弟子，難怪少俠武功那般高絕，竟輕描淡寫的就破去了老衲的火眼金睛和羅漢金甲呢！迴夢老人乃是傳鷹大師的弟子，在三千年前就成為神龍見首不見尾的高人，大家只聞其大名未見其真人，還都以為他已仙去了呢，想不到還在人世教出了少俠這麼個得意弟子……」一口氣說到這裡，了因和尚終於停口，一臉溫和笑意的打量著項思龍。

項思龍聽了因和尚的這席話，心下感慨萬分，一個人為了除魔衛道不惜犧牲進入仙道的機會，且還獻出了幾千年的生命和精力與一魔頭在這熔洞中相持兩千多年，這是何等偉大的人格啊！心下想著，對了因和尚也不覺肅然起敬，向他突地深施了一禮後，卻又疑惑的道：「大師和你師父等在這萬劫仙洞中不吃不喝與那血魔僵持了兩千多年？這……豈是人的肉身所能承受得住的？還有大師等都活了兩千多年，豈不都已……登入仙道成了不死之身了？」

了因和尚淡然一笑道：「佛道有種叫作枯禪坐的禪功，可以讓人進入一種假死狀況，不損耗身體的一切機能，等若把生命停止下來一般，所以老衲和師父幾人可以不吃不喝生存千年。至於血魔他魔道已是大成，早成不死之身，除非有無邊法力可讓他神形俱滅，才能阻止他成永生不死之身的！」

項思龍聽了心怪然的，卻是又轉過話題道：「不知在下能幫著大師的什麼忙呢？在下定當鼎力而為！」

了因和尚臉上又現興奮的道：「這個……還是讓老衲傳音師父，讓師父作個定奪吧！如少俠能除去血魔，那可是天下大定了呢！」言罷，也不待項思龍再說什麼，當即沉聲以氣傳音道：「師父，咱們遇著大救星了，現有迴夢大師的弟子尋入這萬劫仙洞中來！」

了因和尚這話音剛落，當即只聽一蒼老而又渾沉的聲音喜悅的傳出道：「了因此言當真？真的是迴夢大師弟子尋入了這裡？這……這可太好了！當真是正道自在人心，迴夢大師也算著有一場浩劫即將降世，派他弟子來拯救我中原武林了！」說著念了聲佛號，聲音竟顯得有些脆弱。

項思龍也聽出了對方話中似有些弦外之音，一種不祥感覺突湧心頭，不由心

下一沉，這時突傳出一陣喋喋怪笑道：「老禿驢，你們三人的精神枷鎖大法已被本魔破去，來了救星又怎樣？你們窮盡心力想藉這火山口的陽極之氣破去本魔魔功，不想經過這兩千餘年的靜修，被本魔思出了明陽相濟相融法，代陽為陰，陰陽相交，創出了比我先前陰魔功更為厲害的陰陽魔功！哈哈哈，你們三人皆已快至精力枯竭之境，什麼天罡羅漢鐵劍陣卻是再也困不住本魔了！你們準備受死吧！我血魔重見天日之日，就是你中原武林陷入萬劫不復之境之日！」

這話音甫落，就只聽得「轟轟轟」一陣陣巨響，整座熔洞一陣地動山搖，石塊紛飛，真好像要發大地震了一般。

「轟！」了因身後的洞壁應聲全然炸塌，只見四條人影在洞中一活火山口的溶岩映得一片血紅的洞內大展拳腳，打得不可開交，四溢的氣勁若一道跳動的彩虹華光四射，只不過所過之處頓即石飛塵揚。

一陣熱浪撲面衝來，了因不自禁的身影一晃，項思龍卻是毫然不覺，只目光一瞬不瞬的盯著洞內打鬥的四人。

四人身影速度雖快，但卻還是全然落入項思龍眼中，只見一頭髮鬍子全是花白，身著一套青衣道袍的老者；一身體顯得較是肥胖，但雙目卻泛著智者光采的

老和尚，以及身著一身藍衫，身材瘦長的中年老者，正圍攻著一頭披長髮，身上皮膚全泛著血紅色的怪異老者，四人每發一招都含巨大勁氣，可那長髮怪老者每發一掌，卻均能震開圍攻他的三人長劍或禪仗，功力顯是比其他三人高出許多，並且招式也是快極，攻他的三人配合嚴密，卻是一招也近不了長髮老怪的身。

了因這時斂神回來，神色驚惶的上前去推了項思龍一把道：「少俠⋯⋯請快去相助我師父他們吧！這次師父三人看來真是不敵那血魔了！他們在這洞內百年會相鬥一次，可每一次師父他們都占上風，從來沒像這次這般連傷也傷不了血魔的！」言語間，身形已是電射而出，加入戰團。

項思龍心中泛起一股悲哀的感覺，因為他已看出無極禪師三人這次已不止是處在下風，恐怕是大限將至，根本不敵那血魔了。

血魔武功那般厲害，自己還只練至迴夢心經的第六重天，是否能敵過他呢？如若不敵，被血魔重新出世，那天下——項思龍心不覺一顫，一股沉重的壓力突湧心頭。對付血魔的使命，恐怕今後要落到自己頭上來了！項思龍只覺心中突然有了這種感覺，並且甚是深刻。最好是能在這次就除去血魔，那就天下大定了！

想到這裡，項思龍驀地狂喝一聲，身形閃電而起，鬼王劍「鏘！」的龍吟一

聲應手拔出，揮出一道漫天血光往血魔劈去。

血魔狂傲有餘的應付著無極禪師等四人，對項思龍他早就看見了，但見他只不過是一個二十上下的少年，根本就沒把他放在心上，想著這小子是迴夢老人的弟子又怎麼樣！一個乳臭未乾的小子而已，就算他打娘胎時開始練功，卻又能高到哪裡去？

無極禪師幾人本是聽了因說有迴夢老人的弟子前來助陣心下大喜，可見了項思龍雖看出他是個不同尋常的少年，卻也禁不住心下大是失望，只暗歎著中原武林的末日從此就要到了，但願中原在近千年能有傑出高手出世，要不……

只有了因對項思龍還有一絲信心，因他親眼見且親身試過項思龍的武功啊！

所以對項思龍的終於出手大感興奮，精神為之一振，杖法不由迅猛快捷了許多。

不想項思龍劍氣劈至，血魔果也禁不住心下一沉，因為項思龍劈出的劍氣在接近身體三尺之遙時，就讓他體內魔功產生反應，使得他心神不由為之一緊，雙目精光一閃，望著項思龍冷聲道：「小子果然有兩下子，不愧是傳鷹老鬼的徒孫！好，你就接本魔一記血魔天輪法印吧！」言語間，騰出一掌幻化出一道道血紅金輪光圈往項思龍擊至的劍氣接踵而來的攻擊。

「轟！轟！」兩聲勁氣炸裂之聲響起，項思龍身形被震得向右暴飛二丈，心頭一陣氣血翻湧，但只舒了一口氣頓即歸平靜。

血魔卻也因粗心大意太過輕敵，被項思龍的劍氣震得身形連晃幾下，在無極禪師、無量道人、鐵劍先生、了因四人乘機攻出的四道狂猛內勁下，身形竟也被震得暴飛出三丈之遙才穩住，嘴角卻也溢出血絲來，雙目怒恨得幾欲噴火的直瞪著項思龍，冷聲道：「小子，本魔低估你的功力了！不過你今天卻也死定了，因為無極老禿驢他們三人已早就被本魔在他們心中種下了魔種，要不是他們三人還算功力深厚，早就成魔了！不過他們三人為了抵禦心中滋生的魔念，卻是大大損耗了他們內力，現在他們再冒險動用內力，已是自傷了心脈，即便不死，卻也是必將成為廢人了！哼，再過半個時辰他們如還繼續動用內力，那就再也回天乏術必將全身經脈寸裂而亡！小子，你不會忍心眼睜睜的看著他們的慘死吧！」

項思龍聽得心下又驚又怒，想不到自己的預感果真應驗了。

請續看《尋龍記》第三輯 卷四魔帥

無極作品集

尋龍記 第三輯 卷三 傳說

作者：無極
發行人：陳曉林
出版所：風雲時代出版股份有限公司
地址：10576台北市民生東路五段178號7樓之3
電話：(02) 2756-0949
傳真：(02) 2765-3799
執行主編：劉宇青
美術設計：許惠芳
業務總監：張瑋鳳
出版日期：2025年4月
版權授權：蔡雷平
ISBN：978-626-7464-77-9
風雲書網：http://www.eastbooks.com.tw
官方部落格：http://eastbooks.pixnet.net/blog
Facebook：http://www.facebook.com/h7560949
E-mail：h7560949@ms15.hinet.net
劃撥帳號：12043291
戶名：風雲時代出版股份有限公司

風雲發行所：33373桃園市龜山區公西村2鄰復興街304巷96號
電話：(03) 318-1378　　傳真：(03) 318-1378
法律顧問：永然法律事務所 李永然律師
　　　　　北辰著作權事務所 蕭雄淋律師

行政院新聞局局版台業字第3595號 營利事業統一編號22759935
©2025 by Storm & Stress Publishing Co.Printed in Taiwan
◎如有缺頁或裝訂錯誤，請退回本社更換

定價：340元　　版權所有　翻印必究

國家圖書館出版品預行編目資料

尋龍記 第三輯／無極 著. -- 臺北市：風雲時代出版股份有限公司，2025.04 -- 冊；公分
　ISBN：978-626-7464-77-9（第3冊：平裝）

857.7　　　　　　　　　　　　　113007119